edition suhrkamp 2757

Wer Winkler liest, wird Winklers Sprachfuror nicht vergessen. Er entzündet sich an Leben und Sterben im heimatlichen Kamering – an dem Gewimmel italienischer Märkte – am Leben zwischen den brennenden Scheiterhaufen am Ganges in Varanasi und in Kalkutta. Aber auch an Büchern, Gemälden und Skulpturen kann er sich entzünden, wie diese Textsammlung zeigt.

Gelegentlich fängt die Sprache von selbst an zu brennen – wenn der Autor von überall her, aus Traum und Tag, zusammenkehrt, was unbedingt zu nennen und zu besingen ist. Dann entsteht ein Text wie »Specter of the Gardenia«: »Auf die Stimme der weißen Kreide / Auf die Wasseroberfläche des Tintenkleckses (...) / Auf die Unterseite einer gespaltenen Leguanzunge am Bug des sinkenden Schiffes und auf die Meerestiefe meines Tintenfasses – königsblau *schreib ich deinen Namen...*«

Nach *Leichnam, seine Familie belauernd* (es 2442) und *Ich reiß mir eine Wimper aus und stech dich damit tot* (es 2556) ist *Begib dich auf die Reise oder Drahtzieher der Sonnenstrahlen* Josef Winklers drittes Buch mit Kleiner Prosa.

Josef Winkler, geboren 1953 in Kamering (Kärnten), lebt in Klagenfurt. 2008 erhielt er den Georg-Büchner-Preis. Zuletzt erschienen: *Laß dich heimgeigen, Vater, oder Den Tod ins Herz mir schreibe*, Roman, 2018; *Der Stadtschreiber von Kalkutta* (st 5014), 2019.

Josef Winkler

Begib dich auf die Reise oder Drahtzieher der Sonnenstrahlen

Suhrkamp

Gefördert durch den Deutschen Literaturfonds, Darmstadt

Erste Auflage 2020
edition suhrkamp 2757
© Suhrkamp Verlag Berlin 2020
Originalausgabe
Satz: Satz-Offizin Hümmer GmbH, Waldbüttelbrunn
Druck: Druckhaus Nomos, Sinzheim
Umschlag gestaltet nach einem Konzept
von Willy Fleckhaus: Rolf Staudt
Printed in Germany
ISBN 978-3-518-12757-5

Begib dich auf die Reise oder Drahtzieher der Sonnenstrahlen

Der Hahn ging sofort auf das Chamäleon los und stieß ein paar kurze zufriedene Gluckser aus. Das Chamäleon machte bei seinem Anblick jäh und wie versteinert halt. Obwohl es Angst hatte, war es auch mutig. Es stemmte die Füße in den Boden, riß weit seinen Rachen auf und streckte dem Feind, um ihn abzuschrecken, blitzschnell seine lange steife, keulenförmige Zunge entgegen. Der Hahn stand einen Augenblick da, als wäre er unsicher und unschlüssig. Dann ließ er seinen Schnabel rasch und resolut wie einen Hammer niedersausen und riß dem Chamäleon die Zunge aus.

Tania Blixen, *Jenseits von Afrika*

I Kirschen im Vogelnest

Seine Stimme klang sehr ernst, als er zu mir sagte: »Msabu, ich finde, du solltest aufstehen.« Ich richtete mich im Bett auf, verwirrt und verärgert, denn hätte wirklich eine Gefahr gedroht, dann wäre Farah gekommen, um mich zu holen. Doch als ich Kamante aufforderte zu verschwinden, rührte er sich nicht von der Stelle: »Msabu«, wiederholte er, »ich finde, du solltest besser aufstehen. Ich glaube, Gott kommt.«

Tania Blixen, *Jenseits von Afrika*

Der Katzensilberkranz in der Henselstraße

Eine ganze Epoche liegt zwischen uns,
und heute ein gewaltiges Schneeland.

Stéphane Mallarmé

1.

»Weil ich, in jener Zeit, an jenem Ort, unter Kindern war und wir neuen Platz gemacht haben, gebe ich die Henselstraße preis, auch den Blick auf den Kreuzberg, und nehme zu Zeugen all die Fichten, die Häher und das beredte Laub. Und weil mir zum Bewußtsein kam, daß der Wirt keinen Groschen mehr für eine leere Siphonflasche gibt und für mich auch keine Limonade mehr ausschenkt, überlasse ich anderen den Weg durch die Durchlaßstraße und ziehe den Mantelkragen höher, wenn ich sie blicklos überquere, um hinaus zu den Gräbern zu kommen, ein Durchreisender, dem niemand seine Herkunft ansieht«, steht in der Prosa »Jugend in einer österreichischen Stadt« von Ingeborg Bachmann. Immer wieder, besonders abends, wenn es dämmert und in Klagenfurt die Straßen leer werden, gehe ich von der Khevenhüllerstraße, über die Radetzkystraße, Richtung Kaserne, wenige hundert Meter weiter, in die Henselstraße, in der Ingeborg Bachmann einen Teil ihrer Kindheit und ihre Jugend verbracht hat, betrachte einen großen, an der Zauntür des Nachbarhauses hängenden Schildpattkranz, einen Katzensilberkranz,

wie ich ihn nenne, der aus Hunderten hostiengroßen Schild-
pattalern zusammengefügt ist, ziehe ein leicht angeklebtes
Schildpatt aus dem Kranz, stecke es schnell und verstohlen ein – auf meinem Schreibtisch wird es liegen müssen,
sage ich mir, während ich diesen Text schreibe – und gehe,
an das Katzensilber meiner Kindheit denkend, ein paar
Schritte weiter zum Haus Nummer 26, zum Haus der Ingeborg Bachmann, das Katzensilber vor Augen, das ich
damals am Flußufer der Drau gesammelt, nach Hause getragen, als Lesezeichen in *Winnetou I* hineingesteckt habe – ein paar Jahre bevor ich den Namen Ingeborg Bachmann das erste Mal hörte –, an der Stelle, wo Winnetou
bei einem Zweikampf seinem damals noch weißen Feind
Old Shatterhand ein Messer ins Herz stoßen wollte, aber
auf der linken Brusttasche seines Gegners an der Sardinen-
büchse abrutschte, so daß das Messer des Indianers seinem Feind Old Shatterhand oberhalb des Halses und innerhalb der Kinnlade in den Mund und durch die Zunge
stieß und sein Blut, wie es in *Winnetou I* steht, »aus der äu-
ßeren Wundöffnung am Hals in einem beinahe finger-
dicken Strahle herausrann«.

2.

Vor dem Haus von Ingeborg Bachmann stehend und auf
den über die Hausmauer rankenden Rosenstrauch und
die die Gedenktafel der Dichterin verdeckenden weißen
und rosafarbenen Rosenblüten schauend, schiele ich immer wieder nach rechts, ein paar Häuser weiter, stadtein-
wärts, aufs Gartentor in der Henselstraße Nummer 22,
an dem der große, schwere Schildpattkranz hängt, und

stelle mir vor, daß dieser Schildpattkranz am Gartentor des Hauses von Ingeborg Bachmann angebracht ist mit einer langen breiten Schleife und mit den aufgedruckten Worten aus ihrer Prosa »Jugend in einer österreichischen Stadt«: »In der Ausdünstung von Ölböden, von ein paar Hundert Kinderleben, Zwergenmänteln, verbranntem Radiergummi, zwischen Tränen und Tadel, Eckenstehen, Knien und unstillbarem Schwätzen sind zu leisten: ein Alphabet und das Einmaleins, eine Rechtschreibung und zehn Gebote.« Wenn Ingeborg Bachmann von der Ausdünstung der Ölböden in der Schule spricht, tauchen wieder die eigenen Erinnerungen vom schwarzen Ölboden im Unterrichtsraum auf, in der »Klasse« der Dorfvolksschule, wie wir den Raum nannten – damals, wann war das? – vor einem halben Jahrhundert schon, als der Kleindienst Gerhard, der älteste Sohn einer Keuschlerfamilie, deren Kinder jahrelang versteckt im eigenen Haus und Hof gehalten wurden und niemals mit den Bauernkindern des Dorfes spielen durften, zum ersten Mal an die Dorföffentlichkeit, in die Schule gehen sollte und sich im Flur des Schulhauses gegen den stark nach Öl riechenden Boden stemmte und schrie – wir warteten in der Klasse, in den uns zugeteilten Sitzbänken auf unseren zukünftigen Mitschüler –, so schrie, daß mich sein Schreien an das furchterregende Zwillen eines Schweins erinnerte, das, festgebunden mit einem kotbeschmierten Strick am Oberkiefer, aus dem Stallglitsch in den Hof hinausgezogen wurde, worauf zwei stark behaarte menschliche Hände den geladenen silbernen Bolzenschußapparat, den »Buffer«, wie wir ihn nannten, an den Schädel des sich gegen den Hofboden stemmenden, widerstrebenden Schweins hielten, der Menschenkörper zurückfuhr, das Schwein zusammensackte, der zappelnde dicke Fleischwanst mit hoch-erhobenen Beinen vor dem Misthaufen lag, mit einem großen Küchenmesser in seinen Hals gestochert und das fingerdick warm herausströmende, in die Waschschüssel, über der sich am Wochenende mit einer Terpentinseife, auf der ein Hirsch aufgedruckt war, die Kinder die Achsel-höhlen wuschen, schäumende Schweinsblut von der taub-stummen Magd aufgefangen wurde, und während ich in der Henselstraße vor dem Haus von Ingeborg Bachmann stehe und auf den Rosenstrauch an der rosaroten Haus-mauer schaue, mir die sich gegen den schwarzen Ölboden stemmenden Füße des weinenden und zwillenden Klein-dienst Gerhard vorstelle, der von zwei Erwachsenen, von seiner Mutter und von dem Augengläser tragenden Leh-rer, in die Klasse hineingezogen werden mußte, fallen mir wieder die Worte meines inzwischen dreizehnjährigen, damals siebenjährigen Sohnes ein, der sich auch am zwei-ten Schultag gegen die Türschwelle der Schule stemmte und flehentlich sagte: »Ich möchte nicht in die Schule ge-hen, ich möchte Schriftsteller werden!«

3.

»Die Kinder legen alte Worte ab und neue an«, steht in der Prosa »Jugend in einer österreichischen Stadt« – einer Stadt, die Ingeborg Bachmann in dieser Geschichte nur einmal mit dem Buchstaben »K« identifiziert. Immer noch vor dem Haus von Ingeborg Bachmann stehend, auf die Blüten des hoch am Gemäuer aufragenden und die Ge-denktafel verdeckenden Rosenstrauchs und wieder sehn-suchtsvoll nach rechts auf den am Gartentor des Nachbarhauses hängenden Schildpattkranz schauend, erinnerte ich mich an einen Herbsttag – damals, wann war das? –, als ich, aus Klagenfurt kommend, in meinem Heimatdorf Kamering meinen Freund, den Schneiderssohn, besuchte, in die nach Stoffballen und Zigaretten riechende großräumige Küche hineinging, in der seine Mutter an der Singer-Nähmaschine ratterte, sein Vater mit der diskusförmigen, kleinen rosaroten Schneiderkreide den angeschnittenen Stoff markierte, und wir aus dem Radio hörten, daß in Rom die in Klagenfurt aufgewachsene österreichische Dichterin Ingeborg Bachmann nach einem Brandunfall in ihrer Wohnung ihren schweren Verletzungen erlegen sei. Das Wort »erlegen« hatte mich damals, als Jugendlichen, irritiert und erschreckt, die Radiostimme sprach nicht von Tod und Sterben, sondern von »erlegen«. Ich ahnte nur, daß die Dichterin tot war, ich hatte aber nicht den Mut, die Schneiderin zu fragen, was denn das Wort »erlegen« überhaupt bedeutet. In dieser Radiomeldung war auch davon die Rede, daß Ingeborg Bachmann unter Drogen gestanden haben soll, Alkohol und Tabletten eingenommen habe und mit einer brennenden Zigarette eingeschlafen sei, die schließlich einen Schwelbrand auslöste. Ribiselsaft schlürfend und mit einer Gabel im Kirschkuchen stochernd, die Kirschkerne in unsere Hände spuckend, schauten wir in der Schneiderwerkstatt mit Gänsehaut immer wieder aufs kleine Kofferradio, warteten, begleitet von den Morsezeichen der ratternden Singer-Nähmaschine, die nächste volle Stunde ab, um dieselbe Meldung mit neuen Details und vielleicht auch noch einmal das Wort »erlegen« zu hören, das wir bis dahin nicht einmal vom Hörensagen kannten.

4

»Noch lieber sind sie unter sich, nisten sich auf dem Dachboden ein und schreien manchmal laut im Versteck, um ihre verkrüppelten Stimmen auszuprobieren. Sie stoßen leise kleine Rebellenschreie vor Spinnennetzen aus.« Erlegen, um es so zu sagen, erlegen, sage ich und befühle mit der durchstochenen, vernarbten Zunge meinen Gaumen mit Groll und Verzweiflung, denn ich sehe zappelnde Kinderbeine auf dem Asphalt vor mir, erlegen in dieser Stadt, in der ich auch schon mein zweites Jahrzehnt verbringe und in der Ingeborg Bachmann in der Henselstraße aufgewachsen ist, seinen Verletzungen erlegen ist auch der neunjährige Lorenz Woschitz, vor zwei Jahren, als einem größenwahnsinnig gewordenen Bürgermeister und einem ebenso größenwahnsinnigen Landeshauptmann, den beiden Hausherren der Stadt K. und des Landes K., in den Kopf gestiegen war – der eine hat später, schwer alkoholisiert, aus seinem mit dreifach überhöhter Geschwindigkeit fahrenden Auto ein beim Aufprall mehrfach sich überschlagendes Geschoß gemacht –, für drei Fußballspiele, für viereinhalb Stunden Fußball also, ein gigantisches Fußballstadion in dieser Kleinstadt zu bauen. Der neunjährige, gerade aus der Schule kommende Lorenz Woschitz, der auf dem Heimweg war, wurde in Klagenfurt an einer Kreuzung – damals ein Dreivierteljahr lang eine ein paar hundert Quadratmeter große Baustelle –, die er auf einem Zebrastreifen bei Grün überquerte, von einem Lastwagen überfahren und getötet. Um das neue Fußballstadion schneller fertig bauen zu können, in dem im Juni 2008 in Klagenfurt drei Europameisterschaftsspiele stattfanden, wurde von dieser Kreuzung, an der sich der tödliche Unfall ereignete, immer wieder Personal zu Arbeiten ins Fußballstadion abgezogen, manchmal sah man wochenlang keine Arbeiter auf dieser mit Verkehrstafeln und Hindernissen vollgepflasterten, die Autofahrer irritierenden Kreuzung, und so haben die verantwortlichen Straßenbauer, die Sensenmänner von Klagenfurt, wie ich sie nenne, schließlich den Tod eines Schulkindes buchstäblich aus dem Asphalt gestampft. Von einem Omnibus aus, der im Verkehr ins Stocken geraten war, sahen Schulkinder den sterbenden, noch mit den Beinen zappelnden neunjährigen Lorenz Woschitz auf dem Asphalt liegen, in der Radetzkystraße, wenige hundert Meter von der Henselstraße entfernt, in der Ingeborg Bachmann im Haus mit der Nummer 26 Kindheit und Jugend verbracht hat. »Die Kinder haben keine Zukunft«, steht in der Prosa »Jugend in einer österreichischen Stadt«. »Sie fürchten sich vor der ganzen Welt. Sie machen sich kein Bild von ihr, nur von dem Hüben und Drüben, denn es läßt sich mit Kreidestrichen begrenzen. Sie hüpfen auf einem Bein in die Hölle und springen mit beiden Beinen in den Himmel.«

5.

Diese Stadt Klagenfurt, die sich seit über dreißig Jahren, jährlich im Juni, in der Zeit der Lindenblüte, als deutschsprachige Literaturhauptstadt feiern läßt, ist wohl die einzige Stadt Mitteleuropas mit 100 000 Einwohnern, in der es keine eigene Stadtbibliothek gibt, in einem Land, in dem der damalige, inzwischen eingeäscherte Landeshauptmann gemeinsam mit dem röm.-kath. Parteivorsitzenden der sogenannten christlich-sozialen Volkspartei – der vor einem Jahr einen schweren Verkehrsunfall überlebt und nach seiner Genesung im Freundeskreis demutsvoll erzählt hat, daß ihm, um seine Worte zu gebrauchen, die »Lourdes-Mitzi«, die heilige Mutter Gottes von Lourdes, beim Verkehrsunfall das Leben gerettet hat –, dieser Kärntner ÖVP-Vorsitzende und der ehemalige Kärntner Landeshauptmann, der sich mit seiner Asche aus dem Staub gemacht hat, haben im vergangenen Jahr beim Verkauf der Kärntner Hypo-Bank einem Villacher Steuerberater für seine zweimonatige mündliche Beratung ein Honorar in Höhe von 6 Millionen Euro in räuberischer Manier aus Landesvermögen zugeschanzt, und höchst appetitlicherweise ist dieser Villacher Steuerberater auch noch der persönliche Steuerberater des Kärntner ÖVP-Politikers, dem himmel- und gottseidank die Lourdes-Mitzi bei einem Verkehrsunfall das Leben gerettet hat. Gegrüßt seist du, Maria, Königin der Güte, Ölbaum der Barmherzigkeit, durch welchen uns die Arznei des Lebens zukommt! Meerstern, ich dich grüße, o Maria hilf! Gottesmutter süße, o Maria hilf! Das gigantische Stadion, das für drei Europameisterschaftsspiele gebaut wurde, hat über 70 Millionen Euro, also eine Milliarde Schilling, gekostet, und der Villacher Steuerberater hat für seine zwei Monate lange mündliche Beratung von diesen beiden Politikern 6 Millionen Euro, also 84 Millionen Schilling, eingestreift. Der von den beiden Politikern auf diese Art und Weise zum Multimillionär gemachte Steuerberater begründete die Höhe des Honorars unter anderem mit den Worten: »Es waren zwei intensive Arbeitsmonate!« und »Ich habe mein Werk abgeliefert!«. (Zuerst hätten es 12 Millionen Euro Honorar sein sollen, aber er hat sich erweichen lassen und hat dem Land einen, um seine Worte zu gebrauchen, »Patriotenrabatt« gewährt und schließlich nur mehr 6 Millionen Euro verlangt und bekommen.) Aber für eine Stadtbibliothek in der Landeshauptstadt, wie es sie in jeder Stadt Mitteleuropas gibt, hatten diese drei erwähnten Politiker in den letzten Jahren, und eigentlich seit dieser Literaturwettbewerb existiert, kein Geld. Sie haben kein Geld für eine Bibliothek für Kinder und Jugendliche. Sie haben kein Geld für Bücher. Sie haben kein Geld für die Bücher von Ingeborg Bachmann. Sie haben kein Geld für »Der gute Gott von Manhattan«. Sie haben kein Geld für die »Anrufung des Großen Bären«. Sie haben kein Geld für »Die gestundete Zeit«. Sie haben kein Geld für »Malina«, für »Das dreißigste Jahr«. Seit über dreißig Jahren haben sie kein Büchergeld für die Jugend dieser österreichischen Stadt! denke ich, in der Henselstraße, vor dem Haus von Ingeborg Bachmann stehend, auf den an der rosaroten Hausmauer sich hochrankenden Rosenstrauch und immer wieder nach rechts zum Schildpattkranz schielend, der schwer an der Gartentür des Nachbarhauses hängt. »Es ist kein Geld im Haus. Keine Münze fällt mehr ins Sparschwein. Vor Kindern spricht man nur in Andeutungen. Sie können nicht erraten, daß das Land im Begriff ist, sich zu verkaufen und den Himmel dazu, an dem alle ziehen, bis er zerreißt und ein schwarzes Loch freigibt.« Um die Politik Willy Brandts zu unterstützen, drückte im Oktober 1972, also ein Jahr vor dem Tod von Ingeborg Bachmann, bei einem Parteitag der Schriftsteller und Literaturnobelpreisträger Heinrich Böll seine Abscheu vor den Mächtigen, die keine Scham haben, mit folgenden Worten aus: »Es gibt nicht nur eine Gewalt auf der Straße, Gewalt in Bomben, Pistolen, Knüppeln und Steinen, es gibt auch

Gewalt und Gewalten, die auf der Bank liegen und an der Börse hoch gehandelt werden.«

6.

»Die Durchlaßstraße hat ihren Namen nicht von dem Spiel, in dem die Räuber durchmarschieren, aber die Kinder dachten lange, das wäre so«, schreibt Ingeborg Bachmann in ihrer Geschichte »Jugend in einer österreichischen Stadt«. Und: »Erst später, als die Beine sie weiter trugen, haben sie den Durchlaß gesehen, die kleine Unterführung, über die der Zug nach Wien fährt. Hier mußten die Neugierigen hindurch, die zum Flugfeld wollten, über die Felder, quer durch die Herbststickereien. Jemand ist auf die Idee gekommen, den Flugplatz neben den Friedhof zu legen, und die Leute in K. meinten, es sei günstig für die Beerdigung der Piloten, die eine Zeitlang Übungsflüge machten. Die Piloten taten niemand den Gefallen, abzustürzen. Die Kinder brüllten immer: Ein Flieger! Ein Flieger! Sie hoben ihnen die Arme entgegen, als wollten sie sie einfangen ...« Ich verlasse die Henselstraße, verabschiede mich noch von der die rosarote Hausmauer hochrankenden Rosenstaude und vom Schildpattkranz, gehe die St. Veiter Straße entlang, am rosaroten Haus mit der Nummer 24 vorbei, in dem der Zeichner Alfred Kubin vier Jahre lang als Jugendlicher verbracht hat. »In diese Stadt ist man selten aus einer anderen Stadt gezogen, weil ihre Verlockungen zu gering waren«, schreibt Ingeborg Bachmann. Um seinem in Klagenfurt unnützen und verpfuschten Leben, wie er es nannte, ein Ende zu machen, trieb der neunzehnjährige Alfred Kubin einen Revolver auf, setzte sich in den Zug, fuhr in den Ort seiner Kindheit, nach Zell am See, einem Hochgebirgsort im Salzburgischen, um sich am Grab seiner früh verstorbenen Mutter zu erschießen, aber die eingerostete Waffe funktionierte in diesem Moment nicht, beim zweiten Male fehlte ihm die seelische Kraft, wie er es nannte, und er fuhr wieder nach Klagenfurt zurück, in seine Behausung, wo er Schlangen, Würmer und Käfer beherbergte. Ich gehe zur Durchlaßstraße, durch die Unterführung, über die der Zug nach Wien fährt, zum Annabichler Friedhof. Einen Steinwurf nur vom Grab von der Ingeborg Bachmann und einen Katzenhechtsprung vom Flugplatz entfernt ist das Grab des neunjährigen Lorenz Woschitz. Weit auseinandergegrätscht und unendlich verlängert hat man seine Beine, der eine Fuß ist im Himmel, der andere ist in der Hölle, um die Worte von Ingeborg Bachmann zu paraphrasieren, und auf der Straße ist in der Todesstunde eine Kreidezeichnung in Gestalt eines Kindes geblieben, bis sie ausradiert worden ist vom Regen, Staub oder Wind. Der Magistrat der Stadt Klagenfurt war nicht imstande, der Familie einen zinslosen Kredit für die Begräbniskosten – mit weißem Kindersarg – zu gewähren. Es gibt dafür keinen Budgetposten! soll es wörtlich geheißen haben. Rote und lachsfarbene Nelken blühen auf dem Grab des Kindes, violette Stiefmütterchen, ein Herz aus Glas als Blumenbehälter, ein blauer Lederball, auf dem »Euro 2008« steht, auf dem kleinen, schönen Grabstein das Brustbild des neunjährigen Buben, ein blauer, leicht bewölkter Himmel hinter seinem blonden Scheitel. »Wir vermissen dich!« steht auf einem danebengesetzten, kleineren Stein, neben einem Gipsengel. Ja, wir vermissen dich, Lorenz Woschitz! Mit meinen Schritten vermesse ich die steinwurfweite Entfernung bis zum Grab von Ingeborg Bachmann, in dessen Mitte, umgeben von der Umklammerung niedergeschnittener Buchsbaumsträucher, ein rostfarbener Keramiktopf mit rosaroten Petunien steht. Auf ihrem Grabstein, zwischen den Buchstaben A und C des Namens Bachmann, steckt ein kleiner, weißer, ein wohl vom Bachwasser, denke ich, herzförmig zugeschliffener Stein. »In dem Mietshaus in der Durchlaßstraße müssen die Kinder die Schuhe ausziehen und in Strümpfen spielen, weil sie über dem Hausherrn wohnen. Sie dürfen nur flüstern und werden sich das Flüstern nicht mehr abgewöhnen in diesem Leben. In der Schule sagen die Lehrer zu ihnen: Schlagen sollte man euch, bis ihr den Mund auftut. Schlagen … Zwischen dem Vorwurf, zu laut zu sein, und dem Vorwurf, zu leise zu sein, richten sie sich schweigend ein.«

7.

Als ich mich vor vierzehn Tagen, auf einer Lesereise in der Türkei, in Ostanatolien, in der Stadt Van aufhielt, sechzig Kilometer von der iranischen Grenze entfernt, durch die Stadt ging und in einer Markthalle eine Scheibtruhe sah, in der sich an die dreißig, vierzig schwarze, blutige Schafsschädel stapelten, da dachte ich, während der Fleischhauer die schwarzen Schafsschädel nacheinander in einen Schacht hineinwarf, wie lange werden sich die Bevölkerung des Landes K. und die Bewohner der Stadt K. von diesen schamlosen und räuberischen Politikern, den Hausherren des Landes Kärnten und den Hausherren der Stadt Klagenfurt, noch ausbeuten lassen, wann werden sie endlich auf die Straße gehen und den Mund aufmachen, wie lange werden sie sich noch »schweigend einrichten«, wie lange noch werden sie demütig sein und sich lammfromm ausrauben und abschädeln lassen, bis sie vielleicht, die Bevölkerung und die Bewohner dieser Stadt und dieses Landes, mit letztem großen Staunen vor ihren eigenen Eingeweiden stehen, die ihnen zu Füßen liegen werden, wie lange noch, dachte ich, als ich dem anatolischen Fleischhändler zuschaute, wie er nacheinander die blutigen, schwarzen Schädel der Schafe entsorgte, bis die blutbeschmierte Scheibtruhe leer war und ein Kind in einer Schlangenlinie mit ihr davonfuhr. »Zeit der Trophäen, Zeit der Weihnachten, ohne Blick voraus, ohne Blick zurück, Zeit der Kürbisnächte, der Geister und Schrecken ohne Ende. Im Guten, im Bösen: hoffnungslos.«

Kabale und Bestatter

ch'derken doss ort
ch'derken doss ort:
a mejdl hot mich do getrejsst amol
mit blasse lipn.
ch'derken di mide lompn,
di mentschn baj di tischn.
blojs der sal hot sich ojssgezojgn
lenger – in der ejbikajt arajn.
doss mejdl is schojn ejne fun die lompn.

ICH ERKENN DEN ORT
Ich erinnre mich an den Ort:
da hat mich ein Mädchen getröstet
mit blassen Lippen.
Ich erkenn die müden Lampen,
die Leute an den Tischen.
Nur der Saal hat sich gestreckt
lang – in die Ewigkeit hinein.
Das Mädchen ist schon eine von den Lampen.

Rajzel Zychlinski

Florjan Lipuš, der eigentliche und erste, wie ich es sage,
Kärntner Schriftsteller slowenischer Sprache, also in einer
Minderheitssprache sich ausdrückende kärntnersloweni-
sche Autor, der wie auch andere literarische Größen, wie

Peter Handke, Engelbert Obernosterer und Gustav Januš, das berühmte und damals jedenfalls auch berüchtigte Gymnasium in Tanzenberg besuchte, das Lipuš einmal als »Internatszwinger« bezeichnet hat, und der eigentlich Priester hätte werden sollen, wurde am 4. Mai 1937 als Sohn einer Magd in Lobnig oberhalb von Bad Eisenkappel/Železna kapla geboren. Während sein Vater als Wehrmachtssoldat diente, wurde seine Mutter Marija Lipuš, nachdem sie eine als Partisanen verkleidete Gruppe von Gestapo-Männern bewirtet hatte, vor den Augen ihrer beiden Söhne Florjan und Franc von Nazischergen abgeführt, deportiert und am 3. Feber 1945 im KZ Ravensbrück ermordet. Der junge Florjan mußte damals zusehen, wie die Mutter, die gerade den Brotteig angerührt hatte – zum Brotkneten ist sie nicht mehr gekommen –, von einem Gendarm mit dem Namen »Ugav« abgeführt wurde. »Vom Backtrog weg«, heißt es im Roman »Boštjans Flug« in der meisterhaften Übersetzung von Johann Strutz, »in dem sie den Teig angerührt hatte, wurde sie abgeführt und hat kein Brot mehr geknetet. Weder der blinde und taube Gott noch die Heerscharen der Heiligen, auch sie auf der Flucht vor den Gewalttätern, auch sie mit eingezogenen Köpfen vor den Schlächtern, auch sie ohne Rückgrat und krumm vom Verbeugen, den Mächtigen angepaßt, auch sie Stumme, Ängstliche, Nutznießer, die alle ihr Mäntelchen nach dem Wind hängen, sie rührten keine Hand und regten nicht einmal den kleinen Finger, machten keinen Mucks auf ihren Sockeln.« Bevor ich »Boštjans Flug« und auch seinen satirischen, mich an Grimmelshausens »Simplicissimus« erinnernden Roman »Beseitigung meines Dorfes« gelesen und mir Fabjan Hafner, Lipuš-Übersetzer auch er, von diesem Bild, das einem das ganze Leben nicht mehr aus dem Kopf gehen kann, erzählt hatte, trug ich lange die Vorstellung mit mir herum, daß die Mutter des jungen Florjan mit ihren Händen und Fäusten den nassen, klitschigen, gummiartigen, quietschenden Brotteig knetet, bis die Tür aufgeht, die Mutter mit einem Messer die auf ihren Händen und Fingern klebenden Reste des grauen, blasenschlagenden Teiges abschaben, die fleckige, nach nassem, gemahlenem Getreide riechende Schürze ablegen und vor dem uniformierten Ugav die Schwelle ihres Hauses übertreten und ihre beiden minderjährigen Söhne zurücklassen muß. »Ugav selbst nahm sich das Innere des Hauses vor«, schreibt Florjan Lipuš in »Boštjans Flug« »mit polterndem Schritt drang er ein und pflanzte sich vor der Mutter auf, die gerade den Teig auf das Blech legte. Er unterbrach sie mitten in der Arbeit, Boštjan sah, wie ihre mehligen Finger stockten und starr wurden. Sie konnte den Laib nicht mehr ins Backrohr schieben, dafür blieb keine Zeit, zu gebieterisch war Ugavs Stimme und zu laut, höchste Eile war geboten, so überstürzt war der Vorgang, unaufschiebbar und unvermeidlich. Der Teig gärte weiter, sackte ein und fiel zusammen, als der Gendarm das Blech zur Seite stieß. Mit harten Schritten ging er die Räume ab, durchstöberte alle Ecken, schaute auch immer wieder in die Kammer, wo die kranke Großmutter lag, während er, mit den Insignien der Macht rasselnd, die an seinem Gürtel hingen, und zur Eile treibend, die Mutter im Auge behielt, die sich zögernd zum Gehen bereitete, wohl wissend, daß es schwerlich Gutes bringt, wenn der Gendarm mit dem Finger winkt.« Die beiden in diesem Schrecken alleingelassenen Kinder, Florjan und Franc, die verwaisten Halbwüchsigen, fragten sich, wer denn heuer das Obst schütteln, wer die Äpfel einlagern wird, wer das Sterzmehl mahlen, die Erdäpfel und die Rüben versorgen, das Kartoffelkraut verbrennen wird, wer »die sieben Regenbogen deuten«, wer den Platz vor der Hauskapelle vom Eis freihacken wird? Aber auch vom »Schweiger am Kreuz«, dem die Haut bereits abbröckelte, dem Wind und Wetter das Gesicht verzerrt und die Dornenkrone schon abgehoben hatten, kam weder ein Kopfschütteln, noch ein Nicken, denn auch er rührte sich nicht und hatte kein Wort übrig für die Kinder.

Selbst das Ministrieren wurde dem jungen Boštjan verweigert, er hätte auch gerne, wie andere, wenigstens einmal in der Woche am Altar an der Seite des Pfarrers im Mittelpunkt gestanden vor den Gläubigen, die sich in die Kirchenbänke einklemmten und eingeklemmt wurden von der gemeinen und alles und jeden kontrollierenden Dorfgemeinschaft, hätte gerne das Weihrauchfaß getragen und den Kessel mit dem Weihwasserschwengel, mit dem der Pfarrer das Kirchenvolk segnet und zu Allerheiligen die mit brennenden Kerzen und weißen, gelben und rostroten Chrysanthemen überladenen Gräber besprengt, wobei Weihwasser auf die zittrigen Blütenblätter und auf das Schuhwerk der vor den Gräbern stehenden Gläubigen und Ungläubigen spritzt – eine Gemeinschaft, »die Gesellschaft der Gotteswilligen«, wie sie Florjan Lipuš in seinem Roman »Boštjans Flug« nennt und ironisch kommentiert mit den Worten: »Den Willen Gottes kennt allerdings nur der Pfarrer, weil das Dach mit einem Blitzableiter ausgestattet ist, durch den nicht nur die Elektrizität abgeleitet wird, über den Blitzableiter kommt Gottes Wille verdichtet und in Reinform ins Haus.«

Nach der Verhaftung der Mutter lebten ihre beiden Buben alleine mit ihrer dahinsiechenden Großmutter in der Einschicht in einer Seitenklamm des Grabens Remschenig/Remšenik und verbrachten einige Tage neben der toten Großmutter, ehe sie zufällig entdeckt wurden. Von den 200 Bewohnern des Grabens sind in der NS-Zeit 57 eines gewaltsamen Todes gestorben. Schließlich wuchs der junge Florjan, der auf dem Bauernhof schwere Arbeiten verrichten mußte, mit einer Stiefmutter und einem traumatisierten Vater auf, der sich nach seiner Heimkehr aus dem Krieg ins Schweigen zurückgezogen hatte und auch von den anderen verlangte, daß sie schweigen sollten für ewig und immer, und der sich zu einem Werkzeug der Arbeit gemacht und nur mehr die Arbeit und nichts als die Arbeit sehen konnte, und dann und wann den Kopf seines widerspenstigen Sohnes Florjan zwischen seine harten Knie klemmte und, wie Florjan Lipuš in »Boštjans Flug« schreibt, »es ihm gab, jedesmal wenn die Rute ihre Psalmen auf seinen Hintern pfiff und seinen Schenkeln irgendwelche Sinnsprüche einbleute«. Der junge Florjan wuchs in einem tratschsüchtigen und bigotten Dorf auf, in dem alles und jeder kontrolliert wurde, in dem man stets auf der Lauer nach einem Ärgernis war, wo Kontakte subtil überwacht wurden, wo man bereits im »Rahmen der kirchlichen Folklorewochenenden« den Hauch einer Sünde witterte, um ein Wort von Florjan Lipuš zu gebrauchen, in dem, obwohl und weil die Sünden hohes Ansehen genießen in der katholischen Kirche, der Pfarrer mit seinen Sprüchen versuchte, die Sünden seiner Lämmer, Kirchengänger und Gläubigen, bei denen »die Auferstehung bereits ihre Zungenspitze erklommen« hat, dieser »Seelenschleicher«, wie sie Florjan Lipuš nennt, im schwarzen Beichtstuhl mit dem violetten Vorhang zu zermürben, einer Dorfgemeinschaft, die nur das Unglück anderer glücklich macht, die in der Liebe katholisch verklemmt war und die ihm, dem kleinen, vereinsamten und verlorenen Boštjan, nicht einmal den Blick auf ein Mädchen vergönnten, eine junge Liebe in dieser tiefen Trauer, dieser Einsamkeit, Verlorenheit und der Hoffnung, daß die Mutter doch bald wiederkäme, ein Mädchen und eine zaghafte, zarte, von Angst, Skrupel, vom schlechten, wohl eingebeulten Gewissen – denn das katholische Gewissen ist immer ein schlechtes – beschlichene und von Hoffnung genährte Liebe, die später zu Boštjans erhebendem Flug und schließlich auch zu diesem gerühmten Roman wurde, über den Peter Handke, der erste und bahnbrechende Lipuš-Übersetzer, schreibt: »›Boštjans Flug‹ ist, wie kein anderes Buch der letzten Jahrzehnte in unseren europäischen Breiten und Längen und vor allem Engen, das Buch des großen, beständigen Aufruhrs, aber auch – warum ›aber‹? –, und auch, erstmals bei Florjan Lipuš, ein Buch der Liebe, einer ersten, der ersten, und so erzählt, daß man es liest als das erste Buch der Liebe seit (fast) unvordenklichen Zeiten.«

Im Roman »Boštjans Flug« ist auch einmal, gegen Schluß, von einem der vielen Erniedrigten und Beleidigten die Rede, von einem Knecht, dem man, da er nur ein Leibeigener war, der zwar eine Geliebte hatte, das Aufgebot verweigert hatte, den also der Pfarrer nicht kirchlich trauen wollte. Der verbitterte und wohl todtraurige Knecht zog sein Sonntagsgewand an, mit dem er sich immer bei den Gottesdiensten blicken ließ, ebenfalls seine neuesten Schuhe, steckte sich eine Wachsblume auf den Rockaufschlag und legte sich, auf dem Ast eines Baumes stehend, einen Strick um den Hals. »Der Teufel hat ihm das Blut verwirrt!« sagten die Dorfleute. Lange soll der Leichnam gehangen haben, im Wind vertrocknend und in den Unwettern verwesend, bis die sterblichen Überreste, wie es in der katholischen Kirche heißt, im Laufe von Monaten Stück für Stück zu Boden gefallen sind. Zuerst sollen die Hoden des Knechts abgefallen sein, und die niederträchtigen Dorfleute behaupteten, aus seinem Samen sei ein männchenförmiger, krummer, dem gebuckelten Knecht ähnlicher Strauch gewachsen, in einem Jahr, in dem der lasterhafte und vom strafenden Gott geschickte Teufel, verkörpert in ein Weltuntergangsunwetter, Brücken in der Umgebung fortgeschwemmt, Wege und Hausdächer zerstört haben soll. Die Geschichte mit dem Leibeigenen, dem man das Aufgebot verweigert hatte, erinnerte mich an mein Heimatdorf im Kärntner Drautal, an eine Geschichte, die mir der Vater erzählte, in der ein Herrschaftsbauer, der Mägde und Knechte in der Küche nur an einem eigenen Gesindetisch essen ließ, einmal einen schwer betrunkenen, leibeigenen Knecht, in ein Schweineglitsch werfen ließ, wo ihm die Schweine im Zustand seiner Ohnmacht die Hoden abgefressen haben sollen.

»Die Wahl, die er traf«, schreibt Florjan Lipuš in »Boštjans Flug«, »entsprach seiner augenblicklichen Stimmung, er suchte ein Dach aus mit einem Kamin, aus dem der Rauch des Brotbackens quoll, genaugenommen erst der Duft der harzigen Föhrenscheite, während durch das angelehnte Fenster ein säuerlicher Geruch nach dem im Backtrog aufgehenden Teig kam, und die Seraphim um den Gottes-

29

thron verdeckten sich noch mit dem zweiten Flügelpaar, dem für das Fliegen, die Augen, die gefallenen Engel der Unterwelt aber rieben sich die schwarz gewordenen Hände, als sie sahen, wo der Seraph den Stachel Gottes einstach.« Tief, maßlose senkrechte Kilometer tief steckte der Seraph den Stachel Gottes in die Menschen hinein, in der Gaskammer, unter den Düsen, wo die nackten Frauen zusammengepfercht wurden und mit emporgestreckten Händen und gespreizten Fingern einander festhielten und schließlich übereinander fielen. Und: »Zum Glühen gebracht, zerschmolzen, eingeäschert, verweht. Damals, beim Backen, das sie schuldig blieb, wird sie vermutlich noch nichts geahnt haben, wahrscheinlich vermochte sie sich auch das Knistern im Ofen nicht vorzustellen, an dem Morgen, an dem sie abgeholt wurde und es so eilig war, auf den Posten zu kommen.«

»Heiligbüblein, Jesusschmatz und Dornenkronenbussler«

kraft des raben dir
kraft des adlers dir
der fenier kraft

Die erste Strophe vom
segenswunsch 1
aus den religiösen Dichtungen der Kelten

»Hör zu«, sagte die Muhme zu ihrem Neffen im Roman
»Die Asche des Fegefeuers« von Richard Billinger, die
eine Schüssel voll Himbeeren auf den Tisch gestellt und
eine sich auf die rote Frucht setzende Fliege einer Kreuz-
spinne ins Netz geworfen hatte, »ich weiß, daß dich deine
Eltern in die Stadt schicken möchten, zum Pfarrerstu-
dium, du Heiligbüblein, du Buchgucker, du Honigknäb-
lein, du Jesusschmatz! Jeden Tag wasch ich die Hörner
meines Ziegenbocks, keine Bischofsmütze hat ein schöne-
res Gekröne als die Hornsicheln des Bocks.« Sie warnte
ihn vor den Klerikern und erzählte von einem Bischof,
der eine »Spaltmütze« trug, ein eifriger Beter, Fürbitter
und »Rosenkranzschlingel« war, den die Domherren in gu-
tem Glauben zum Bischof gewählt haben, den aber der das
halbe Land besitzende Graf aus dem Weg räumen ließ
und den ein Kaplan, als Jäger vermummt, bei einer Wild-
schweinjagd hinterrücks erschoß.

Ihr verstorbener ältester Sohn soll »blitzsüchtig« gewesen sein. Er ging immer außer Haus, wenn es donnerte und blitzte, entkleidete sich, stand splitternackt mit ausgebreiteten Händen auf einer Wiese und wartete sehnsüchtig, bis ihn dann einmal der Blitz endgültig »biß« und »entseelte«. Die eine Himbeere nach der anderen zwischen die Lippen schiebend, zeigte die Muhme ihrem Neffen eine Fotografie, auf der ihr ebenfalls schon verblichener Ehegatte mit einem buschigen Schnurbart neben ihren beiden Söhnen abgebildet war. »Der Blitz sucht sich nix Schlechtes aus!« sagte befriedigt und stolz die Muhme zum Heiligbüblein und Buchgucker und deutete mit ihrem von den Himbeeren geröteten Zeigefinger auf ihren ältesten Sohn, der vom Blitz erschlagen worden war.

Vor Muhmes Haustür wartete ein Stromer, ein armer, buckliger Mann mit einer »Klumpnase« und einem ziegelroten Bart, der nur wenige Kleidungsstücke am Leib trug. Die Muhme kannte den »Naseten« und »Buckleten«, ließ ihn für Quartier und Kost das Holz aus der Scheune ins Haus tragen, drückte ihm das Hackbeil in die Hand. Ein Kienspan beleuchtete ihre Stube. Die Muhme stellte einen Melkerschemel vor den Ofen und setzte sich drauf. Schwarze Käfer liefen über den Tisch. Der Stromer saß herrisch am Tisch und stopfte seine Pfeife. Das Heiligbüblein wusch sich in einem Holzbottich die Füße und schlürfte kuhwarme Milch. Als sich die Tür öffnete, trat ein Zerlumpter in die Stube ein. Es war Muhmes verschollener Sohn Kaspar, »den der Tod schon aufgeschrieben« hatte, der sich an den Tisch setzte, aber von der Muhme und vom Naseten nicht beachtet wurde. Die Muhme erkannte ihren völlig entstellten und verwahrlosten Sohn nicht wieder. Er bettelte um Quartier, Brot und Speck, aber er bekam keine Antwort. Das Heiligbüblein begann sich zu fürchten, rannte nach Hause und schlüpfte unter die Bettdecke. Es hatte Angst, daß seine Tante ihren schon von den »Grabwürmern verletzten Sohn« verleugnen werde.

Am nächsten Morgen, als gerade erst die Sonne aufgegangen war, weckte die Magd das Heiligbüblein. »Der Kaspar ist da!« sagte sie. Ohne seine Morgenmilch zu trinken, verließ er sein Elternhaus und lief zur Muhme, die gerade ihre sieben Ziegen in den Obstgarten getrieben hatte und dem Ziegenbock die Hörner wusch. »Muhme, der Kaspar ist da!« Die Muhme gab keine Antwort. Krähen saßen auf einem faulenden Baumstrunk, Frösche quakten, die Ziegen suchten in der schon fast kahlgefressenen Wiese die letzten Gräser. Die Mutter des Heiligbübleins trat in den Garten, öffnete einen Korb, zeigte ihrer Schwester Butter, Fleisch und Brot. »Für Kaspar!« sagte sie. Die Muhme griff an ihr Herz und schrie: »Geht's, geht's, trag dein Dreckfutter heim!« Erschrocken eilte ihre Schwester mit dem Proviant aus dem Garten.

Das Heiligbüblein glaubte, »der Wahn hätte die Alte beflügelt, sie toll und teufelsböse gemacht«, und ging ebenfalls nach Hause. Es mußte den Mägden helfen, den Gemüse- und Kräutergarten zu gießen, das nach Harz riechende Holz in die Küche zu tragen, den Mostkrug und den Brotkorb für die Feldarbeiter auf den Acker zu schleppen. Die Mägde hoben den Wiesenbaum, einen geschälten Holzstamm, auf die hohe Heufuhre und seilten den Halmenberg nieder. Als der Buchgucker und Jesusschmatz einen Knecht beobachtete, der sich einer Magd unzüchtig näherte, glaubte er einen Schrei zu hören, der die Erde spaltete. Er sah einen Schweinskopf aus dem Hals der Magd kriechen, ein Maulwurf schaute mit den Augen seiner Muhme aus seinem »Kotloche«. Und am Abend, unter dem lauten Gezirpe der Grillen, saß er auf dem Rücken eines Pferdes. Der Gaul schwamm über den Tümpel, das Wasser stand dem sich an den Zügeln festhaltenden Heiligbüblein bis zum Hals. Gleichzeitig tauchten Reiter von den Nachbarhöfen auf, vollkommen nackt ritten sie um die Wette, hetzten die erschöpften Ackergäule über die abgeernteten Felder, riefen zum Schrecken des Heiligbübleins obszöne und schamlose Worte gegen den Himmel.

Inzwischen hatte der Nasete den Kaspar mit einer Hacke erschlagen. Der Gendarm sagte: »Draußen liegt der Kaspar. Die Krahvögel haben ihn schon zerpeckt!« »Da am Tisch ist er gesessen«, sagte die wie eine Wahnsinnige lachende Muhme, »ich hab ihn nimmer derkennt, der Nasete hat mein Herz gefressen!« und verschwand auf Nimmerwiedersehen. Sie kannte jeden Schlupfwinkel in den Bergen, die Gendarmen suchten sie vergeblich. Der empörte Vater des Heiligbübleins ließ das Haus seiner Schwägerin abreißen, die morschen Balken verbrennen. Das Heiligbüblein suchte die Muhme im Wald, im Flur und am Fluß. »Die Wellen beten!« sagten die Schiffer, die sich auf ihren schwerbeladenen Flößen flußabwärts treiben ließen. Laut betend hielt einer die Statue des heiligen Christophorus in den Händen, der sie im Notfall vor dem Ertrinkungstod retten solle. »Muhme!« rief sehnsüchtig das Heiligbüblein in die Wellen des Flußes hinein, »Muhme!«

kraft des sturmes dir
kraft des mondes dir
der sonne kraft

Die zweite Strophe vom
segenswunsch 1

Die Scheune war vollgestopft mit Heu und Getreidebündeln. Gerstengarben wurden von den Stieren niedergetreten, damit sie unter dem Dach des Heustadels noch Platz fanden. Hans Faltenbauer, Jungknecht auf dem Hof eines alten Bauern, neckte die junge Bäuerin, die »jeder Mannshose nachgelaufen« sein soll. Um die Bäuerin zu schrecken, sperrte er einen Igel in die Speisekammer, legte in der Wohnstube eine tote Ratte zwischen die Ofenscheiter, fing Kröten und Frösche und versteckte sie in den Betten. Eines Nachts hörte die Bäuerin die Schreie einer noch schulpflichtigen Magd, die in der Vorkammer von Hans geschlafen hatte, und eilte dem Mädchen im Nachthemd zu Hilfe. Hans flüchtete aus dem Haus, ging in den Heustadel und warf ein Zündholz in die Garben hinein. Schafe liefen im Stall kreuz und quer, der Hengst bäumte sich in den Flammen auf, bereits angekohlte Schweine liefen laut zwillend zwischen den Wasser aus Eimern schüttenden Knechten, die aber das Gebäude verlassen und sich selber retten mußten. Der Hof wurde bis auf die Grundmauern eingeäschert.

Später näherte sich der brünstige Hans Faltenbauer in der Dorfkirche einem am Seitenaltar knienden Mädchen, legte besitzergreifend seine Faust auf ihre zum Gebet gefalteten Hände, hob sie auf und wollte sie in den Beichtstuhl tragen, aber das grazile Mädchen konnte sich von ihm losreißen und zur Kirchentür hinauslaufen. In der Kirche ging Hans auf einen Altar zu und sah die Statue der heiligen Notburga. Er stieg auf den Altar, riß die Heiligengestalt aus der Verankerung, stieg mit ihr in den Glockenturm hinauf und legte sie in einen breiten, leeren Sarg, in dem ein von Mäusen angeknabbertes Kissen mit goldenen Quasten lag. Hans entkleidete sich, legte sich zu ihr in den Sarg, liebkoste sie, bis die mit unzähligen Wurmstichlöchern übersäte Holzpuppe auseinanderbrach und unter seinem nackten Körper zerbröselte. Um den Frevel zu vertuschen, zündete er die Kirche an. Die Dorfleute liefen ins Kircheninnere und retteten die schon schwarzberußten Heiligenfiguren. Da sie die heilige Notburga nicht fanden, glaubten sie, daß sie das Feuer mit ihren »bloßen Händen erwürgt« habe und von rettenden Engeln in Sicherheit gebracht worden sei.

In der Zwischenzeit hatte Hans Faltenbauers Vater ein paar Äcker gepachtet. Er befahl seinem Sohn, nach Hause zu kommen, um auf dem eigenen Hof mitzuarbeiten. Wenige Tage nach seiner Heimkehr fand die Mutter ihren erwachsenen Sohn im Bett seiner jüngeren Schwester. Während sich am nächsten Tag Schwester und Bruder im Garten unter einem Apfelbaum balgten, schlug ihm der Vater die Hand ins Gesicht und zertrümmerte seine Nase. Noch in derselben Nacht, mit blutverschmiertem Hemd, zündete Hans Faltenbauer seinen väterlichen Hof an. Alle

Tiere verschmorten im Stall, vom Hof blieb nur ein Asche-
haufen übrig. Der Vater erwürgte seinen Sohn und er-
tränkte sich selber im Karpfenteich des Pfarrhofs.

3

kraft des meeres dir
kraft des landes dir
des himmels kraft

Die dritte Strophe vom
segenswunsch 1

Seinem Cousin Franz, der nach der Flucht aus seinem Elternhaus auf dem elterlichen Bauernhof des Heiligbübleins Unterschlupf gefunden hatte, zeigte er die nähere
Umgebung. Vor der Armenseelenkapelle schlief ein Bettler, auf einem Acker zogen zwei Rösser den Pflug, Enten
schliefen auf dem Teich, schreiende Gänse rannten zur
Bäuerin, als sie eine Schaufel Getreidekörner ausstreute.
Krautköpfe, zu Bergen aufgehäuft, lagen unter den Apfel-
bäumen, Körbe voller Erdäpfel wurden von Mägden in
die Keller der Bauernhäuser getragen. Das abgedorrte Kraut
auf den Erdäpfeläckern wurde verbrannt. An den Obst-
bäumen lehnten Holzleitern. Mit Säcken um den Hals
standen die Knechte auf den Baumästen und pflückten
Äpfel und Birnen. Ein steinerner Mühlstein zerquetschte
Obst, aus der Presse rann brauner Birnen- oder Apfelsaft.
Tauben gurrten und schnäbelten weißen Kalk von einer
Stallmauer. In einer Hausnische stand die Statue des heili-

gen Florian, des Schutzpatrons der Feuerwehr, einen Bottich Wasser auf ein brennendes Haus gießend. »Und da«, sagte das Heiligbüblein zu seinem Cousin Franz, »da ist das Haus vom Doktor, er ist reich, er hat Geld wie Mist, den füttern die Grabhügel!«

Mit einem ausgehöhlten Kürbis, Mund, Nase und Augen ausgeschnitten und mit rotem Seidenpapier überklebt, innen mit einer Kerze beleuchtet, traten die Kinder an die Fenster der Bauernhäuser, um die alten Leute zu erschrecken. Die Sensen der Knechte hingen, »wie vom Tode abgelegt«, an den Holznägeln der Scheunenwände. Das Heiligbüblein zeigte seinem Cousin die Hütte des Innfischers, in der seine verrückte, oft splitternackt am Herd stehende, die Fische bratende Tochter lebte. Es war schon finster, sie schauten durch das Fenster, der Fischer war am Tisch eingeschlafen. An den Wänden der Stube hingen Fischernetze, mehrere bereits geräucherte Hechte und Huchen lagen eßbereit auf dem Tisch. Die nackte Fischerstochter schüttete einer schwarzen Katze Milch in den Freßnapf. Franz rief: »He! Die Nackete!« Das Heiligbüblein klopfte keck an die Fensterscheibe. Das nackte Mädchen mit den buschigen Schamhaaren und großen, wogenden Brüsten lief ans Fenster. Der Fischer wachte auf, die beiden Buben schwangen sich aufs Pferd und galoppierten davon. Ein Fasan raschelte aus einem Gebüsch und flog über ihre Köpfe hinweg.

Als Franz nach mehreren Wochen wieder in sein elterliches Haus zurückkehrte, riefen die Mägde und Knechte schon von weitem: »Freu dich, Franz, heute kriegt deine Hose zu fressen. Der Bauer hat den Stecken schon geschnitten!« Als die Mittagskost in Pfannen und Töpfen prasselte, der Suppentopf auf dem Tisch stand und der widerspenstige Franz als einziger seine Lippen nicht zum Gebet bewegte, schrie der Bauer: »Hast nicht gebetet wieder!« und schlug ihm die Faust ins Gesicht. Mit dem Hemdsärmel wischte er sich das Blut vom Gesicht, stand vom Mittagstisch auf und zeigte seinem Vater die Zunge, ehe er zur Tür hinausverschwand. Der Bauer riß das Gewehr von der Wand, stürzte aus der Stube, drei Schüsse fielen. Aufgeschreckt flog der Pfau vom Scheunendach. Als der Bauer wieder in die Küche kam, sagte er: »Derschossen ist er!« Die Mägde beugten sich über die ohnmächtig gewordene Bäuerin, die Knechte legten den Leblosen auf die Küchenbank, Blut sickerte über der Herzgegend aus dem Hemd des Ermordeten.

4

güte des meeres dir
güte des landes dir
des himmels güte

Die vierte Strophe vom
segenswunsch 1

Die großgewachsene Bäuerin, die von den Dorfleuten »Riesin« genannt wurde, trug am Allerheiligentag aus ihrer kleinen Kapelle einen von Mäusen zerfressenen, wächsernen Leichnam Christi, warf ihn auf den Friedhofsabfallhaufen, ließ von einem Wachsbildner einen neuen

Schmerzensmann anfertigen und in der Altarnische auf-
stellen. Das Heiligbüblein trat gemeinsam mit der Muhme ans Kapellengitter heran und sah, daß die neue Jesus-
statue die Gesichtszüge seines Cousins Franz trug, der
von seinem Vater erschossen worden war. Die Riesin erzählte dem Heiligbüblein und Jesusschmatz vor der neuen
Wachsfigur, daß ein Bauer, der in der Schlafkammer mit
einer Magd »schöngetan« habe, »afternach« ohne Schutz-
haube und Handschuhe ins Bienenhaus gegangen sei, wo
ihn die Bienen zu Tode gestochen hätten, denn die Bienen
»haben's erwittert, die Bienen können die Unzucht nicht
leiden«.

Im Beisein vom Heiligbüblein betete die lebensüberdrüs-
sig gewordene Riesin zu ihrem verstorbenen Mann, der
auch Franz heißt: »Bist du da? Franz! Hab dir das Glasel
gefüllt! Dir und mir! Dem Heiligbüblein habe ich auch
roten Wein eingeschüttet in den Becher. Er muß leben,
Pfarrer werden, für alle einmal beten. Hab bis auf den heutigen Tag gewartet. Jetzt hat der Weg sein End. Bei dir rast
ich und hab ich Ruh. Die Ewigkeit hat so viele schöne
Glocken. Ich hör sie oft läuten. Ich wasch dir im Himmel
dein Hemdel, bad deine Füß, du darfst auf mich treten
wie auf den Stein auf dem Weg. Du hast die goldene Sichel
und die Sensen, du mußt mich abmähen!« Danach schüttete sich die Riesin Rattengift in den Wein und krepierte
elend.

jeder tag fröhlich dir
und keiner traurig dir
ehr und erbarmen

Die fünfte Strophe vom
segenswunsch 1

An die Tür, die zur Beikammer führte, war ein junger
Kauz mit gespreizten Flügeln genagelt. Auf der Küchenbank sitzend, flicht ein Mann rote Weidenruten zu Kör-
ben und Tragtaschen. »Das hat er im Zuchthaus so schön
gelernt!« sagte der Jungbauer Alois, als gerade die verrückte Fischerstochter die Haustür entriegelte, über die
Stubenschwelle trat und sich obszön bog vor Lachen, als
sie den Korbflechter und Alois mit glasigen Augen vor einem Mostkrug sitzen sah. Alois sprang hinter dem Tisch
auf und umfaßte den Leib der Fischerstochter. »Tust mir
was?« flüsterte sehnsüchtig das Mädchen. »Mein Vater
hat mich heut wieder gehaut, gar aso geschlagen!« klagte
sie. »Er hätt gern unsere Sau abgestochen. Aber das lang
Stechmesser hab ich versteckt. Im Kittelsack hab ichs«,
flüsterte lüstern das Mädchen, »nimms in deine Hand,
Bauer, junger, du Betthupfer, du Fensterklopfer!« Der junge Bauer setzte der Fischerstochter die Larve eines Kuh-
schädels auf, er maskierte sich mit einer Teufelslarve. »Bist
jetzt die Hörndlete! Die Kuh!« rief der Bauer. »Und wer
bin ich? Der Nackete! Der Teufel!« Vor Verzückung hüpfte die Fischerstochter durch die Stube und gab ihm das
Messer. »Da, da, tus!« rief sie, »stich, stich mich!« Nach-

dem Alois mit der Fischerstochter geschlafen hatte, stach er ihr unzählige Male das Messer in die Brust und zündete die Kammer an. Schwer betrunken kam in diesem Moment Alois' Vater nach Hause. »Du Teufelshund! Du!« rief der torkelnde Alte auf den Sohn zu, der die angewachsene Teufelslarve nicht mehr vom Kopf heben konnte. Der Innfischer, der ebenfalls ins Haus gekommen war und nach seiner verschwundenen Tochter fragte, schob den verdächtig vor einer Tür stehenden Alois mit der Teufelslarve zur Seite, öffnete die Kammer und erblickte seine blutüberströmt auf dem Bett liegende Tochter. »Ich erwürg dich, du Hundsdarm!« schrie er. Die Flammen schlugen bereits aus dem schneebedeckten Dach des Bauernhauses, der schwer betrunkene Altbauer kam in den Flammen ums Leben, und der Innfischer erwürgte mit bloßen Händen den Mörder seiner Tochter.

6

jedermanns liebe dir
sterben im kissen dir
nah dein erlöser

Die sechste Strophe vom
segenswunsch 1

Als dann einmal der Jesusschmatz an Scharlach erkrankt war und hohes Fieber hatte, plagten ihn die Alpträume: Die Riesin im feuerroten Hemd flog auf dem Rücken eines Pfaus in den Himmel. Ein Hirsch sprang über einen

Hochaltar, Lerchen sangen im Tabernakel, gußeiserne Glocken flogen von den Kirchtürmen, Tausende Blutegel krochen aus dem Teich und näherten sich seinem Krankenzimmer. Himbeere für Himbeere zupfte die verschwundene Muhme von einer Waldstaude und stopfte sie dem kranken Heiligbüblein in den Mund. Die Flammen des Fegefeuers züngelten um seinen nackten Leib. Knechte stützten sich abwartend auf die Stiele ihrer Sensen. Der am Kreuz hängende Jesus strampelte sich die eigenen Wunden vom Leib. Als ihm die ermordete Fischerstochter einen schuppigen, armdicken Huchen in den Mund steckte, schrie das scharlachkranke Heiligbüblein auf und erwachte. Der Mesner saß mit einer brennenden schwarzen Kerze an seinem Krankenbett, eine Schale voll frisch gepflückter Himbeeren stand auf dem Tisch: »Du mußt der Priester einmal sein«, sagte der Mesner, »derft nit grad die schönen Büchel lesen, du mußt die Dornenkron' busseln, ihr den Schmatz geben, die Geißel zu dir ins Bett legen, die unserm Herrgott das Blut voreinst abgelockt hat. Du Heiligbübel! Kimmst dem Engel nimmer aus, laufst der Glocken nimmer davon!«

Ohne Haben und mit viel Soll oder Der Angriff des strafenden Engels

Ich bereue nicht die Sünden, die ich je begangen, ich bereue nur die Sünden, die ich nicht begangen.

Peter Rosegger

weisheit der schlange dir
weisheit des raben dir
weisheit des mutigen adlers.

stimme des schwanes dir
stimme wie honig dir
stimme des sohnes der sterne.

segen der meere dir
segen der erde dir
segen GOTTVATERS im himmel.

segenswunsch 2
aus den religiösen Dichtungen der Kelten

Im Fabrikkomplex, der »Fletz« genannt wurde, stellte der Vater des achtunddreißigjährigen Hadrian Hausler, ein schwerreicher Industrieller, ständig neue Dampfmaschinen auf, baute neue Schlote, daß die Sonne am Himmel nur mehr als schmutzige rote Scheibe zu sehen war. Diese Schlote standen, wie es im Roman »Weltgift« von Peter Rosegger heißt, wie Riesenstifte ins schmutzige Morgenrot hinein. Der Vater, Guido Hausler, nannte seine Arbeiter die »Bestien«. Hadrian war das einzige Kind der Familie, die schwerkranke Mutter starb früh auf der griechischen Insel Korfu. Hadrian glaubte, das Geld wäre zum Leben da, aber sein Vater war der Meinung, daß man leben müsse, um Geld zu machen. Die langwierigen Geschäftsreisen, auf denen er von seinem Vater durch halb Europa geschickt wurde, »entmenschlichten« ihn, Hadrian »vertierte«, wie er sich ausdrückte, kehrte von seinen Reisen als gebrochener Mensch zurück. Die Leute beneideten den Millionärssohn um seinen luxuriösen Lebensstil, aber Hadrian hatte Sehnsucht nach einem einfachen und bescheidenen Auskommen und rechnete in der Buchhaltung der Kanzlei die Tausender genauso gleichgültig wie die Hunderter oder die Zehner, während ihm sein die »Bestien« ausbeutender Vater zu verstehen gab, daß »Gold nicht nur die Herzen, sondern auch die Nerven härtet«. Die Arbeiter beklagten sich, daß sie wie Tiere arbeiten müssten und zum Essen nur Milchsuppe und Erdäpfel bekämen. Als Hadrian einmal die Gelegenheit hatte, in die schlichten Stuben der Arbeiter, besonders einer Wäscherfamilie, zu blicken, fühlte er sich als ihresgleichen und fand es in der dürftigen Behausung der »Bestien« weitaus heimeliger als in den prächtigen Räumen seines väterlichen Herrenhauses, wo der Diener auf einem silbernen Tablett die Post brachte. Als er danach in der Stadt seinen Vater und dessen Freundin Helene in einem eleganten Wagen »fast lautlos« dahinrollen sah, hätte er das ungleiche Paar, wie er es nannte, am liebsten erdrosselt.

Eines Tages eröffnete ihm der Vater, daß er ihn als gleichwertigen Kompagnon in seinem Betrieb anstelle, da er die Last und Verantwortung der kaufmännischen Obliegenheiten nicht mehr alleine tragen wolle. »Hausler & Sohn« sollte von nun an die Firma heißen. Als sich der Sohn diesem Ansinnen verweigerte, warf ihm der Vater vor, daß er nicht arbeiten wolle und seine »Moralanfälle«, besonders wenn er sich für die ausgebeuteten Arbeiter einsetze, nur Ausflüchte seien, nicht arbeiten zu müssen. Der Vater gestand schließlich seinem Sohn, daß er seinen ganzen »Plunder« an eine Aktiengesellschaft verkaufen, ein Landgut erwerben und sich mit seiner Freundin Helene auf den Ruhesitz zurückziehen wolle, worauf ihn Hadrian verhöhnte und seinem Vater ins Gesicht sagte: »Na also! Endlich wär's heraus! Dahin geht's. Deshalb sollen Bauern betrogen werden. Darum wird einer gesucht, der die Last und Verantwortung trägt. Damit der Herr mit der Zote ein vergnügtes Leben führen kann. Ich gratuliere!«

Am darauffolgenden Tag ließ der Vater seinen Sohn um die Mittagsstunde ins Büro kommen. Er empfing ihn schweigend und feierlich, legte ihm ein Schriftstück vor, das er zu unterschreiben hatte. Hadrian wurde von seinem Vater enterbt. Den Pflichtteil, so der Vater, könne er sich beim Notar Dr. Kerbholz abholen, für ein Leben in Saus und Braus reiche es immer noch. Die beiden Männer, Vater und Sohn, verneigten sich schauspielerisch voreinander und zogen sich zurück, der eine hinter seinen Büroschreibtisch, der andere ging durch eine Tür, die direkt zu einer Freitreppe führte. Der enterbte Hadrian quartierte sich in ein Hotel ein und schrieb in sein Tagebuch: »Heute endlich bin ich gestorben – und neu geboren!« Hadrian feierte seine Wiedergeburt ganz alleine mit Sekt auf den roten Samtmöbeln im Hotelzimmer. Er fand sich erlöst und frei. Und so beginnt auch der Roman »Weltgift« von Peter Rosegger: »Heute endlich bin ich gestorben.« – »Mit dieser Neuigkeit beginnen die Aufzeichnungen eines Mannes, der nach seinem Tod ein Leben anfing, so wunderlich und heillos, daß man darüber ein Buch schreiben muß. Es wird geschrieben auf Grund und mit teilweiser Benutzung vorhandener Blätter.« ... Und: »Es hat Mühe gekostet, bis ich so anständig wurde, daß mein Vater mich enterbt hat. Nun ist es aus. Ich schließe die alte Buchhaltung, um eine neue zu beginnen. Eine ohne Haben und mit viel Soll.«

Hadrian ließ die Pferde aufzäumen, zwei braune Magyaren, die stolz ihre Köpfe in die Höhe hielten und übermütig mit den Vorderläufen stampften. Die ungeduldigen Hengste wurden an einen neuen Landauer gespannt, eine viersitzige, vierrädrige und an beiden Achsen gefederte Kutsche mit zwei gegenüber angeordneten Sitzbänken, beladen mit einem schweren Lederkoffer und mit einem wohlhabenden jungen Mann, dem achtunddreißigjährigen Sohn des schwerreichen Industriellen Guido Hausler. Der Kutscher war ein ehemaliger Stallknecht, ein kleiner, rundlicher Bursche mit gelocktem kastanienbraunem Haar. Wenn er seinen Kopf schüttelte, »schlug das Gelocke wie ein Pendel hin und her«. Er war kaum achtzehn Jahre alt, hatte ein rundes weißes Gesicht und etwas »Mädchenhaftes«, wie es im Roman »Weltgift« von Peter Rosegger heißt, und es »blieb nicht viel Kohlenstaub kleben an seinen Wangen«. Anstatt ihn mit seinem wirklichen Namen »Sabin« anzusprechen, nannte man ihn »Saberl«, er wurde auch »Tschapperl« genannt. Auf dem Kutschbock sitzend, die Leitriemen über die Rücken der Pferde schlängelnd, trug Sabin einen grauen Anzug und am Filzhut eine Feder. »Aber du mußt nicht fragen, Saberl, wohin wir fahren!« sagte sein neuer Brotgeber. Und: »So ist's recht, Saberl. Nicht fragen, nur wagen.« Und so kam es dann auch. Vorwärts hieß es immer wieder, vorwärts. Und sie fuhren, wie man so sagt, ins Blaue, über Berg und Tal. Noch nie hatte sich Hadrian so glücklich gefühlt wie in dieser Ungewißheit, sie waren gespannt und neugierig, was ihnen die nächsten Stunden und Tage bringen würden. Der altkluge Sabin, ein Waisenkind, zu dem sich Hadrian mehr und mehr hingezogen fühlte, sagte einmal am Anfang ihrer gemeinsamen Reise: »Sieben Sachen soll der Mensch haben. Meine Kirchnermutter selig, die hat allemal gesagt, bevor ich in die Schule gegangen bin: »Hast deine sieben Sachen? – Und jetzt hab ich nur sechs mit. Und weiß nit, was mir fehlt!« Nichts fehlte ihnen, sie fuhren wochenlang mit ihren sechs, sieben Sachen in Hadrians Landauer auf Gummirädern dahin, gezogen von den beiden braunen Magyaren, vorbei an der Eisenbahn mit ihren endlosen Güterzügen, mit ihren fliegenden Eilzügen mit ihren Drähten, wie es im Roman »Weltgift« heißt, in denen die Weltereignisse, die Börsenberichte und Selbstmordanzeigen von Land zu Land zuckten, und übernachteten einmal getrennt, einmal gemeinsam in den Stuben der Einkehrhäuser, wo Hadrian sein Tagebuch führte. Als es einmal in einer Raststätte in der Kammer finster und ruhig wurde, begann der Junge zu kichern. Hadrian kroch, wie es im Roman heißt, aus dem Strohgrab und wischte sich mit dem Ärmel den Schweiß von der Stirn. »Im Tagebuch findet sich diese Nacht romantisch aufgeputzt, als ob Hadrian, auf die Gasse geschleppt, in Gefahr gewesen wäre, getötet zu werden, und nur durch Mut und Geistesgegenwart sich und den Kutscher gerettet hätte. Daneben aber die Bemerkung: ›Auch der Sabin hat sich tapfer gehalten‹.«

Hadrian Hausler kaufte sich das Schloß »Finkenstein« mitsamt der großen Wirtschaft, das sie auf ihren Fahrten entdeckt hatten. »Meine lieben Rösserln«, sagte der stolze Saberl zu seinen beiden braunen Magyaren, »jetzt sind wir eine Schloßherrschaft!« Den Herrn Hausler, den er »Herr von Finkenstein« nannte und der sich selber stolz und ironisch als den »Herrn von und auf Finkenstein« bezeichnete, bat der junge Saberl, die Berufsbezeichnung »Stallknecht« tragen zu dürfen, aber der Herr von und auf Finkenstein beförderte ihn an Ort und Stelle zum »Stallmeister von Finkenstein«. Der Verwalter Lebrecht Frang, der die große Landwirtschaft auf Schloß Finkenstein zu verantworten hatte, sorgte für den Viehstand, kaufte ringsum von den Bauernhöfen Kühe, Ochsen und Stiere, Schweine und Hühner und stellte eine größere Anzahl von Dienstboten und Tagelöhnern ein: »Da waren zwei Ungarn mit flatternden Linnenhosen und aufgeringelten Filzhüten. Da waren drei ›Katzelmacher‹ aus Welschland mit grobzwilchigen Joppen und schwarzbärtigen Gesichtern. Da war eine Zigeunerfamilie, wovon das Weib einen verschlissenen Berghalterrock und der Mann einen narbenreichen Seidenzylinder trug. Die braune Tochter mit dem glänzendschwarzen Haar kaute den ganzen Tag Tabak, zwei halbnackte Kinder huschten im Hof herum und suchten Zigarrenstümpfchen oder bettelten den alten Simon an um Pfeifensatz.« Der Gutsbesitzer Hadrian schaute zufrieden auf die weiblichen und männlichen Arbeiter auf den Schachbrettfeldern und beobachtete als »stolzer Feld- und Wiesenherr« die Feldfeuer der Hirten mit ihren schneckenartig hinkriechenden Erntewagen.

Hadrian Hausler mußte nun aber zusehen, wie sein Verwalter Lebrecht Frang, der eifersüchtig war, weil sein Herr mit dem jungen Stallknecht Saberl einen auffällig freundschaftlichen Umgang pflegte, ähnlich mit dem Gesinde umging wie sein Vater mit den Fabrikarbeitern im Fabrikkomplex »Flex«, die der Alte einst die »Bestien« genannt hatte. »Menschl!« sagte einmal ein schnauzbärtiger Knecht zu einer jungen Magd und stiftete sie an, dem Verwalter Frang mitzuteilen, daß der »Milchbrei die Wassersucht« habe, daß es sich nur um einen gehaltlosen, wäßrigen Brei handle, für den das Gesinde schwer auf Feld, Wiesen und Wald arbeiten müsse. Hadrian, der seine Aufmerksamkeit nicht dem schwer überschaubaren Hofgeschehen, sondern vor allem dem jungen Stallmeister von Finkenstein widmete, der wiederum seinen beiden Pferden, den braunen Magyaren, besonders zugetan war und dem die Zuneigung seines Herrn immer unheimlicher wurde, so daß er seinen Herrn einmal fragte: »Was habt ihr mit mir?« während der liebestrunkene Hadrian eine »wunderbare Regung empfand«, wenn er sich dem Jungen näherte und, wie es im Roman »Weltgift« heißt, auf der Hut sein mußte, um ihn nicht zu umarmen und zu küssen. Hadrian beklagte sich in seinem Tagebuch: »Die Pferde zieht er vor. Ich bin ihm weniger als ein Tier. Der einzige Mensch, den ich lieb habe auf der Welt. Und darf ihm's nicht sagen. Ich will ihn zwingen, daß er mich lieb hat.«

Der achtzehnjährige Sabin, der vom Verwalter Frang ver-
ächtlich als »Strick« bezeichnet wurde, fühlte sich wohl
von Hadrian bedrängt und verließ eines Nachts heimlich
den Hof. Hadrian fand ihn nach langer Suche in der Bergwelt auf einem anderen Anwesen wieder und überredete
ihn, zurückzukehren aufs Schloß Finkenstein. Zur Buße
für die Schandtat, sich seinem Herrn verweigert zu haben
und geflohen zu sein bei Nacht und Nebel, mußte sich Saberl die Haare schneiden lassen. »Nur an der Stirn stand
ein Schöpfchen auf, wohl damit der strafende Engel an-
greifen könne.« Hadrian Hausler machte nun seinen jungen Stallmeister Saberl zum Miteigentümer des Schlosses
Finkenstein, der von nun an stolz den Namen Sabin Hausler tragen durfte. Der Verwalter Frang, der kurz und knapp
informiert wurde, verbeugte sich unterwürfig vor seinem
neuen Herrn, vor dem ehemaligen Stallmeister Saberl.

Hadrian Hausler fand das Landvolk schrecklich ungebil-
det, beklagte sich, daß die Bevölkerung der schönen Bergwelt keinen Kunstsinn und außer den rohen Heiligenbil-
dern nichts habe. Er gründete mit dem Personal von Schloß
Finkenstein eine Theatergruppe, die ein religiöses Stück,
ein »Paradiesspiel«, aufführte, mit Adam und Eva und
einem Engel, der weiße Hosen trug, bei dem sich aber
der Verwalter Frang vom Schauspieler Saberl verhöhnt fühlte, da er einer Figur, die den Verwalter darstellen sollte,
laut Drehbuch mit zottigen Worten den langen Teufels-
schwanz am Hintern abschneiden mußte, so daß es zu einem heftigen Streit zwischen Hadrian, dem Saberl und
dem Verwalter Frang, aber schließlich doch wieder zur
Versöhnung kam, bis allerdings, schon angekündigt von
den tiefliegenden Schwalben, an einem schwülheißen Som-

mertag ein fürchterliches Unwetter das ganze Anwesen heimsuchte und der Verwalter Frang in der Verwirrung der Naturkatastrophe mit dem angesammelten Bargeld verschwand. Im Schloß selbst waren zwar nur ein paar Wände eingebrochen, von den Wirtschaftsgebäuden aber standen nur mehr unbrauchbare Teile, sie waren halb verschüttet und verschlammt und teilweise im Sand begraben. »Mir ist ordentlich wohl ums Herz«, sagte der neuerlich beglückte Hadrian zu seinem Bruder Sabin. Hadrian Hausler schrieb in der darauffolgenden Nacht in sein Tagebuch: »Ruiniert! Das heimelt an. Das riecht nach Welt.« – »Denn übergroßes Unglück macht auch ruhig«, heißt es im Roman »Weltgift« von Peter Rosegger.

Obwohl die Schuldscheine bezahlt werden mußten, die vom inzwischen untergetauchten Verwalter Frang hinterlassen worden waren, und nun auch die Mägde und Knechte verspätet ihren Sold bekamen, kauften sich die »Gebrüder Hausler«, Hadrian und Sabin, mit dem noch verbliebenen Bargeld nach diesem Unwetter im Dorf Sesam einen kleinen Bergbauernhof mit dem Namen »Lindwurm«. Bereits am nächsten Tag führten sie ein Maultier zum Lindwurmhof und begannen von vorne. Hadrian empfand es als eine »wahre Lust«, bettelarm zu sein. Er hatte das Gefühl, als ob von seinen Achseln, wie es im Roman »Weltgift« heißt, Lasten und von seinen Armen Ketten abgefallen wären. Seine »menschgewordene Vorsehung«, wie er es nannte, war der junge Mann Sabin, den er zu seinem Bruder und Universalerben gemacht hatte. »Hadrian war in weichmütiger Stimmung. Er ging leise zum andern Fenster hinüber, wo Sabin stand. Er hätte gern den Arm um seinen Nacken gelegt, er dürstete nach einem zärtlichen Wort. Manchmal früher hatte er geträumt, wenn der Junge das liebe Haupt nur einmal hinlegen wollte an seine Brust, wenn er es nur einmal an sein Herz ziehen könnte! Daran dachte er jetzt, als er im Dunkeln neben ihm am Fenster stand. Aber es geschah nur, daß er mit seiner Hand leise Sabins Arm berührte. Dieser schien es nicht zu merken, er schaute hinaus und schwieg. Die Blitze in den Wolken am Horizont zuckten in kurzen, dünnen Feuerstäbchen senkrecht auf und ab. Und alles blieb still. Hoch am Himmel die flimmernden Sterne.«

Aber bald darauf wurde Hadrian krank, schwer krank, man diagnostizierte einen sogenannten »Herzschwamm«. Vom jungen Sabin fühlte er sich in seiner Krankheit vollkommen vernachlässigt. In seinem Tagebuch notierte er: »Mir scheint, es naht das Ende. Mit diesem Menschen ist es nun aus. Wie der Profos dem Arrestanten, so reicht er mir jetzt täglich mein Essen, kalt und wortlos. Nun bin ich ihm zu Verachtung. Und das zerschmettert mich. Ich habe ihn einmal lieb gehabt.« Niemand konnte dem kranken Hadrian helfen, bis der Sohn des ehemaligen Besitzers vom »Lindwurmhof«, der Medizin studiert hatte, ihm zu verstehen gab, daß ihm nur mehr die »Alraunwurzel« helfen könne, eine Ritual- und Zauberwurzel, die in der hiesigen Bergwelt zu finden sei und die dann auch vom kranken Hadrian gesucht wurde, die aber, obwohl sie die halbe Bergwelt umgruben, nicht gefunden werden konnte. Der hoffnungslos gewordene Hadrian, dem Sabin nicht mehr zugetan war, verwahrloste zusehends, dachte an Selbstmord, schwankte in seinen verschlissenen Kleidern, einer Mischung aus Jägergewand und Salonanzug, mit verwildertem Haar und Bart durch die Alpen-

welt. Wiederum verließ Sabin ohne Ankündigung das Anwesen, diesmals den neugekauften Lindwurmhof. »Daß
er mich so peinigt! Ich kann ja nicht sein ohne ihn!« beklagte sich der herumgeisternde und seinen Bruder suchende Hadrian. Dem ebenfalls herumirrenden Sabin war
auf einem anderen Bauernhof, im Nachtlager eines Heustadels, eine Stimme aufgefallen, die ihm bekannt vorkam.
Bei näherem Hinsehen erkannte Sabin den korrupten und
»durchgegangenen« Gutsverwalter Lebrecht Frang, der
das Unwetter ausgenützt hatte und mit dem ganzen Bargeld verschwunden war. Der »Strick« Sabin, wie ihn Frang
einst genannt hatte, fesselte im Heu den tiefschlafenden,
ehemaligen Verwalter vom Schloß Finkenstein und über-
gab ihn am nächsten Tag der Polizei. Es kam zu einem Pro-
zeß, und Lebrecht Frang wurde zu acht Jahren Zuchthaus
verurteilt.

Sabin war inzwischen wieder auf den Lindwurmhof zurückgekehrt, befreundete sich mit der Tochter des Lind-
wurmbauern, mit der Lisl. Er versprach ihr, daß er den
ganzen »Krempel«, wie er Haus und Hof nannte, im Stich
lassen, sie heiraten und mit ihr in ein schönes Land ziehen
würde. Als ihn die Lisl auf die auffällige und seltsame Be-
ziehung zu Hadrian Hausler ansprach, sagte Sabin: »Lise-
le, mir ist's recht, daß wir davon reden. Aber denk dir, wie
das närrisch ist. Ich weiß selbst nichts Rechtes. Es ist etwas, aber ich kann nit drauf kommen. Er hat oft angefan-
gen darüber zu reden, ist aber allemal stecken geblieben.
Er kann's nit sagen oder will's nit sagen – ich komm nit
drauf.« Um danach zu gestehen: »Es ist ein Fehler von
mir. Er hat mir's gewiß gut gemeint. Aber – es geht gegen
meine Natur. Er ist so ganz anders. So ganz anders ist er.

Ich versteh ihn nit, und er mich nit. Und doch wieder das Erbarmen. Er ist halt krank und wird mit Jahr und Tag schlechter. Und sonst auch – wie's halt geht, wenn einer verdorben worden ist. Schon in der Jugendzeit. Und wieder andere verdirbt.« Da Sabin den herzkranken Hadrian auf der Lindwurmhube vermißte, bewegte sich das Karussell der Anziehung und des Abgestoßenseins und -werdens von vorne. Er begann ihn zu suchen. Ein Urlauber, der aus der Hauptstadt zurück ins Bergdorf Sesam gekommen war, erzählte, daß er den Industriellensohn Hadrian Hausler, der in der Stadt kein Unbekannter war, in einem Unterhaltungslokal in der Vorstadt gesehen habe, mit einem Zylinder auf dem Kopf, einer Zigarre im Mund und mit einem »Zwickglas« in einem Auge. Bald kam vom Professor Berthold eine andere Nachricht, daß nämlich Hadrian Hausler in eine Irrenanstalt eingeliefert worden, aus der er aber geflohen sei, daß er in die Wohnung seines abwesenden Vaters, des »alten Rentiers« Guido Hausler, eingedrungen sei, dort eine Jagdflinte ergriffen und auf die Marmorbüsten geschossen habe. Eine Kugel sei zurückgeprallt und habe ihn am Kopf schwer verletzt.

Sabin fand Hadrian in einem Krankenhaus, im Saal 3, Bett Nummer 73. Er erfuhr, daß er bewußtlos eingeliefert worden sei und seither zwischen Leben und Tod schwebte. Sabin beugte sich über ihn und sagte leise: »Erkennst du mich, Vater?« Verwundert schaute der Schwerverletzte den Burschen an und sagte: »Wieso denn, daß du zu mir kommst, Sabin? Hast du nicht auf dem Rübenfeld zu tun?« – »Nein, lieber Vater, auf dem Rübenfeld hab ich jetzt nichts zu tun. Ich bleib bei dir, bis du gesund bist.« Hadrian berührte die Finger des Jünglings und sagte: »Das ist er. Das ist mein Sabin. Siehe, ich hab auf dich gewartet. ... Lange habe ich warten müssen, mein Junge. Dich allein. Nur dich ganz allein. Dich hab' ich lieb...« Sabin sorgte noch dafür, daß er ein schönes, sonniges und bequem eingerichtetes Zimmer in der ersten Klasse im Krankenhaus bekam, versprach ihm, daß er ihn jeden Tag besuchen und ihn gesund pflegen werde, aber kurze Zeit später teilte ein Krankenwärter dem Arzt mit, daß der Patient »Nummero dreiundsiebzig« soeben »verschieden« sei. Der »strafende Engel«, der an Sabins Stirn das verbleibende Haarschöpfchen hätte anfassen und ihn züchtigen können, weil er einmal geflohen war, hatte den schwerkranken Adrian Hausler an der Gurgel »angegriffen« und ihm den Kehlkopf zerdrückt. »Als Sabin nach dem Begräbnis zurückgekehrt war ins Dorf Sesam, sagte er nicht, daß er ihn verloren, vielmehr, daß er ihn gefunden hätte. Der Tote jetzt war ihm mehr, als der Lebendige je gewesen.«

gebet beim sterben

tod ölvoll,
tod freudvoll,
tod lichtvoll,
tod lustvoll,
tod reuvoll.

tod schmerzlos,
tod furchtlos,
tod todlos,

tod schrecklos,
tod leidlos.

sieben engel des HEILIGEN GEISTES
und die zwei schutzengel zur rechten und linken
mögen mich in dieser und allen nächten behüten;

mögen mich in dieser und allen nächten behüten
bis das licht kommt und der dämmernde morgen…

Aus den religiösen Dichtungen
der Kelten

Ich trage im Blizzard deine Haare als Sicheln und andere Nachrichten unter meinem Totenhemd

Ich höre / zwischen breiten Hüften / eure Töne / manchmal / meine Stimmen / werde schön / so schejn / daß es
mir weint

Esther Dischereit, *als mir mein golem öffnete*

Ja, so hatte ich es mir vorgestellt und nicht anders, schon
seit Wochen hatte ich es mir genau so vorgestellt, diese
Geschichte werde ich auf der Fahrt durch Kroatien schreiben, nicht an meinem Schreibtisch oder woanders, und
ich fuhr dann auch tatsächlich mit den Gedichten von
Esther Dischereit von Klagenfurt über Villach nach Ljubljana und von dort weiter nach Kroatien, in die Küstenstadt Rijeka, ich war zu Vorlesungen in mehreren Städten
Kroatiens eingeladen. Während ich in der Gedichtsammlung »Rauhreifiger Mund oder andere Nachrichten« die
Zeilen las: »Ich blättere in einem gefrorenen Buch. / Die
Wörter wollen nicht herauskommen / So daß ich sie be-
hauche / ein wenig reibe, da, wo sie in der Tiefe liegen /
Sie schimmern durch ihren gläsernen Sarg / Wenn ich
sie in den Mund nehme / reißen sich meine Lippen an ihnen auf / bis sie rot und warm verquollen sind / dann
schließlich kann ich die Wörter / essen«, schob sich ein
Schneehügel aus meinem Heimatdorf zwischen die Ge-
dichtzeilen, ein Schneehügel, auf dem wir den frischen

Neuschnee niederbrettelten und mit Haselnußruten eine Slalomstrecke aussteckten, auf einem Hügel, auf dem an einem Sommertag Kinder einer Bauernfamilie mit dem Traktor gefahren waren, wobei der Traktor umkippte und ein neben dem Lenker sitzendes sechsjähriges Kind unter sich begrub, seinen Brustkorb zerquetschte, so daß die von den überlebenden Kindern herbeigerufene, zuerst über das Stoppelfeld und schließlich über den steilen Hügel eilende Mutter den Leichnam ihres Sohnes unter dem Sitz des umgekippten Traktors hervorzerren mußte und mit dem toten Kind in den Armen als wandelnde Pietà über den Steilhang hinab, dabei laut das »Vaterunser«, das »Gegrüßt seist du, Maria« und das »Schutzengelmein« betend, zum Bauernhof ging.

Im Zug von Ljubljana nach Rijeka sitzend, immer wieder mit zusammengekniffenen Augenlidern aus dem Fenster schauend, lese ich weiter im Gedichtband »Rauhreifiger Mund oder andere Nachrichten« von Esther Dischereit, die Zeilen: »Ich kaufte mir deine Blumen / verstreute sie in das Haus / belegten Stühle und Räume / dann kämmte ich dir / neun Haare aus / die trag ich als Sichel / unter dem Hemd / bis mir die Haut verbrennt«, und sehe wieder und wieder diese wandelnde, einmal, zweimal auf dem Hügel zusammenbrechende Pietà vor mir, die Mutter mit ihrem toten Kind in den Armen, ehe sie mit aufgeschundenen Knien ankommt auf dem Bauernhof und den Jungen in der Küche auf den Diwan legt, umringt von den schreienden und weinenden Geschwistern, und auf den Bestatter Stimniker mit seinem schwarzen Mercedes mit den Milchglasfensterscheiben wartet, den »Leichenwagen«, wie wir ihn nannten, den Stimniker, der mit einer

Zigarre zwischen seinen bläulichen Lippen mutterseelen-
allein einen weißen Kindersarg ins Totenhaus trägt, denn
der ist ja nicht groß und nicht schwer und dazu auch noch
leer, den Stimniker, der in einem Zimmer im ersten Stock
des Bauernhauses einen Katafalk aufbaut, auf den man
den Sarg mit dem Kind, das zuvor gesäubert, in seinen
Sonntagsanzug gekleidet und frisiert worden ist, hebt, als
die Mutter mit aschfahlem Gesicht und eingefallenen Wangen längst schon die Haare des Kindes als Sicheln unter
ihrem Hemd trägt, um ein Wort von Esther Dischereit
aus dem Gedichtband »Rauhreifiger Mund oder andere
Nachrichten« zu gebrauchen.

Immer wieder soll die Szegedinergulasch kochende, in
schwarze Kleider eingehüllte Mutter ins Aufbahrungszimmer gegangen sein zu ihrem im Sarg liegenden kleinen,
mit roten, gelben und weißen Rosen halb zugedeckten
Jungen und soll ihm mit einem Tuch, da der umgefallene
Traktor Brustkorb und Lunge zerquetscht hat, den austretenden Schaum vom Mund gewischt haben. »Ich möcht'
ein / weißes glattes, / heiß gebügelt / feines Taschentuch /
benutzen«, heißt es in der Gedichtsammlung »Rauhreifiger Mund oder andere Nachrichten«. Ja, heiß gebügelt
und mustergültig glatt soll das Taschentuch sein, denke
ich, weiter in den Gedichten von Esther Dischereit lesend,
auf der Zugfahrt von Ljubljana nach Rijeka, wo ich es
nicht verhindern kann und schon gar nicht verhindern
will, daß dieser schwarze Bilderreigen weiter seinen Lauf
nimmt und ich im selben Zimmer, in dem der vom umgefallenen Traktor zerquetschte Junge im weißen Kindersarg liegt, den aufgebahrten Halbbruder dieses Kindes
vor mir sehe, der, mit einem Loch im Herzen auf die Welt

gekommen und da er nur der Halbbruder war, abgescho-
ben auf einen verwandtschaftlichen Bauernhof in meinem
Heimatdorf, als junger Maurer an einem heißen Sommertag nach der Arbeit die mit Kalk bespritzte blaue Arbeitsmontur abstreifte und in einen kleinen See sprang zwischen
die rosaroten und weißen Seerosen, die er mit seinem Ge-
wicht mit in die Tiefe zog, aus der er nicht mehr lebend
auftauchte, obwohl er sich noch krampfhaft festgehalten
hatte an den Füßen seines ebenfalls im See badenden, gleichaltrigen Arbeitskollegen, der sich losstrampeln mußte von
den hilfesuchenden Armen des Ertrinkenden, um nicht
mit in die Tiefe gezogen zu werden, und dann im selben
Zimmer aufgebahrt wurde, in dem in einem weißen Sarg
sein Halbbruder mit dem zerquetschten Brustkorb lag. Aufgebläht soll er gewesen sein wie ein Kirchtagskrapfen, der
Ertrunkene, immer wieder fiel das Wort »Kirchtagskrapfen«, wenn vom Unglück und von der Aufbahrung seines
Leichnams die Rede war. Auch ihn hatte man ein paar Tage nach dem Tod fortgetragen, hinauf zum Bergfriedhof,
wo man noch heute sein farbiges Brustbild an seinem
Grabstein sehen kann, schreibe ich in mein Notizbuch
während der Zugfahrt von Ljubljana nach Rijeka. »Bind
mir die Zeit ans Knie / damit ich mich weniger beuge /
wer die Zeit am Knie trägt / kann sich nicht recht beugen«,
lese ich im Gedichtband »Rauhreifiger Mund oder andere
Nachrichten« von Esther Dischereit und kann es auch
weiterhin nicht verhindern, daß ich wieder die Mutter
sehe, die ihr totes Kind »mit eigenen Händen«, wie es immer hieß, über den Hügel trägt, über den wir, Winter für
Winter, mit unseren rotweißen Blizzard-Skiern zwischen
den Haselnußstecken hinunterwedelten, die Mutter, die
den Kochlöffel quer über den Kochtopf legt – inzwischen

hat die Bäckerin für den Leichenschmaus fünfzig Semmeln gebracht –, ins Aufbahrungszimmer geht und den aus der zerquetschten Lunge austretenden Schaum vom Mund ihres Sohnes wischt.

Immer noch auf der Zugfahrt von Ljubljana nach Rijeka lese ich weiter im Gedichtband »Rauhreifiger Mund oder andere Nachrichten« von Esther Dischereit: »Schnüre die / am Himmel ziehen / legen sich / auf die Kleider und Gespräche / wie Perlen auf welkender Haut / bis sich die Nacht / in meinen Morgen wälzt« und sehe das Land, in dem ich aufgewachsen bin, als zimmergroßes Relief vor mir, in dem alle Kirchtürme mit Tauen und Stricken verbunden sind, ein katholisches Spinnennetz, über dem die Schutzengel wohl abstürzen, aber nicht auf die Erde hinunterfallen und schon gar nicht über die Brücke gehen können mit einem Kind, das einen Plastiktraktor unter dem Arm hält, sondern aufgefangen werden, oben bleiben müssen in unerreichbarer Höhe in diesem verstrickten Netzwerk mit den Abertausenden durch Taue und Stricke verbundenen Kirchtürmen des Landes Kärnten. »Hab auf dem Kopf / den Himmel getragen«, heißt es in einem Gedicht von Esther Dischereit, und in einem anderen, »Eishagel im Haar / und dampfende Füße / wenn sich der Himmel / in seine Hände legt«.

Mit meiner Mutter, die schwarze Nylonstrümpfe über ihre mit Krampfadern überzogenen Beine gestreift hatte, bevor sie in ihr Schuhwerk schlüpfte, ging ich durch den Fichtenwald, den Waldweg hinauf, den wir im Winter mit den Blizzard-Skiern und den Haselnußstecken auf den Schlüsselbeinen nahmen, am Rande des breiten Hügels vorbei, wo der sechsjährige Bub vom umfallenden Traktor zerquetscht worden war, schaute immer wieder, an der Hand meiner Mutter mit der schweren Tasche gehend, in die mehrere Pakete Würfelzucker, Linde- und Feigenkaffee eingepackt waren, die wir als Geschenk mitbrachten zur Totenwache, auf den Hügel hin. Meine Mutter und die Mutter des toten Kindes fielen einander weinend in die Arme. Auf dem Bauerntisch stand ein Bastkorb mit Kirschen und eine Vase mit scharlachroten Bauernnelken. »Das Peterle hat immer Kirschen im Vogelnest versteckt«, sagte weinend die Mutter des toten Kindes. Gemeinsam, nebeneinander, keiner war dem anderen auch nur einen Schritt voraus, gingen wir langsam und ängstlich über die Stiege des Totenhauses hinauf, dem Geruch entgegen, bis ich mit heftig schlagendem Herzen – hätte ich doch dem toten Peterle ein paar überflüssige Herzschläge abgeben können! – die Türschwelle übertrat und vor einem auf einem Katafalk stehenden weißen, offenen Sarg stand, der über und über mit Rosen bedeckt war, in dem ich von weitem die Nasenspitze des toten Buben sehen konnte, woraufhin wir mit einem Fichtenzweig auf das weiße, durchsichtige Bahrtuch Weihwasser spritzten, das langsam auf den Körper des Kindes durchsickerte, und uns hinsetzten zu den Rosenkranz betenden, schwarzgekleideten, laut Litaneien jammernden, faltigen Weibern. Mehrmals erhob ich mich vom Sessel und schaute auf den leicht deformierten Kopf des Kindes, auf die gelben und blauen Flecken in seinem Gesicht, auf den winzige Blasen schlagenden gelblichen Schaum an seinem Mund, setzte mich wieder hin und flüsterte der Mutter ins Ohr: »Mame! Es Peterle is geschtorbn, aber es schaut so schejn aus!«

Ich werde erlöst von den Bildern der Erinnerung, denn der Zug ist in Rijeka angekommen, ich packe mein Notizbuch, die Füllfeder und den Gedichtband »Rauhreifiger Mund oder andere Nachrichten« von Esther Dischereit in meine lederne Umhängetasche, werde abgeholt am Bahnhof in Rijeka, ins Hotel gebracht und nehme den Todesfaden erst wieder zwei Tage später auf. In Rijeka gehe ich in die Marien-Wallfahrtskirche, die wenige Jahre vor seinem Ableben auch der gebrechliche und schon schwer von seiner Krankheit gezeichnete Papst Johannes Paul II. besuchte, sehe im Heiligenkitschladen eine kleine, weiße, hohle Plastikmadonna, der man die vergoldete Krone abschrauben kann, um den Hohlkörper mit Weihwasser zu füllen, und schütte aus dem Kopf der Plastikmadonna das Weihwasser auf das tote mit einem weißen, durchsichtigen Schleier zugedeckte, im weißen Sarg liegende Kind, packe im Heiligenkitschladen noch drei Lufterfrischer ein, Wunderbäumchen mit dem Abbild von Papst Johannes Paul II. drauf, das eine riecht nach Vanille, das andere nach Erdbeere, das dritte nach Pfirsich, und das Aufbahrungszimmer riecht nach hundert verwelkenden Rosen und nach dem Leib des verunglückten Kindes. Auch als mein Großvater starb, kamen die Leute aus dem Dorf zur Totenwache mit den blauweißen Packungen des Linde-Kaffees und mit dem Melanda-Feigenkaffee, schreibe ich weiter mit meiner Füllfeder in zittriger Schrift in mein Notizbuch im Omnibus auf der Weiterfahrt von Rijeka nach Zadar, zwischendurch wieder ein Gedicht aus dem Gedichtband »Rauhreifiger Mund oder andere Nachrichten« von Esther Dischereit lesend, keiner brachte eine Flasche Wein oder selbstgebrannten Schnaps zur Totenwache, immer den grobpulvrigen Linde-Kaffee und den in Scheiben zu-

sammengepreßten, in einer gelben Rolle verpackten Melanda-Feigenkaffee. In einem Schrank, der noch heute
im elterlichen Schlafzimmer steht – die ganze Zimmerein-
richtung soll der Dorftischler aus einem einzigen großen
Nussbaum meines Elternhauses mütterlicherseits gezimmert haben –, habe ich die weichen, knisternden Packungen des Linde-Kaffees und die Melandarollen neben- und
übereinandergestapelt, und nach dem Begräbnis des Großvaters, als der Bestatter Stimniker das Aufbahrungszimmer
leergeräumt, auch die großen, teuflischen Kerzenständer
mit dem kalten elektrischen Licht in seinen Mercedes hin-
eingeschoben hatte, habe ich die Linde-Packungen vorsichtig geöffnet, die weißen, im Kaffeepulver steckenden
Plastikindianer mit einem Löffelstiel herausgestochert und
die Kaffeepackungen mit Uhu zugeklebt, damit sie nicht
»ausrauchen«, wie die Mutter das nannte, habe sie wieder
hineingestapelt in das Nußbaumschränkchen, ganz stolz
war ich, denn wir hatten nun genug Kaffee, Frühstück
für ein Jahr, Frühstück für zwei Jahre, und dann wird
wohl auch bald die Großmutter gehen, die lange schon
schwer schnaufend im Bett liegt mit ihrem schwarzen, verfluchten und mit Polenta verschmierten Rosenkranz in ihren pickigen und von der Gicht verkrüppelten Händen,
und dann werden wir wieder Linde- und Feigenkaffee haben für ein paar Jahre, und das Heer meiner kleinen Plastikindianer wird sich auch erweitern, zu den Mescalero-
Apachen werden die Comanchen und die Sioux dazukom-
men. Und nicht zu verachten, die Navajos und Nijoras.

»Wenn der blaßweiße Wind / deine Haut einritzt / dich
schneidet / und beißt / hast du eine sichere Erinnerung /
daran daß es dich gibt / und du in Hüllen steckst / von de-

nen du welche / gebrauchen und / ablegen könntest«, lese ich weiter im Gedichtband »Rauhreifiger Mund oder andere Nachrichten« auf der Fahrt im Omnibus von Rijeka in die Küstenstadt Zadar, wo ich ebenfalls am Busbahnhof abgeholt werde und wo ich, da ich ständig unter Leuten und kaum eine Stunde alleine bin, wieder einen Tag lang Frieden habe vor den immer wiederkehrenden Todesgeschichten aus der Vergangenheit. Aber in Zadar, beim Abendessen in einem Fischrestaurant, am Vorabend meiner Weiterreise, sagte zu meiner Überraschung der mir gegenübersitzende kroatische Literaturprofessor: »Herr Winkler! Ich weiß, daß Sie Karl-May-Kenner sind! Passen Sie auf! Morgen werden Sie auf der Fahrt nach Zagreb mit dem Omnibus genau an der Stelle vorbeifahren, wo Winnetou erschossen worden ist!« Wo also Winnetou erschossen worden ist! sagte ich im Restaurant leise vor mich hin, ein Stück gegrillten Fisch zerteilend, aufgabelnd und zwischen die Lippen schiebend.

Am nächsten Morgen war es dann soweit. Nach einer knappen Fahrtstunde mit dem Omnibus, nachdem wir mehrere Tunnel passiert hatten, schaute ich, mein Notizbuch, die Füllfeder, den Gedichtband »Rauhreifiger Mund oder andere Nachrichten« von Esther Dischereit in den Händen haltend, gespannt und ununterbrochen aus dem Fenster und erkannte die steinige Landschaft, die beiden großen, markanten Felsen, wieder, wo die Karl-May-Filme mit Pierre Brice und Lex Barker gedreht worden waren, dachte, da ich diese Geschichte mit den Gedichten von Esther Dischereit auch genau an dieser Stelle, »wo Winnetou erschossen worden ist«, zu Ende konstruieren wollte, an die weißen Plastikindianer aus dem Linde-Kaffee, an den kleinen, vom umgefallenen Traktor zerdrückten, im weißen, über und über mit Rosen geschmückten Sarg liegenden Jungen mit dem Schaum vor seinem rauhreifigen Mund, an die Mutter des Kindes, die schluchzend am heißen Herd stand, den Rosenkranz betete, das Schutzengelmein verfluchte und mit dem langstieligen, höllischen Holzlöffel das vom ungarischen Paprika gerötete Szegedinergulasch umrührte, an die im kochenden und brutzelnden Schweinefett schwimmenden Kirchtagskrapfen dachte ich, die immer mit einer Pfanne aus dem kochenden, abrinnenden und abtropfenden Schweinsfett gehoben wurden – »Aufgebläht wie ein Kirchtagskrapfen ist der Ersoffene im Sarg gelegen!« sagten die Leute –, und an den dort draußen, unter den großen Felsen sterbenden Winnetou, dem die tödliche Kugel in die Lunge gedrungen war, dachte ich, im fahrenden Omnibus sitzend, aus dem Fenster schauend, mich an meine Füllfeder, mein Notizbuch und an die Gedichte von Esther Dischereit festklammernd. Old Shatterhand wischte mit seinem Handrücken den aus der Lunge tretenden blutigen Schaum vom Mund des Indianers. Der Leichnam des Häuptlings der Apachen wurde in Decken gehüllt und auf ein Pferd gebunden. Zwei Tage lang ritten sie mit dem Toten bis in die Gros Ventre-Berge. Angekommen im Tal des Metsur-Flüßchens, wurde von den Mescalero-Apachen eine tiefe Grube ausgehoben, ehe Winnetou mit seinen Waffen und in seinem Kriegsschmuck, aufrecht auf seinem für das Häuptlingsbegräbnis erschossenen Pferd sitzend, begraben wurde.

Und bereits am nächsten Tag, nach der Rückreise von Zagreb über Ljubljana, nach meiner Ankunft in Klagenfurt, kaufte ich die Karl-May-Filme »Winnetou I, II, III«, denn ich wollte nun auch auf dem Bildschirm die Landschaft sehen, wie damals als Kind, als wir mit unseren rotweißen Blizzard-Skiern den Neuschnee auf dem Todeshügel niederbrettelten und das erste Mal in meinem Leben ins Kino gehen durften, wir mit dem Lehrer mit seinem beigefarbenen Volkswagen über die Draubrücke nach Ferndorf fuhren, um »Winnetou I« anzuschauen, nachdem ich meinen mit weißem Mehl bestäubten Vater in der Mühle wohl eine Stunde lang einerseits wegen des Geldes angebettelt hatte, andererseits sollten mich die Karl-May-Bücher und Karl-May-Filme nicht »verderben«, denn mehrmals war die Nachbarin, die einen verrückten Sohn und eine verrückte Tochter hatte, mit dem harten Johannisbrot, mit den Bockshörndln, wie wir sie nannten, zu meinen Eltern gekommen und hatte gemeint »Karl May verdirbt ihn! Karl May wird ihn ins Verderben bringen.«

Schwarze Wörter in den Fußstapfen des Todes

meine seele und meinen leib lege ich
diese nacht unter deinen mantel O BRIGHID
o sanfte ziehmutter CHRISTI des sündenlosen
o sanfte ziehmutter CHRISTI des wundenvollen.

Die erste Strophe vom
gebet eines pilgers um schutz in der nacht

Als die letzten Töne der Glocke verklungen waren und
der Pfarrer seine weißschwarzen Zelebrationskleider ausgezogen hatte, gingen die Trauernden ins Gasthaus, zum
Stržinar, die Männer ernst, die Frauen verweint. Auch der
grau gewordene alte Knecht Jernej, großgewachsen und
hager, der vierzig Jahre beim alten, nun verstorbenen Bauern Sitar auf dem Hof gearbeitet hatte, setzte sich beim
Stržinar auf die Bank. Alle werden wir in die Fußstapfen
des Todes steigen, meinte Jernej, und er werde vielleicht
der nächste sein! »Na, Jernej, du sitzt aber breit und hochnäsig dort, wie der Hausherr! Wer hat geerbt, du oder
ich?« rief der junge Hoferbe dazwischen. Jernej schenkte
sich Wein ein, hob das Glas, aber keiner der Trauergäste
prostete ihm zu. Alle schauten abweisend und verdros-
sen. Jernej beklagte sich beim Nachfolger des verstorbenen Altbauern Sitar, daß es nicht schön sei, wenn man ihm

beim Leichenschmaus nicht einmal einen Tropfen Wein gönne. Die Frau des Verstorbenen, die Sitarica, warf Jernej Hochmütigkeit vor. Es sei ein verkehrtes Haus, wo der Knecht hinterm Ofen sitzt und die Stiefel am Buckel des Bauern abwischt, ergänzte die Schwiegermutter. Jernej, der sich nach einem Wortwechsel vom Tisch erhob, spuckte an der Türschwelle aus und ging.

Es war ein heißer und stiller Maientag, ein Gewitter kündigte sich an, Jernej ging übers Feld, das er so oft bewirtschaftet hatte, den fast ausgetrockneten Bach entlang, über die stille Bachwiese und die Felder, und »…die Erde fürchtete sich vor einem Unglück und wagte nicht zu atmen«, heißt es in der Novelle »Jernej der Knecht und sein Recht« von Ivan Cankar. Jernej drehte sich um, schaute schweren Herzens auf den Hang hinauf, aufs weiße Haus mit den grünen Fenstern, die ihn nicht mehr so freundlich grüßten, schaute wehmütig auf den Stall, die Scheune und den Speicher und dachte daran, daß er vierzig Jahre lang auf diesem Hof gearbeitet hatte, das Haus ihm wie ein Bruder vorkam und er, müßte er den Hof verlassen, dem Haus mehr nachweinen würde als einem Bruder und mehr, als er einmal um seine Mutter geweint hatte. Auf den Hof zurückgekehrt, ging er nicht mehr zur lauten Begräbnisgesellschaft, sondern in den Stall, legte sich aufs Heu und grämte sich, weil er, der mit dem verstorbenen Bauer die ärmliche Hütte zu einem ehrwürdigen Hof aufgebaut, das Land bestellt und vergrößert, mit seinem Schweiß Jahr für Jahr die Felder und Wiesen bestellt hatte für Mensch und Vieh, jetzt im Alter, wo er nicht mehr arbeiten konnte, ausgestoßen wurde, seine Heimat verlassen, ins Nirwana gehen sollte. Vierzig Jahre, so dachte Jernej, hat für alle der Apfelbaum die Früchte getragen, und jetzt soll »der Baum ausgegraben und auf einen Felsen gepflanzt werden«.

Am nächsten Morgen stand Jernej auf, klopfte sich Streu und Staub von seinen Kleidern, ging wieder ins Haus, setzte sich an den Ofen, stopfte die Pfeife, als die Magd zur Tür hereinkam und ihm vorwarf, am warmen Ofen zu faulenzen, während die anderen auf dem Feld arbeiteten. Gegen Abend, als sich der Himmel bewölkte, ging die Tür sperrangelweit auf, der neue Herr stand an der Schwelle und fragte den Knecht Jernej, was er eigentlich noch wolle. Jernej warf dem Hoferben vor, beim Begräbnis seines Vaters schwer angetrunken gewesen zu sein und ihn mit Worten verletzt zu haben, und er riet ihm, jetzt lieber schlafen zu gehen und sich zu schämen, aber Sitar junior befahl ihm, vom Ofen herunterzusteigen: »Wird's bald!« Der Hoferbe setzte sich breit auf den Ofensitz, lehnte sich übermütig zurück und befahl dem alten Knecht, ihm die Stiefel auszuziehen. Jernej weigerte sich, es rieche noch nach Tod in dieser Stube, der neue Herr solle sich lieber niederknien und beten. Der finster dreinschauende Bauer zündete die Pfeife an, spuckte auf den Boden und schwieg einen Moment lang. Während die Pfeife in seiner Hand zitterte, befahl er Jernej, das Haus endgültig zu verlassen. Jernej lachte übers ganze Gesicht und zwinkerte mit den Augen, Sitar schlug vor Wut den Stiefel, den er ausgezogen hatte, auf die Bank. Es begann zu blitzen und zu donnern. Jernej nahm den Hut ab und bekreuzigte sich, mahnte noch den jungen Bauern, sich gefälligst dem Herrgott und seinem verstorbenen Vater und Patron mit einem Gebet zu empfehlen, öffnete die Tür, ging in den

Stall und legte sich nach dieser Widerrede erleichtert ins Heu.

Am nächsten Morgen, als der junge Sitar noch verschlafen das Fenster öffnete und der Sonne entgegenblinzelte, sah er den großgewachsenen Jernej stolz davongehen und rief: »Wohin des Weges?« – »Aufs Feld!« – »Auf wem sein Feld?« Das kostete Jernej einen Lacher. Wütend und mit hochrotem Gesicht rief der Bauer noch einmal: »Auf wem sein Feld!« – »Auf unser Feld!« rief Jernej höhnisch und bestimmt zurück. Als Jernej um die Mittagszeit ins Haus zurückkam, war der Tisch schon gedeckt, die Sippschaft hatte Platz genommen, aber für ihn stand kein Teller, lag kein Löffel mehr bereit. Als er fragte, warum er nicht zum Essen gerufen wurde, lachte die um den Eßtisch sitzende Gesellschaft. Nach einem bitteren Wortwechsel mit dem Hoferben meldete sich die Sitarica zu Wort und erinnerte den Knecht daran, daß er entlassen worden war. Wenn er aber Hunger habe, werde man ihm den Löffel nicht ver-weigern, weil nicht einmal Bettler, so die Sitarica, aus dem Haus gejagt würden, geschweige denn ein Knecht, der auf dem Hof lange gearbeitet habe. Sitar warf ihm erbost den Löffel hin, erhob sich und herrschte ihn an: »Ich hab dir gestern gesagt, daß du dir deinen Herrn woanders su-chen sollst – die Welt ist groß, und du hast lange Beine! Du hast bei uns ausgeherrscht, Gott sei Lob und Dank!« Jernej antwortete ihm, es wäre christlicher, wenn er sich die Knie schmutzig gemacht und nach dem Leichen-schmaus vor ihm, dem Knecht, in Demut niedergekniet wäre und sich für die lebenslange Arbeit bedankt hätte, und nun, da seine Hände schwach seien, die alten Knie zit-terten, solle er dem Greis vergönnen, in aller Ruhe die

Pfeife hinter dem Ofen anzuzünden. Sitar befahl dem Hirten, die Tür zu öffnen, damit der Knecht das Haus verlasse. Jernej gab dem Hoferben deutlich zu verstehen, daß er nicht ums Bett bitten, das er selber gezimmert, und auch nicht um das Brot betteln werde, das er selbst geknetet habe. Jernej verließ das Haus, sagte aber, bevor er die Tür schloß, in die mürrische, um den Tisch sitzende Gemeinde hinein, daß er wiederkommen werde, »mit geschriebenem Recht«!

Jernej ging zum Bürgermeister, der auch der Wirt in Dolina war. Unterwegs traf er einen Jurastudenten, dem er auch seine Geschichte erzählte. Der Bürgermeister reagierte mit Unverständnis, verhöhnte ihn und empfahl ihm, das Unrecht zu dulden. Wenn ihm der Nachbar auf die rechte Wange schlage, solle er ihm auch die linke hinhalten! Der Bürgermeister stand in Hemdsärmeln, dick und fröhlich, wie es in der Novelle »Jernej der Knecht und sein Recht« von Ivan Cankar heißt, vor dem Wirtshaus und fragte ihn, wohin des Weges. Die beiden gingen in die Gaststube, der neugierige Bürgermeister setzte sich, Jernej stand vor ihm und beklagte sich, vom jungen Sitar vor die Tür gesetzt worden zu sein. Jernej gab dem Bürgermeister zu verstehen, daß er mit seinem »geheiligten Schweiß« das Feld bestellt, mit seiner Kraft diesen Reichtum geschaffen habe, den nun der junge Herr genieße, und daß er zu einer Zeit nackt und verschwitzt auf dem Feld gestanden habe, da der jetzige Hoferbe noch schreiend in den Windeln gelegen habe. Der verstockte und sich blöd stellende Bürgermeister fragte Jernej, was er denn eigentlich wolle, warum er ihn aufgesucht habe: »Mein Recht komme ich holen! Ich bitte dich weder um Brot noch um ein Bett! Schau in die Gesetze, entsiegle die Schrift und offenbare das Recht! Es ist dein Amt!« Der Bürgermeister rief empört: »Herr ist Herr und Knecht ist Knecht!« Und wenn der Herr zum Knecht sagt, daß er sein Bündel schnüren, aufstehen und gehen solle, dann müsse er seiner Wege gehen, denn so sei es seit ewigen Zeiten, und so werde es immer sein.

2

meine seele und meinen leib lege ich
diese nacht unter deinen mantel O MARIA
o zarteste mutter CHRISTI der mühseligen
o zarteste mutter CHRISTI der tränen.

Die zweite Strophe vom
gebet eines pilgers um schutz in der nacht

Auf der Straße begegnete Jernej den »Lausbuben«, kleinen, herumstreunenden Kindern. Auch ihnen erzählte er seine Geschichte, aber die verwunderten Kinder begannen fröhlich und keck darüber zu lachen. Jernej gab einem bettelnden Bloßfüßigen einen Kreuzer, forderte eine ehrliche Antwort auf seine Frage, ob er denn im Recht oder im Unrecht sei, aber der kleine Lausbub lief die Zunge reckend davon, und auch ein anderer, mit langsamer, seltsam tiefer Stimme, bekam einen Kreuzer und bedankte sich mit dem Wort »Du Säufer!« für die Gabe – bis ihn die anderen Kinder zum Tanz aufforderten und Jernej sich einfügte in die lustige Schar, dem Alten die Beine plötzlich leicht und jung vorkamen, er seine Hüften zu wiegen begann und die Kinder immerzu riefen: »Heh, Jernej tanzt, Jernej ist betrunken!«, bis Jernej auf die Knie fiel, mit den Händen im Staub landete, die Kinder schrien und lachten. Schon warf ein Kind einen Stein nach ihm, ein anderes traf ihn mit einem spitzen Stein am Kiefer. Die Kinder liefen verängstigt über die Felder und schrien: »Blut! Blut!« Nur ein kleiner, großköpfiger, kraushaariger, barfüßiger Knabe, der in Begleitung seiner Mutter war, lief weinend auf Jernej zu und umarmte sein blutendes Knie. Der aufgeheiterte Jernej streichelte sein Haar, sein verweintes Gesicht, nannte das Kind seinen Fürsprecher und seinen gerechten Richter.

Als Jernej seine Habseligkeiten auf dem Hof abholen wollte, traf er den jungen Sitar. Er werde ihn nicht bestehlen, sagte Jernej, es sei nicht nötig, Haus und Speicher zu verriegeln. Auf eine Decke, die ihm seine verstorbene Mutter als Andenken aus dem Türkenkrieg einst mitgegeben hatte, legte er seine wenigen Habseligkeiten und schnürte schweren Herzens das Bündel zusammen. Er kniete vor dem Kruzifix nieder, bekreuzigte sich und sprach: »Vater unser, der du bist im Himmel ... dein Recht suche ich, das du in die Welt gesandt hast!« Er hob sein Bündel und seine Stiefel auf die Schulter, nahm seinen knorrigen Wanderstab und machte sich auf den Weg. An der Türschwelle des Hauses, in dem er vierzig Jahre lang aus und ein gegangen war, bekreuzigte er sich demütig. Noch einmal schaute er aufs Haus, auf die Felder, die Mahd- und Bachwiesen und ging ins Tal.

Am Marktplatz in Dolina ging er ins Gericht, ein großes, schönes Haus mit einem hohen Tor, über dem ein Kaiseradler angebracht war. Ein alter Amtsdiener kam ihm entgegen, der einen großen Packen gelber Papiere trug und ihn unfreundlich fragte, was er denn im Amtsgebäude wolle. Mit Bündel und Stiefeln auf seiner Schulter trat er im Gerichtssaal vor einen dicken, glatzköpfigen Mann mit langem Schnurrbart und ärgerlichem Gesichtsausdruck. Der Richter fragte ihn, ob er der Jernej sei, der Knecht vom Sitarhof. Jernej erzählte dem Richter seine Geschichte und erklärte ihm sein Anliegen, er bat ihn, wie es in der Novelle »Jernej der Knecht und sein Recht« von Ivan Cankar heißt, das Gesetzesbuch aufzuschlagen und nach dem Recht zu entscheiden. »Bist du von allen guten Geistern verlassen, christgütiger Mann?« rief der Richter empört. Es sei sinnlos, mit ihm zu verhandeln, er habe keine Zeit, mit ihm zu plaudern. Der Richter befahl dem Amtsdiener Krušnik, diesem Menschen die Stiege und den Ausgang des Gerichtsgebäudes zu zeigen.

Jernej nahm wieder sein Bündel und verließ zeternd das Amtsgebäude. Der obdachlos Gewordene überlegte sich mit einem Herzen voll Bitterkeit, wo er an diesem klaren, warmen Abend ausruhen und schließlich schlafen solle. Am Waldrand legte er das Bündel ab und streckte sich im Moos aus. Der ungläubige Jurastudent, den er um Rat gefragt hatte, kam des Weges und fragte höhnisch: »Wie fühlst du dich, Jernej, am Wanderstab?« Er legte sich neben dem Knecht ins Gras und berichtete, auch er habe einen Wanderstab und kein Zuhause, der schönste und größte Platz auf der Erde sei eigentlich unter freiem Himmel und daß sie sich nicht beklagen sollten, denn dort, wo die Menschen ungerecht seien, dort sei Gott gerecht. Der Student erzählte ihm, von früher Kindheit an auf sich alleine gestellt gewesen zu sein, sein Dach über dem Kopf seit jeher der Himmel und sein Bett immer traurig gewesen, während er, Jernej, vierzig Jahre lang den falschen Weg der Abhängigkeit gegangen sei und sein Rückweg ein langer sein werde.

Bevor der gottesgläubige Jernej den Weg nach Ljubljana nahm, zählte er sein Erspartes, blickte noch einmal ins Tal hinunter, nahm den Hut ab und bekreuzigte sich. Er schulterte wieder sein Bündel und ging über die Wiesen und Äcker, die er einst mit dem alten Sitar bewirtschaftet hatte, den Weg zur Straße hinunter. Kaum dachte er daran, daß ihn vielleicht jemand ein Stück mitnehmen könnte, blieb auch schon ein Bauer mit seiner Kalesche stehen und bot ihm an, ihn bis Goščevje mitzunehmen. Jernej erzählte dem mehr und mehr finster dreinschauenden Bauern seine Lebensgeschichte und sein Vorhaben. Der Bauer meinte, daß er, wenn ihn ein Knecht verklagen würde, ob zu Recht oder zu Unrecht, seinen beiden Arbeitern einen Dreschflegel in die Hand geben und ihnen sagen würde, daß sie damit auf den Knecht dreinschlagen sollten, damit der Kläger das nächste Mal unterscheiden könne, wer der Herr und wer der Knecht sei. Der empörte Bauer zügelte sein Pferd, hielt die Kalesche an, wies mit der Peitsche ins Weite, Jernej nahm wieder sein Bündel und sprang vom Wagen.

meine seele und meinen leib lege ich
diese nacht unter deinen mantel O CHRIST
o sohn der tränen, der wunden, des lanzenstichs,
möge dein kreuzschatten heute mein mantel sein.

Die dritte Strophe vom
gebet eines pilgers um schutz in der nacht

Nach langer Wanderschaft kehrte er in einem Gasthaus ein, erzählte wiederum hartnäckig einem jungen Bauern, der Gott den Tag stahl und schon um die Mittagszeit betrunken war, seine Geschichte und sein Vorhaben: »›Ho, ho, ho!‹ lachte der Bauer grob und schlug dem alten Musikanten auf die Schulter. ›Hast du gehört, Andrejec? Hast du gehört? Der Knecht geht seinen Herrn verklagen!‹« Der Musikant Andrejec klemmte die aufwinselnde Harmonika zwischen die Knie und lachte Tränen. Der Bauer räusperte sich, zeigte mit dem Finger auf den Harmonikaspieler und sagte zu Jernej, daß er Andrejec, der auch einmal sein Knecht war, schon vor ein paar Jahren entlassen habe, er aber immer noch zufrieden und lustig mit seiner Ziehharmonika in sein Haus einkehre. Mit zitternden Händen trank Jernej sein Glas Wein aus und schulterte wieder sein Bündel. Durchs geschlossene Fenster hörte er im Weggehen das übermütige Gelächter des nichtsnutzigen, versoffenen Bauern und seines Musikanten. Auf der Straße kam ihm eine wie betrunken torkelnde und weinende Frau entgegen, die ein wimmerndes Kind in ihren Armen trug. Sie hob das schöne Kind, das aber »rote und stumpfe« Augen hatte, in die Höhe und rief: »Ist das Gerechtigkeit, sagt es mir, Mensch, der Ihr seid! ... Mensch, auch bei Gott ist keine Gerechtigkeit, und keine im Himmel! Was hat mein Kind denn Gott, der Muttergottes und den Heiligen getan? Was hat es getan, daß es Mutter und Vater nie sehen wird?« Sie umarmte ihr blindes Kind und weinte laut. Jernej senkte sein Haupt.

In Ljubljana trat Jernej in eine Kirche ein, kniete vor einem Nebenaltar nieder und betete lange. Seine Hoffnung war diesmal groß. Er werde, sagte er sich beim Beten, in Ljubljana an hundert Türen klopfen, und wenn keine andere, so wird die hundertste Tür sperrangelweit aufgehen. Auf der Straße fragte er einen vornehmen Herrn, wo die Richter zu finden seien, wo er seinen Rechtsstreit klären könne. Der Herr, der offenbar auch schon Unrecht erfahren hatte, machte ihm wenig Hoffnung und ging seines Weges. Schließlich stand Jernej vor einem großen, geräumigen Haus, in dem Leute kreuz und quer über Flur und Treppen gingen, Vornehme und Bauersleute, Männer und Frauen, alle hatten Sorgenfalten im Gesicht. Ein Mann trippelte über die Stiege hinunter und schrie: »Räuber! Räuber! Räuber!« Ein magerer, junger Mann mit Vollbart sprach schließlich den hilflos wartenden, seinen Hut in der Hand haltenden Jernej an. Schnell war Jernej von mehreren, vergnügt schauenden und lachenden jungen Männern umgeben. Sie fragten ihn, ob er überhaupt vorgeladen sei und eine schriftliche Klage habe.

Im Amtszimmer stand Jernej einem jungen Mann gegenüber, der einen schütteren Schnurrbart und fröhliche Augen hatte. Der Jurastudent, der Jernej vor die Tür gebracht hatte, sagte zum Richter: »Dir, Košir, der du ein Mensch von Humor bist, empfehle und übergebe ich diesen Wanderer, der gerechte Richter in dieser Welt sucht.« Auch ihm erklärte Jernej, vierzig Jahre in Betajnova gearbeitet zu haben und nun zu seinem Recht kommen zu wollen. Mit traurigem Blick hörte der junge Richter zu, empfahl ihm aber, zurückzukehren auf den Hof und den neuen Herrn um Erbarmen zu bitten. Jernej bat den Richter, das Buch aufzuschlagen, in dem er zwar nicht lesen könne, aber von weitem wolle er die »schwarzen Wörter« sehen, »die solches gebieten«. Der junge Richter, der traurig auf Jernejs gebräuntes, zerfurchtes Gesicht, auf seine abgetragenen Kleider und staubigen Schuhe schaute, empfahl Jernej, nicht mit dem Recht zu hadern, sondern auf Gott zu vertrauen. Der bestürzte Jernej warf dem Richter vor, das Recht wohl in den Tresoren dieses großen Hauses eingesperrt zu haben, damit es nicht in die Welt gelangen könne, es versiegelt zu haben, denn dieses Haus, so herrschte Jernej den jungen Richter an, sei kein Haus des Rechts, sondern ein Haus der Lüge, der Falschheit und Räuberei, und nicht umsonst stürzten in Dolina und in Ljubljana entsetzt Leute aus dem Gerichtsgebäude und schrien verzweifelt: »Räuber! Räuber! Räuber!« Keine gerechten Richter seien es, sondern Räuber, rief Jernej zornig, kein Haus des Rechts, sondern der Falschheit, das mit Missetaten und Lügen besudelt sei, und daß man die Gerichtsleute zwar nicht aufhängen, aber mit Bündel und Stock auf die Straße jagen und diese geschändete Kirche einreißen solle.

Ein schnurrbärtiger Mann trat auf Jernej zu und faßte ihn streng am Arm. Jernej wollte sich wehren, aber der Richter empfahl ihm, den Mann nicht anzurühren, sich nicht gegen das Recht zu stellen. Der bestürzte Jernej schwieg und ließ sich von mehreren, unwirsch dreinblickenden und verschwiegenen Männern abführen, kreuz und quer über Gänge und Treppen. Die Männer öffneten eine Tür und sperrten sie hinter Jernej zu. In der Zelle standen zwei niedrige Betten, die Wände waren leer, kein Kruzifix war im Winkel, das Fenster vergittert. Auf dem Bett saß ein Vagabund mit schütterem, struppigem Haar, sein vernarbtes Gesicht war unrasiert. Mit lustigen Augen zwinkerte er Jernej zu und begrüßte ihn als neuen Gast und Nachbarn. Jernej fragte den fröhlichen Vagabunden, welches Unrecht man ihm angetan habe. Man habe ihm überhaupt kein Unrecht angetan, er habe gestohlen, er sei geschnappt worden, sie hätten ihn abgeführt und eingesperrt, er sei damit zufrieden, es gehe ihm nun besser als in der Freiheit, denn hier im Gefängnis habe er ein besseres Essen und ein weicheres Bett als draußen in der weiten Welt, erzählte er dem verblüfften Jernej.

Als ihm Jernej seinen Rechtsstreit erklärte, lachte der Vagabund Tränen und meinte, sollte er wieder freikommen, würde er Jernej auf den Jahrmärkten ausstellen, die Komödianten würden ihre Zelte abbrechen, der Italiener müßte mit seinem Affen in fremde Länder gehen, das Kamel wäre beschämt, der Tanzbär würde verachtet, heißt es in der Novelle »Jernej der Knecht und sein Recht«. »Aber wir drei«, sagte der Vagabund, »du, Jernej, dein Recht und ich Gelehrter, wir drei werden Gold einheimsen, daß wir lustiger leben als einst der leibhaftige Kurent!« Nachdem ihn Jernej wegen seines Hohns gescholten, sich auf Gott berufen hatte und dem Vagabunden an das eigene Unrecht erinnerte, das man auch ihm angetan habe, lachte der Vagabund und meinte, keinen Trost zu suchen in seinen christlichen Worten, und daß er, wenn er an seiner Stelle wäre, zuerst den Richter und seine Helfer erschlagen und zum Schluß auch das Haus anzünden würde. Gott aber, meinte der Vagabund, habe ihn nicht zum Apostel geschaffen, darum sei er lieber ein kleiner, einfacher Bettler. Ja, das Recht prügle ihn, lache ihn aus, aber es sei alles in Ordnung... Es wurde Nacht, die beiden verstummten, der verärgerte Vagabund drehte sich zur Wand, Jernej kniete vor dem Bett nieder und sprach ein langes Gebet, bevor er sich ins Bett legte und sich ebenfalls der weißen Wand zudrehte.

»Schlag zu, Apostel, schlag zu!« rief am nächsten Morgen höhnisch der Vagabund, als die Wache kam und Jernej zur Tür hinausführte. Neun Tage lang wurde Jernej von Richter zu Richter geführt, von »Unrecht zu Unrecht«, wie es in der Novelle »Jernej der Knecht und sein Recht« heißt, als geisteskrank und als ein in seinem Verstand zurückgebliebenes Kind beschrieben und beurteilt, bis er vor einem bösäugigen, verdrießlichen Greis als Richter stand, der ihm empfahl, sich nicht mehr bei Gericht blicken zu lassen. »Du könntest dich schämen«, sagte der Richter, »dich auf die alten Tage herumzutreiben und den Leuten und der Obrigkeit auf die Nerven zu gehen. Scher dich dorthin, wo du geboren bist, bete und denk an den Tod!« Dieser Richter entließ ihn in die Freiheit. Jernej trat auf die Straße hinaus, unzählige Leute kamen ihm entgegen, bei keinem konnte er sich mehr beklagen, denn die ganze große Stadt Ljubljana war, so dachte Jernej, voll von falschen Richtern. Als er sich in ein Wirtshaus setzte, um zu rasten, erblickte er an der Wand ein »herrliches Bild«. Es war das Bildnis des Kaisers. Er hatte wieder Hoffnung. Noch bevor er ausgeruht war, schulterte er sein Bündel und machte sich auf den Weg nach Wien, zum Kaiser.

4

meine seele und meinen leib lege ich
diese nacht unter deinen mantel O GOTT
o vater, hilfe du, der entkräfteten pilger
schutzherr du, der erde und des himmels
schutzherr du, der erde und des himmels.

Die vierte Strophe vom
gebet eines pilgers um schutz in der nacht

Jernej wanderte durch fremde Dörfer, unbekannte Landstriche, begegnete einem Wanderer, dem er ebenfalls seine Geschichte erzählte und der ihm keine Hoffnung machte, zum Kaiser vorgelassen zu werden, übernachtete in einem Gasthaus und stieg am darauffolgenden Morgen in den Zug. Zur Belustigung der Fahrgäste erzählte er auch ihnen seine Lebensgeschichte und sein Anliegen. In Wien taumelte er mit dem Hut in der Hand lange durch die Straßen, lehnte sich erschöpft an eine Mauer, Leute sprachen ihn an, aber er konnte, da er die Sprache nicht verstand, keine Antwort geben, bis ein mißtrauischer, großer, uniformierter Mann vor ihn hintrat, den verdächtigen Herumstreuner am Arm packte und abführte. Mit einem Wagen, der auf allen Seiten geschlossen war – »wie ein Gefängnis auf Rädern« –, wurde er in ein Haus gebracht. Ein hagerer, großgewachsener Mann, der einen dünnen schwarzen Bart hatte und eine Brille trug, fragte ihn unfreundlich, was er denn in Wien vorhabe. Nachdem er ihm mitteilte, daß er beim Kaiser sein Recht suchen wolle, packten ihn ein paar Männer und führten ihn ab. Die Schlüssel rasselten, eine niedrige Tür ging auf, Jernej betrat eine bedrückende, muffige Kammer. Die Wände waren nackt und grau, an der Mauer standen niedrige, breite Bänke, Tisch gab es keinen. Drei schmutzige, zerlumpte Menschen kauerten im Raum, ihre Gesichter waren abweisend und roh, ihre Blicke boshaft. Drei Tage und drei Nächte hauste Jernej unter Verbrechern und Gaunern.

Als Jernej am Morgen des vierten Tages erwachte, wurde die Tür wieder aufgesperrt. Man gab ihm sein Bündel, seine Stiefel und den Wanderstab, Messer und Geld, das man ihm abgenommen hatte, und führte ihn wortlos ab. In einem Eisenbahnwagen wurde er wieder zu Vagabunden und Dieben gesteckt. Die Begleitperson lehnte im Eck, schaute mißmutig, die »Genossen Herumstreicher« lachten, als sie das Pfeifen des Zuges hörten und sich die quietschenden Waggonräder in Bewegung setzten. Tag und Nacht fuhren sie von einem Ort zum anderen. Als er zum letzten Mal aus dem Zug stieg, erstarrte er am ganzen Körper. Die Umgebung kam ihm bekannt vor. Er zitterte und fragte den griesgrämigen Begleiter, in welchem Ort sie sich befänden. Der Bürgermeister erschrak, als er den alten, gebrochenen und zerlumpten Jernej sah, behauptete, diesen

Mann nie gesehen zu haben und daß er für ihn, da er nicht aus dieser Gegend sei, nichts tun könne. Jernej verlangte nur eine Handvoll Stroh. Er ging in den Stall und legte sich hin, schlief nicht ein, denn er haderte mit Gott: »Was du gesagt hast, erfülle jetzt! Du gabst den Menschen das Recht, und sie haben es versteckt; es ist nicht bei den Bütteln, nicht bei den Richtern, nicht beim Kaiser; die Büttel haben mich zu Verbrechern gestoßen, die Richter haben mich verspottet, um den Kaiser haben sie mich betrogen!« Jernej betete bis tief in die Nacht hinein.

Am nächsten Morgen machte er sich wieder auf den Weg und suchte den Dorfpfarrer auf, einen freundlichen, dikken und lächelnden Herrn mit rotem Gesicht. Der Pfarrer nahm Jernej an der Hand und meinte mit Bedauern, daß ihm die Menschen viel Schlimmes angetan hätten, unchristlich zu ihm gewesen seien, er ihnen aber vergeben solle, wie auch Gott denen vergeben hat, die ihn verfolgt haben. Jernej fragte den Pfarrer, ob Gott auf seiner Seite oder auf der Seite der Schergen und falschen Richter stehe. Wiederum beteuerte der Pfarrer, daß er sich doch beugen solle, auch wenn es ein Unrecht sei. »Ist das Recht bei Gott oder nicht?« fragte Jernej herausfordernd den Geistlichen. Dem Pfarrer wurde angst und bange, er trat einen Schritt zurück und warf Jernej gotteslästerliche Worte vor. Er solle doch an Gott keine Forderungen stellen, sondern niederknien, flehen, weinen und beten. Aber Jernej ging nun aufs Ganze, gab dem Pfarrer zu verstehen, daß Gott sein Schuldner sei und er nicht niederknien, sondern sein Recht nun von Gott einfordern werde. Jerney fragte den entsetzt dreinschauenden Geistlichen, ob es denn überhaupt einen Gott gebe. »Hinfort, Ungläubiger!« schrie der Pfarrer, »hinfort, Gotteslästerer!« Jernej drehte sich um und verließ den Pfarrhof.

In der Dämmerung kehrten die Bauern und das Gesinde von den Feldern heim. Auf Sitars Hausdach erschien ein großer und sich immer größer aufplusternder Hahn, »rot und dünn schnellte er zum Himmel empor«, heißt es in der Novelle »Jernej der Knecht und sein Recht« von Ivan Cankar. Und der rote, hochlodernde Hahn sprang über auf die Scheune, den Stall, den Schuppen. Entsetzt und zitternd, Gebete stammelnd, mit entblößten Häuptern standen die Leute vor der »schrecklichen Fackel«, bis Jernej lachend mit verbrannten Armen und versengtem Haar auftauchte und in die Menge rief, daß er nur seine Pfeife geholt habe, er nicht wolle, daß auch seine Pfeife verbrenne, die er daheim vergessen habe, als er auf Reisen gegangen sei, um sein Recht zu suchen. »Brennt er nicht freundlich, mein Hof«, rief Jernej, »ist mein Feuer nicht schön?« Kaum hatte Jernej die Tat gestanden, schlugen die Hofleute mit brennenden Holzscheitern auf ihn ein, traten ihn mit ihren genagelten Schuhen und warfen den blutbeschmierten Schwerverletzten in die hoch aufprasselnden Flammen hinein. Als Jernejs Bestatter dem Feuer den Rücken kehrten, waren ihre Hände und Gesichter schwarz von Ruß und Rauch.

Der in der Jauchegrube auf- und abfahrende
Paternoster oder
Die Erben von Ludwig Ganghofer

ABEL:
er hält ein lämmlein, feuer und weihrauch bereit:
ich will nun auf den berg gehen, um den zehenten
zu machen. Alles will ich zu reiner asche verbrennen, damit es auch ein rechtes opfer wird.

KAIN:
ich will gar nichts verbrennen, wahrhaftig nein!
weder getreid noch früchte…und du ABEL bist ein
ausgemachter hohlkopf. distel und dornen und
gedörrten kuhdung werde ich zusammentragen und
daraus laß ich ohne viel federlesens eine weidliche
wolke rauchs hochsteigen…

KAIN erschlägt seinen bruder ABEL.

Aus den religiösen Dichtungen der Kelten

Gnadenvolle und gutherzige Bauersfrau im guten katholischen Glauben! »Der Mensch, der König der Schöpfung«
steht im katholischen Gebet- und Lehrbuch »Der Him-
mel-Schlüssel«, »er, der nach dem Ebenbilde Gottes geschaffen ist, er, der rein gewaschen ist im Bade der Wiedergeburt und zur Kindschaft Gottes erhoben ist, er, der
zur Anschauung Gottes berufen ist, ebendieser ernied-

rigt sich durch Schamlosigkeit unter das vernunftlose Vieh!«

Ich danke Ihnen nicht nur sehr herzlich, sondern auch von ganzem Herzen, von ganzer Lunge, Milz, Leber, Niere, und mitsamt allen nur erdenklichen Eingeweiden danke ich Ihnen für Ihren in der bäuerlich-rustikalen Dorfmädchenhandschrift aus der zweiten Volksschulklasse gehaltenen Brief, in dem Sie uns alle mit dem hellsichtigen Auge Ihrer eigenen Eigenschaften und mit dem blinden Auge Ihres eigenen Charakters scharfsinnig durchschauen, indem Sie, Ihr eigenes Maul zerreißend – die Lefzen hängen Ihnen wie dürres Heu mit lauter getrocknetem vierblättrigem Glücksklee vom Heuschober über Ihr bartloses Doppelkinn hinunter –, mir und meinen Brüdern und Schwestern unterstellt haben, daß wir, um Ihre Maul-Würfe zu gebrauchen, einen »Antrag zur Entmündigung« der alten Mutter bei Gericht eingebracht haben sollen, aber das verzeihen wir Ihnen liebend gerne und ebenso von halbem Herzen, da sich, wie aus Ihrem Brief unschwer herauszulesen ist, Ihre Gedankenwelt in dörfl., bäuerl., röm.-kath. Höhen und Tiefen bewegt und Sie deswegen auch nicht wissen können, was nun tatsächlich eine »Entmündigung« ist, natürlich in Ihrem von Ihnen landwirtschaftl. gepachteten juristischen Sinne.

Der einzigartige Auftritt Ihres Ehegatten und Lebensgefährten, des Herrn Oswald Fischer vulgo Kruzitürken, der inzwischen Besitzer und Besatzer von zwei Huben ist – eine hat er von seinen Schwiegereltern, die andere von seinen eigenen Eltern geerbt –, in braunem Kärntneranzug mit geblümter Samtweste, frischgenagelten Goisererschuhen, mit einem Hut, in dessen Krempe ein Bü-

schel Almrausch und Enzian von der sogenannten »Blutigen Alm« in der Innerkrems steckte, und mit einer dicken,
unerschütterlichen Beweismappe in der bürokratischen Gestalt eines unbestechlichen grauen Ringbuch-Ordners unter dem Arm, Ihres Herrn Oswald von Kruzitürken also,
des selbstlosen und selbstaufopfernden röm.-kath. Mär-
tyrers von Hüttendorf, war wirklich ergreifend in der
Notariatskanzlei, der mir in seiner dialektalen Kärntner
Selbstherrlichkeit zu sagen wußte als rühmendes Andenken und als Nachtragslorbeer: »Du host domols 6 Johr
von uns glebt oder hot vielleicht da Vota die gonzn
Schweine allan aufgfressn, ha!«

Diese Worte, gnadenreiche Bauersfrau, erinnern mich
an Ihre schlichte, aber immer berührende Ausdrucksswei-
se von anno dazumal, die mir zu Ohren gekommen ist, als
Sie, verpackt von oben bis unten in ein mit Enzian und
Edelweiß besticktes Kärntner Rüschen-Dirndlkleid und
mit einem Sträußchen gelber Himmelsschlüssel in Ihrem
mit Wasserstoff aufblondierten und mit krausen Engelslo-
cken aufgeplusterten Haar, die Küchentür in Ihrem Schwiegerelternhaus, aufgerissen und an der Türschwelle Ihren
immer noch bei seinen Eltern lebenden, nervenkranken
Schwager Andreas im hoch und heiligen Kärntner Dialekt
angeschrien haben: »Se Hüttendorfer send kane Oaschlöcher!«, weil sich einmal in ebendieser rustikalen Aus-
drucksweise der nervenkranke Schwager Andreas erfrecht
hatte, Ihre katholische Würdigkeit und den Charakter Ihres Lebensgefährten vulgo Kruzitürken zu kommentie-
ren und zu beschreiben. Wo Sie recht haben, haben Sie
nicht unrecht, ich schließe mich gerne Ihrer Einschätzung
an und sage auch und immer wieder, daß die Hüttendorfer, also Sie, die ins Innere Ihres Verwandtenkreises geleg-

te falsche katholische Schlange, und das ökumenische Natterngezücht Ihres vielfältigen Freundeskreises – in der Sie selbstverständlich, mit anstachelnder Zündschnur, der aufgefettete Mittelpunkt als röm.-kath. Knallkörper (mit Weihrauchgeruch aus dem Oman, Sorte »Al-hojari«) zu sein haben –, daß also se Hüttendorfer kane Oaschlöcher send, geschweige denn welche haben, denn ganz Hüttendorf ist eine Jauchegrube ohne Oaschlöcha, in der ununterbrochen ein röm.-kath. Paternoster mit vier Kruzifixen an den kotbeschmierten Wänden auf- und abfährt, in dem die mit Almrauschbuschen winkenden Dirndlkleiderträgerinnen und die mit Villacherbier-Flaschen randalierenden Kärntneranzugträger kommen und gehen, aus- und einsteigen und in den Himmel oder in die Hölle fahren. Kruzitürken noch einmal!

Nun hat Ihr mit geweihten Hostien Karten spielender Ehegatte und Lebensgefährte, Herr Oswald Fischer vulgo Kruzitürken, der Übernehmer und Hoferbe, bei der Verlassenschaftsverhandlung in der Notariatskanzlei in seiner sich selber auslobenden, herzergreifenden Art und Weise seinen ebenfalls anwesenden Schwestern und Brüdern aufgezählt, was er denn sonst noch alles getan hat für Vater und Mutter in den letzten 15 Jahren seit der Übergabe der Hube im kreuzförmig gebauten Dorf, besonders für den Alten, für den Greis, der für ihn, also für den Sohn und Hoferben, vom 85sten Lebensjahr bis zum 95sten Lebensjahr ganztägig auf dem vererbten Hof nicht nur im Stall und auf den Feldern, sondern auch dann und wann im Wald bei Holzschlägereien gearbeitet hat. Der sich christlich aufopfernde Sohn ist, wie er sich wörtlich ausgedrückt hat, unzählige Male in den letzten zwei

Monaten vor dem Tod des Alten vom Konsum zum Billa, vom Billa zum Hofer und vom Hofer zum Lidl gefahren, um Lebensmittel einzukaufen. Tatsache ist, daß Herr Oswald Fischer vulgo Kruzitürken, der den Schreiber dieses Briefs nicht »Das Schwein«, sondern »Der Schwein!« nennt, in den vergangenen fünfzehn Jahren, seit der notariell versiegelten Hofübergabe also, die man dann mit dem Fusel eines Billigsekts und familiärem Kleiderkauf auf dem Fetzenmarkt in Tarvisio Centrale feierte, nicht viel öfter als zehnmal in einem Jahrzehnt vom Hofer zum Lidl und vom Lidl zum Billa gefahren ist, denn das hat alles und immer wieder sein nervenkranker, widerspenstiger Bruder Andreas mit seinen Omnibusfahrten erledigt, der bei einer anderen Gelegenheit, ebenfalls von Ihnen, gnadenvolle Bauersfrau, an der Türschwelle in Sankt Himmelberg begrüßt worden ist mit den Worten: »Na, Prinz! Auf, in die nächste Runde! Du Fok, du falsches Schwein, du willst, daß der gute Oswald die Grundsteuer für die Hube bezahlt, du falsches Schwein…«, bald nach dem Tod des Alten, der die Grundsteuer seiner vor anderthalb Jahrzehnten vererbten Hube nicht mehr selber von seiner Rente bezahlen konnte, da er bereits unter der Erde lag, sich nicht mehr rühren und betrügerisch hinter dem Rükken seiner eigenen Frau zu seiner schwarzen Brieftasche greifen konnte, weshalb wohl seine nun bald auf die Neunzig zugehende Frau und Oswalds leibliche Mutter mit ihrer bescheidenen Mindestrente hätte die Grundsteuer weiterzahlen sollen für Sie, für die christliche, mit zwei Bauernhöfen ausgestattete Hoferbenfamilie in Hüttendorf.

Nun hat uns bei der Gelegenheit der notariellen Verlassenschaftsverhandlung in einem hysterischen Streitgespräch mit Pferdegebiß-Zähnefletschen Ihr Ehegatte, Herr Oswald Fischer vulgo Kruzitürken, in seiner würdevollen und unendlich auf die Tränendrüsen drückenden Art und Weise mitgeteilt, daß er in den letzten Lebenswochen seines Vaters – obwohl auch Tag für Tag ein Pflegedienst zur Stelle war – täglich von seinem Hauptwohnsitz Hüttendorf nach Sankt Himmelberg fahren mußte, um dem Alten, der ihm den Hof vererbt hatte und der als 85jähriger Greis bis zu seinem 95. Lebensjahr freiwillig, dafür aber unentgeltlich für seinen Sohn auf Hof, Feld und Wald gearbeitet hatte, um dem Gebrechlichen ins abendliche Bett zu verhelfen, und daß er für dieses Hin- und Herfahren von uns längst ausgezogenen Geschwistern nicht einmal das Benzingeld bekommen hat, das ihn die über Wochen tägliche, zweimal vier Kilometer lange Erdumkreisung von Hüttendorf nach Sankt Himmelberg und von Sankt Himmelberg nach Hüttendorf gekostet hat.

Wenige Wochen nach dem Tod des Alten, gnädige Bauersfrau, sind Sie wiederum mehrere Wochen lang zweimal täglich vier Kilometer hin- und hergefahren, da Sie zwei Schweinehälften, die Sie, in der verrußten Räucherkammer Ihres bäuerlichen, verhaßten Schwiegerelternhauses auf schwarz angerußte Stangen gehängt, Tag für Tag mit einem kleinen Feuerchen zu betreuen hatten, weil man es verabsäumt hatte, in Hüttendorf, auf Ihrer eigenen glanzvollen Hube, die immerhin zwei Selbstmörder – der Alte nahm in seinem eigenen Stall den Kalbstrick, sein pyromanischer Sohn heizte sich in einer Gefängniszelle selber auf – hervorgebracht hat, eine Räucherkammer einzurichten, eine »Selch«, wie sie genannt wird, wo das Fleisch schmackhaft geräuchert wird. So haben wir uns in der Notariatskanzlei bei der Gelegenheit der Verlassenschafts-

verhandlung von Ihrem röm.-kath. Ehegatten und Lebensgefährten Oswald von Kruzitürken die erschütternde Klage über das Benzingeld für den mehrwöchigen Leib- und
Seelendienst am dahingehenden Alten, der sich, als acht-
zig- und neunzigjähriger Greis, über zehn Jahre für Ihre
vermaledeite Hube zu Tode geschunden hat, betroffen an-
gehört – ich war nahe daran, einen himmelschreienden
und Vollkornhostien verätzenden Vaterunser-Seufzer mit
teuflischem Weihwasserzischen auszustoßen –, der aber
dabei vergessen hat, die ebenso erschütternde Klage über
das maßlose Benzingeld für das wochenlange Hin- und
Herfahren zur Sprache zu bringen, das erforderlich war,
als man bald nach dem Tod des Alten – kaum war er unter
der Erde, Himmel-Herrschaft noch einmal! – ein halbier-
tes, frischgeschlachtetes Schwein, einen Fok, in die Räucherkammer gehängt und mit einem Feuerchen bis zum
schmackhaften Geselchten zu betreuen hatte. Nein, es
war nicht der Rede wert, kein Wort hat er über das Benzingeld für das Räuchern der Schweinehälften in der
Selch verloren, so anständig und vornehm war der Hoferbe. Wenn es in Ihrem Haus eine Selch gäbe, katholische
Bauersfrau voll der Gnaden, hätten Sie nicht unmittelbar
nach der Schlachtung die noch warmen und rauchenden
Schweinshälften mit Schweinskopf, eingewickelt in die
Folkloretracht eines Kärntneranzugs mit geblümter Samtweste und mit Almrausch und Enzian in den Löchern der
rosaroten Schweinsschnauze, angebunden an einen kotbeschmierten Kalbstrick, an dem sich im Kuhstall Ihr
eigener Vater aufgehängt hat, eine vier Kilometer lange
Blutspur hinterlassend, über die Feldwege der Drautaler
Sautratten, wo der Judenmassenmörder Odilo Globoc-
nik im Jahre 1945 von den Engländern verscharrt wurde,

von Hüttendorf nach Sankt Himmelberg in Ihr verhaßtes Schwiegerelternhaus zur Selch ziehen müssen, aber immerhin haben Sie sich dadurch, weil Sie in Ihrem mit Edelweiß und Enzian bestickten Dirndlkleid bloßfüßig über die Stoppelfelder gelaufen sind und die Schweinehälften über Feld und Wiesen, eingewickelt in die männliche Kärntner Folkloretracht, angebunden an einem Strick über die Globocnik-Leiche auf den Sautratten nach Sankt Himmelberg geschleift haben, das Benzingeld erspart, anders als bei der Betreuung des damals noch lebenden, erst wenige Wochen vor seinem Tod hilflos gewordenen hundertjährigen Alten, der von seinem 85. bis zu seinem 95. Lebensjahr, zehn Jahre lang also, selbstlos für Ihren Hof gearbeitet und auch noch für den übergebenen Besitz, der also nicht mehr seiner, sondern seit anderthalb Jahrzehnten Ihrer war, ehrwürdige Christin im guten Glauben, die Grundsteuer, Strom und das Ausleeren der erstklassigen Jauchegrube mit dem Künstlernamen »Walther-von-der-Vogelweideplatz« gezahlt hat von seiner bäuerlichen Mindestrente. Sagen Sie nicht, gnadenvolle und herzensgute Bauersfrau mit Ihrem litaneihaften Rosenkranzrasseln, daß Sie sich vielleicht durch Ihre Schamlosigkeit unter das vernunftlose Vieh erniedrigt haben!

Der Teufel, in den Sie vernarrt und mit Leib und Seele verhaftet sind und den Sie täglich mit Ihrem in Rom damals vom Papst Johannes Paul II. geweihten Lourdes-Rosenkranz, den Sie bei Ihrer ersten Pilgerfahrt in der Casa del Rosario gekauft haben, niederringen hinter der ranzenden und schief hängenden Plumpsklotür, aus der ein großes Herz ausgeschnitten worden ist von Tischlerhand, läuft in seiner leibhaftigen Gestalt, Fledermäuse aufstöbernd, durch das katholische Gemäuer Ihrer Hube in Hüttendorf, besonders durch die kalten, schimmeligen Steinwände Ihres nach Rattennestern riechenden Schlafzimmers, Nacht für Nacht, ununterbrochen, als Dauerläufer, denn der Teufel schläft nicht und malt sich dann und wann selber mit Kuhscheiße von Ihrer Hube an Ihre Hauswand, er klopft und kratzt im Inneren des Gemäuers und weckt Sie in Gottes Namen auf, läßt Sie im Namen des teuflischen Luzifers wieder einschlafen und läuft als schwarzer Scherenschnitt ununterbrochen und Tag und Nacht durch das Gemäuer Ihres vom Kärntner Bischof DDr. Joseph Köstner geweihten erzkatholischen Hauses. Nur einmal in der Woche setzt sich der gehetzte Teufel in Ihrem Gemäuer für eine gute Stunde zur Ruhe, macht Modenschau, probiert einen Kärntneranzug an, knöpft die geblümte Seidenweste mit den Hirschhornknöpfen auf seiner stolzgeschwellten Teufelsbrust auf, kaut an seinen zickigen Teufelsbrustwarzen, frißt seine eigenen Brusthaare auf und genießt den durch die Mauerritzen dringenden sonntäglichen Duft der russischen Malakofftorte und des frisch aufgebrühten Linde-Kaffees, des »Feigenkaffees«, wie wir ihn damals nannten. Mitschmausen darf der Teufel nicht, der im Gemäuer Ihres Hauses sein einsames Dasein fristet und fast bis zu einem Skelett abgemagert ist, dazu sind Sie zu geizig, der Teufel darf nur riechen – »Ich rieche, rieche Menschenfleisch!« hört man ihn Tag und Nacht beim Aufflattern der Fledermäuse im Gemäuer rufen –, und abgesehen davon bin ich auch dagegen, daß der Teufel mit in meinem ehemaligen bäuerlichen Elternhaus geselchtem Schweinefleisch aus Ihrer Hube ernährt wird. Aber wie man nur einen Teufel, von dem man ein Lebtag begleitet wurde, verhungern lassen kann, wo doch in Ihrer Beikammer der eine volle Erdäpfelsack neben dem anderen steht!

Wie oft schon, frage ich mich, gnädige röm.-kath. Bauersfrau im Kärntnerdirndl, hat der Teufel mit Ihrer Hube auf dem Rücken, in der immer noch die Beine der beiden Selbstmörder zappeln, am Ufer der Drau gestanden und hat es nicht übers Herz gebracht, die ganze Brut mit Mensch und Tier im Fluß zur Tränke zu führen. Bedanken dürfen wir uns bei Ihnen auch noch, daß Sie einen guten Monat nach dem Tod des Alten, der noch als Greis über zehn Jahre auf Ihren beiden Huben den ganzen Tag über gearbeitet hat, am Heiligen Abend ein kleines, verkorkstes, irgendwo am Waldrand gewachsenes Fichtenbäumchen mit Lametta lieblos ins frische Grab gesteckt haben. Es wäre zuviel des Guten und der Dankbarkeit gewesen, wenn Sie tatsächlich eine schön gewachsene, einen halben Meter hohe Tanne in den Grabhügel gesteckt und sie mit Lametta und mit Bienenwachskerzen geschmückt hätten in der Weihnachtszeit.

P: S. 1: Bitte in diesem Jahr keine Fokn mehr schlachten – kärntnerisch: schlachtigen –, denn diese herzigen Schweinchen haben so liebe Äuglein, und die Faklen als aufgespießte Spanferkel erst recht, mit Rußpartikeln an den Augenlidern und unschuldigen rosaroten Schnauzen, aus denen zwei unglückliche Vierklee heraushängen. Außerdem hat der Briefschreiber tierisch-ernste Schuldgefühle, weil er damals mit dem Alten gemeinsam sechs Jahre lang die Schweine von der Kruzitürkenhube gegessen hat, und er wird, das verspricht er, in den nächsten sechs Jahren zur röm.-kath. Buße sicherlich kein Schwein mehr schmausen, denn er möchte keine Gewissensbisse mehr haben mit geselchtem Schweinefleisch zwischen den Zähnen.

P. S. 2: Seit seinem letzten Indienaufenthalt ist der Briefschreiber außerdem Vegetarier, ist aus der röm.-kath. Kirche aus-, in den hinduistischen Glauben eingetreten, betet den Affengott Hanuman an und schreibt Lackaffenbriefe an die wohlgeborene röm.-kath. Bauersfrau voll der Gnaden und an ihren Lebensgefährten, den einen braunen Kärntneranzug tragenden Herrn von den Kruzitürken, unter dem Titel: »Der in der Jauchegrube auf- und abfahrende Paternoster oder Die Erben von Ludwig Ganghofer«.

Hans Henny Jahnn, Perrudja und ich in Teheran und Isfahan oder In Persien müssen die Steine den Menschen predigen

Ich schreibe nur für meinen Schatten, den der Schein der Öllampe an die Wand wirft; ihm muß ich mich zu erkennen geben.

Sadeq Hedayat

»Ich möchte fortreisen. Abfahren. Die Welt bleibt stehen. Ich bewege mich. So entsteht Entfernung. Der Atlas macht mich krank. Ich sehe Namen. Dörfer. Städte. Menschen darin. Ich kenne sie nicht. Kein Bild. Die Flüsse. Krause Linien. Braungezackte Falten. Die Gebirge. Dreifach so hoch wie die unsrigen. Gojam, Sandjigum, Hadjabad, Galu Tesges, Nagenau, Ghanda Kuh, Awas, Tabbas. Das ist Persien. Menschen. Männer, Weiber, Kinder. Zeugen, Gebären, Sterben. Land, das ich nicht kenne. Schwarze Wüste. Was ich träume. Eine schöne Frau verschmachtet unter der Sonne. Bei ihr sein. Sie nach einer Oase tragen. Wasser reichen. Brot. Sie lächelt. Ihr Oberkörper ist entblößt. Braune, fettige Haut. Duftet.« Lese ich im Roman »Perrudja« von Hans Henny Jahnn. »Aus eigenem Interesse sollen die Frauen aufgrund einer Verordnung der Regierung schon das Flugzeug mit einer Kopfbedeckung verlassen«, lese ich auf einem Zettel, den mir die Stewardess kurz vor der Landung in Teheran zusteckt. Die Flugzeuge auf einem kleinen Flughafen im Wüstengebiet, in der

Nähe von Teheran, sehen wie steinerne oder erstarrte Haifische aus. Wir fahren mit dem Taxi vom Flughafen in die Innenstadt von Teheran und kommen bei einer Tankstelle vorbei, über die unzählige Schwalben fliegen und wo die Autos mit Gas getankt werden. Am Straßenrand, auf einem Hügel, sehen wir kleine Olivenbäume im trockenen Sand und Staub, meterhohen Ginster, reife Früchte tragende Maulbeerbäume und staubige Föhren. Schwarze Gestalten bewegen sich zwischen den gelben Ginstersträuchern, Frauen mit breiten Gesichtern, dick aufgetragenem Make-up. Auf einer großen Werbetafel für Insektenspray sehen wir überdimensionale, auf dem Rücken liegende tote Insekten. Am Straßenrand stehen Männer mit gelben, auseinandergeschnittenen Wassermelonen, die sie wie rot untergehende Sonnen in die Höhe halten. »City-Movie!« sagt der Taxifahrer, als wir bei einem Torbogen vorbeikommen, vor dem zwei große Panzer stehen. Hinter dem Eingang dieses Torbogens sehen wir eine Reihe völlig verrosteter Panzer. In einen vorbeifahrenden pinkfarbenen Omnibus blickend, sehen wir, daß die Frauen im vorderen Teil des Omnibusses stehen und sitzen, im hinteren die Männer. Auf einem Fenster des Busses klebt in Großformat das bekannte Schwarzweiß-Portrait von Che Guevara. Ein auf dem Moped sitzender Mann trägt einen Sturzhelm, das dahinter sitzende Mädchen ist am Kopf ungeschützt. Auf einem Autodach schwankt eine breite, in Papier mit Himbeerfrüchtemuster eingepackte Matratze. Vor einer Mauer liegen unzählige Autoreifen, in deren Mitte Blumen eingepflanzt sind, darüber hängt eine große Werbetafel für Schweizer Zahnpasta, daneben ein großes Drahtgestell in der Gestalt eines Vogels, das mit Grünzeug umwachsen ist.

Die Stämme von Tausenden nebeneinander in einem Bach stehenden Platanenbäumen erinnern an klumpige Elefantenbeine. »Er wünschte, ohne Geburt Staub zu sein«, flüstert mir Hans Henny Jahnn ins Herz. Während wir das Geschrei räudiger Katzen hören – ein Bild von Hans Henny Jahnn klebt seit der Abreise von Wien nach Teheran mit roten Gazestreifen auf meiner nackten Brust –, stoße ich mit meiner Stirn auf dem Gehweg in diesem Jahr gegen die erste Granatapfelblüte. Wir begegnen einem Schuster auf der Straße, der seine leise surrende Nähmaschine bedient. Eine Katze schnurrt um seine ringsum stapelweise liegenden, noch ungeflickten Schuhe herum. In der Ubahn, in der es eigene Frauenabteile gibt und die voll ist mit verschleierten Frauen, bietet ein junger Mann einen in Leder gebundenen Koran an. Ein junger, bärtiger, ständig mit seinem Handy spielender Mann, der schützend neben seiner sitzenden Mutter steht, fixiert mich ständig mit einem aggressiven Blick, bis ich es nicht mehr wage seiner Mutter ins Gesicht zu schauen. Er schiebt den schwarzen Schleier der Maghnae, des iranischen Hijab, unter ihr Kinn, den sie am Hals festhält, damit das Tuch nicht mehr auseinanderfallen kann. Vor ihr stehend, drückt ihr Sohn mehrmals seine Hand auf seinen Hosenschlitz und blickt immer wieder, mich kontrollierend, von seinem Handy auf.

Neben einem blinden Bettler, der auf einer Plastikharfe spielt, bietet ein mit seiner alten Gebetskette spielender Straßenhändler kleine, aufziehbare, auf dem Asphalt dahinrollende Plastikpfauen den Passanten an. Auf einem Wagen schiebt auf dem Markt ein Mann Plastikgewehre vor sich her. Mißmutig folgt ein Kind einem Trommler.

Zwei Frauen im schwarzen iranischen Hijab gehen, Gebete murmelnd, mit einem Weihrauchfaß, das sie schwenken, zwischen den Leuten und bitten um Almosen. Auf einem Teppich ist das Letzte Abendmahl eingestickt, umrandet von ebenfalls in den Teppich eingestickten Dollarscheinen. Ein vielleicht fünfundzwanzig Jahre alter Mann kauft seiner gleichaltrigen Freundin einen blauen Luftballon, den sie artig, den Freund immer wieder anstrahlend, vor sich herträgt. In der Marktcafeteria, in der man auch Haribo-Gummibärchen und Rafaello-Bonbons kaufen kann, sehen wir ein kleines Feuerzeug in Bügeleisenform. »Er wusch sich die Hände, um tote Zeit zu gewinnen«, sagt Hans Henny Jahnn. Im Restaurant »Navid« bekommen wir zuallererst eine halbierte, in durchsichtiges Plastik eingepackte weiße Zwiebel serviert und ebenfalls in durchsichtigem Plastik ein Päckchen eingeschweißtes Fladenbrot. Bei der Rechnung liegen ein paar Streifen Erdbeerkaugummi, für Hans Henny Jahnn, mich und die anderen.

Am Eingang der Universität, in der Fakultät für Fremde Sprachen, steht ein Schuhputzautomat. Die Türen des Hörsaals sind dick gepolstert. Bevor eine Veranstaltung beginnt, wird zwei Minuten lang aus dem Koran zitiert. Danach sieht man auf Video die Landkarte des Iran mit wehender Fahne. Während die iranische Nationalhymne gespielt wird, müssen alle aufstehen, Hans Henny Jahnn mit mir, auf meiner Brust. Nach der iranischen Nationalhymne klatschen ein paar Studentinnen in schwarzem Hijab zaghaft und verhalten in die Hände. Eine Studentin trägt eine Stofftasche, auf der steht: »Bauhaus lebt!« Sofort weiß man, daß der von Reihe zu Reihe gehende und die Gesichter fixierende Fotograf vom Geheimdienst ist. Die Diplomatin von der Schweizer Botschaft trägt eine rote, patriotische Papiertasche mit einem großen weißen Schweizerkreuz. Schließlich kam die Literatur der deutschen Vortragenden auf »eigene Faust« im Hörsaal zu Wort: »Warum man den Verstorbenen eine leichte Erde wünscht?«... »Wenn der Egofilter noch nicht im Einsatz ist, beginne ich zu schreiben«... »Das war eine Soll-Bruchstelle in meiner Familie«... »Sie bezieht eine kleine Zweizimmerwohnung in Berlin zur Zwischenmiete«... »Fliesenlegerin in Frührente«... »Der Tod kam auf eigene Faust«. Als der verehrte iranische Professor, der einen kleinen Vortrag gehalten hat, noch vor Ende der Veranstaltung den Hörsaal verläßt, erheben sich die Studentinnen ehrfürchtig. Und als ich meinen iranischen Bleistift aus Pappmaché spitze, hält mir die Professorin ihre Handschale hin. Sie erzählt, daß nach der Revolution die Universitäten in Teheran zwei Jahre lang geschlossen waren und man nicht wußte, wie man die Studenten in Schach halten könnte. Unter dem damaligen iranischen Präsidenten Mahmud Ahmadinedschad wurden Studenten auf dem Universitätsgelände ermordet. Bildende Künstler und Schriftsteller müssen heute noch um Erlaubnis fragen, ob sie ihre Werke veröffentlichen dürfen, auch die Musiker. Die Professoren bekommen an den Universitäten eine Anstellung für vorerst ein Jahr, mit Verlängerungsmöglichkeit bei Wohlverhalten. In kleinen Städten und Dörfern soll es heute noch Hinrichtungen geben. Frauen, die fremdgehen, werden in ein Erdloch gesteckt und von den Vorübergehenden gesteinigt. Frauen, die uneheliche Kinder bekommen, müssen entweder abtreiben oder das Kind wird nach der Geburt getötet. Bei Alkoholkonsum bekommen die Iraner 40 Peitschenschläge, für Marihuana-Konsum kommt man dreißig Tage ins Gefängnis. »In belgischen Kolonien hatte man Negern die Füße abgeschnitten, damit sie nicht tanzen könnten. Oder hatte es sich um Gummi gehandelt? Um die Automobilindustrie? Unbestrafte Morde. Einsame hatten lautlos in Kammern geweint, weil sie sich schämten, nicht den Mut gefunden zu haben, Anarchisten zu werden. Der Teppich wies dunkelgrüne Ornamente auf. Ein spitzenumrandetes, rosagelbseidenes Taschentuch lag am Boden.« Steht im Roman »Perrudja« von Hans Henny Jahnn.

Auf dem Weg zur »Book City« mit dem Taxi sehen wir am Straßenrand – mein Herzschlag bewegt leicht das Bild von Hans Henny Jahnn auf meiner Brust – einen offenen Lastwagen, der vollgefüllt ist mit gelben, bereits zusammengeschrumpften, vertrockneten Granatäpfeln aus der vorjährigen Ernte. Ein Mann steht neben dem Lastwagen und winkt mit einer weißen Fahne, um die vorbeifahrenden Autofahrer auf die Granatäpfel aufmerksam zu machen. Ein anderer Mann steht, mit zwei Rosensträußchen winkend, zwischen den links und rechts vorbeiflitzenden Autos in der Straßenmitte, ein zweiter verkauft CDs, und ein dritter bietet den Autofahrern Seifenblasenphiolen an, bläst in den rippigen Plastikring hinein. Hunderte kleine Seifenblasen umschwirren die links und rechts vorbeifahrenden Autos und zwischen den Autos über die Straße gehenden schwarzen, weiblichen Gestalten. Die gläserne blauweiße Gebetskette des Taxifahrers, der iranische Zuckerln an seine Insassen verteilt, hängt um den Schalthebel seines Autos. Nicht nur in der Universität, auch in der »Book City« hängen die Portraits des religiösen und des politischen Führers, Chamenei und Rohani, an der Wand. »Ein blinder Glaube war angenehmer als Verzweiflung über Unverstandenes«, sagt Hans Henny Jahnn.

Im Garten einer Villa, in der ebenfalls eine literarische Veranstaltung stattfindet, hören wir die Schreie der Krähen, von außen das leichte Rumoren und Gehupe vorbeifahrender Autos. Leise tickt die in der Mitte des Gartens auf einem schwarzen Holzpflock angebrachte Bahnhofsuhr, die von Rosensträuchern umgeben ist. Eine Krähe mit schwarzem Kopf, weißem Nacken und grauem Rücken setzt sich auf die Büste des verstorbenen Professors und ehemaligen Hausherrn der Villa, schreit und trippelt auf seinem Kopf und fliegt schließlich auf einen sich leicht bewegenden Strauch zu, in dem ebenfalls, unruhig von Ast zu Ast trippelnd, vier, fünf Krähen zu sehen sind für Hans Henny Jahnn und für mich. Die Diplomatin von der Schweizer Botschaft behauptet, daß die Rosen hier im Garten der Villa »anders riechen, als bei uns!« »Ich sagte zu Eystein: ›Reise zu deinen Eltern. Es ist etwas faul in mir. Ich habe nicht die Kraft zu sein wie ich bin.‹« Steht im Roman »Perrudja« von Hans Henny Jahnn. Ein zahnloser, alter hinkender und bärtiger Mann, der eine weite blaue Hose und eine Wollmütze trägt, ständig aus seinem Mund die verbrauchte Luft bläst, geht vor dem Tor der Bibliothek auf und ab. Er hat abstehende Ohren, eine hohe weibliche Stimme, trägt einen pelikantintenblauen Pullover mit V-Ausschnitt und unterhält sich mit einer jungen Frau, die eine schwarze Giraffe auf ihrem Zeigefinger eintätowiert hat. In der Bibliothek sitzt ein Mann mit Hasenscharte und langen, spitzen, abstehenden Ohren. Er ist leicht buckelig, hat eine Igelfrisur und im Oberkiefer nur mehr zwei kleine Zahnstumpen.

Beim Einlaß zu einer Feier in der Schweizer Botschaft werden wir, Hans Henny Jahnn, ich und die anderen Gäste, wiederum mit einer Kamera vom Geheimdienst bespitzelt. Im Garten, der von einer meterhohen Mauer umschlossen ist, stehen neben den Tellern mit Pistazien rote Plastikschalen mit brennenden Kerzen auf den Tischen. An der roten Plastikschale ist ein weißes Schweizerkreuz, auf den Servietten ein Enzianmuster aufgedruckt. Eine Diplomatin erzählte, daß sie kürzlich nach Turkmenistan gereist sei, 1200 Kilometer von Teheran entfernt, um bei einem Pferderennen einer ganz besonderen »Zucht« dabeisein zu können, mit »Pferden, die es bei uns nicht gibt«. »Die Botschaft im Iran ist gut für Scheidungsleichen und eingefleischte Singles«, sagt die Liebhaberin der besonderen Zucht. »Die Hinrichtung der Pferdefleischesser hat für die Zukunft den Osten gegen das Kristentum zugeriegelt. In den Steppen Asiens hatte sich die Gewißheit eingenistet, daß, wer Pferdemilch tränke und Fleisch der Rosse äße, kein Krist werden könnte, weil der Genuß von Speisen, bereitet aus der Schöpfung edelstem Tier, nicht mit dem Glauben an den Gekreuzigten vereinbar. Und Rubruk erzählt, wie die Russen herrliche Würste aus den Eingeweiden der Pferde bereiteten, schmackhafter als die aus Schweinefleisch.« Lese ich im Roman »Perrudja« von Hans Henny Jahnn.

»Die Ägypter glaubten, sogar ein Toter vermöchte ohne ein Weib nicht wunschlos zu ruhen. In den Deckel der Särge, nach innen gekehrt, ritzen sie die Gestalt eines entkleideten Weibes. Der Tote lag wie ein Lebender in deinem Bett.« Steht im Roman »Perrudja« von Hans Henny Jahnn. Mit dem aufgeschlagenen Koran hockt auf einem kleinen Märtyrerfriedhof eine Frau im schwarzen, im Wind wehenden Tschador mit bloßen Füßen vor der Steinplatte eines Grabes. Deutlich bewegt sie beim Lesen ihre Lippen, ihr Oberkörper schwankt leicht vor und zurück. »Ein Gestorbener vermag sich nicht zu schämen wegen seiner Unbeweglichkeit«, flüstert mir Hans Henny Jahnn unter meinem Hemd ins Herz. Auf der Steinplatte stehen zwei kleine Töpfchen mit roten Nelken, daneben liegen, einzeln eingepackt, Baraka-Schokoladestangen und eine geöffnete Schachtel voll Datteln. Vor der Lesenden steht die ebenfalls einen Tschador tragende jüngere Schwester mit großen Augen, strengem Blick, buschigen Augenbrauen. Im postkastenartigen Schrein, den man mit einem Schlüssel öffnen kann, sieht man das Portrait des bärtigen Vaters in Militäruniform, dahinter ist die Kuppel einer Moschee abgebildet. Ein Mann schüttet Wasser auf eine andere Grabplatte und säubert mit seinen Händen die in Rot und Weiß eingemeißelte Schrift. Man hört Männerstimmen, keine Frauenstimmen, das Zwitschern eines Vogels, die Rufe eines Kindes und das Gurren einer Taube. Eine alte mit einem Stock aus der kleinen Moschee tretende Frau beginnt beim Anblick des Grabes zu weinen. »Perrudja begann leise zu weinen. Ihm war plötzlich, als sei die ganze Schöpfung aus dünnem zerbrechlichem Glas. Und nach schamlos einfältigen Gesetzen konstruiert.« Ein paar Frauen, Mutter und Tochter mit Kleinkind, treten an das Grab heran und verteilen Süßigkeiten an die Friedhofspassanten. Eine junge, schöne, vielleicht zwanzig Jahre alte Frau in schwarzem Tschador, die auch schwarze Strümpfe und schwarze Schuhe trägt und zwei Baraka-Schokoladestäbchen in ihrer linken Hand hält, liest im Koran. Das kleine, dreijährige Mädchen, das einen Schlafanzug mit aufgedruckten Monden und Sternen trägt, läuft ungeniert mit einem Bündel Schokoladestäbchen über die Grabplatte. Immer wieder kommen Männer, hocken vor dem Grab nieder, berühren, in ein Gebet versunken, die Grabplatte und nehmen aus einer Süßigkeitenschachtel eine gelbe Kokosmakrone mit Pistaziensplittern. Ein Mann steckt neben einer Laterne ein brennendes Sandelholz-Räucherstäbchen in einen auf der Grabplatte stehenden Topf mit Begonien. Hinter dem Grab, auf einem Gestänge mit aufgefädelten Glühbirnen, hängt ein Plakat, auf dem der gefallene Krieger abgebildet ist, neben seiner Schulter die iranische und eine schwarze Fahne. Die junge, schöne, trauernde Frau, die sanft, stolz und kindlich wirkt, zieht aus einer Schachtel eine bunte Gebetskette. »In uns verwest ein Mensch, wenn er fern von uns, schneller als in feuchter Erde«, höre ich Hans Henny Jahnn sagen. Deutlich sieht man die angeschwollenen Adern auf dem Handrücken der trauernden, jungen Frau. Sie wird umringt von anderen jungen Frauen, die sich ebenfalls die safrangelben Kokosmakronen mit Pistaziensplittern aus der Schachtel nehmen. Wieder kommt eine junge Frau und gibt der schönen, trauernden, nun weinenden Frau die Hand. Links und rechts berühren sie einander mit ihren Wangen. Sie streckt mir und dem auf meiner Brust verborgenen Hans Henny Jahnn die Schachtel mit Süßigkeiten entgegen und sagt: »Welcome!« Die schöne, immer noch weinende Frau deutet auf die hellroten Begonien, lächelt und blickt auf die Uhr. Bevor sie geht, verbeugt sie sich vor dem Grab. Und: »Er fand, daß sein Bauch aufgebahrt lag wie auf einem Totenbett. Nichts darin schien sich zu rühren. Selbst der Herzschlag ging an der Betäubung der Fäulnis zugrunde. Da nistete sich Furcht beim Sitz der Seele ein. Das ist Perrudjas Bauchleichnam, hörte er eine Stimme.«

»Ich möchte fortreisen. Abfahren ... Tshansih, Tachta Sang, Lapis-Lazuli, Dahan-i-Scharschari, Kasch, Dila, Patai, Jachdan, Doschak. Das ist Afghanistan. Teil Asiens. Nepal. Gebirge. Denkmal des Unbekannten. Weiße Gletscher. Zitzen der heiligen Ströme. Deinen Norden kennt niemand. Unbekanntes China. Dort lebt noch der Vogel Greif. Edelsteine, aus unbekanntem Stoff. Groß wie Straußeneier. Kein Gesetz, keine Strafe. Menschen trinken Stutenmilch. Saugen an Pferdeeutern. Kopf zwischen den Schenkeln.« Steht im Roman »Perrudja« von Hans Henny Jahnn. Vor dem bereitgestellten Omnibus rufen die beiden Fahrer immer wieder: »Isfahan! Isfahan!« Neben den Sitzen im Omnibus hängen für den Abfall kleine, leere Plastikbeutel. Als der Omnibus langsam losfährt, ruft immer noch ein Mann, danebenher laufend: »Isfahan! Isfahan!« Am Rückspiegel des Omnibusses baumeln zwei rote Plüschbären, an denen ein rotes Herz hängt, auf dem mit goldenem Faden »Love!« steht. Auf den vorbeiflitzenden Hausmauern sehen wir, Hans Henny Jahnn, ich und die anderen, große Bilder von den Märtyrern aus dem Irak-Iran-Krieg, andere Märtyrerportraits kleben auf den Windschutzscheiben uns überholender Autos. In einem Getreidefeld sehen wir eine schwarze, sich bewegende Gestalt neben einer ebenfalls schwarzen Vogelscheuche mit ausgebreiteten Armen. Unzählige herumliegende Autoreifen säumen den Straßenrand. In der Salzwüste, unweit der Autobahn, spielt ein Kind mit einem kleinen grünen Plastikpanzer. Leute stehen mit ihren Autos am Straßenrand in der Wüste und machen Selfies mit ihren an Stangen angebrachten Handys neben Familien, die auf einem ausgebreiteten Teppich frühstücken. Auf einem großen Plakat für Kaffeewerbung erblicken wir, Hans Henny Jahnn, ich und die anderen, eine Tasse Kaffee, darin ein aus Kaffeebohnen zusammengestelltes Herz. Auf einer anderen großen Werbetafel ist ein Auto-Anschnallgurt mit einem Schmetterling abgebildet. Durch die ganze Wüste ziehen sich die Stromleitungen. Immer wieder sehen wir große und kleine Schafherden mit dunkelbraunen, schwarzen und ein paar wenigen weißen Schafen in Begleitung von Hirten, die auf vollbepackten Eseln sitzen. An einer Autobahnstation verkaufen Händler Dörrobst, Feigen, Pistazien und Datteln. Ziegen und Schafe durchmischen sich in einer Oase, unweit von einem abseitsstehenden Esel. Eine schwarze Gestalt bewegt sich mit Hans Henny Jahnn und mir zwischen den blühenden Granatapfelbäumen. Auf großen, in der Wüste herumliegenden Steinen sehen wir handschriftliche Werbung für Produkte und politische Statements. »Die Menschheit vergeudet jährlich zweihundert Milliarden Goldfranken für die Vorbereitung von Kriegen. Für das Zerfleischen ihrer selbst. Für unnennbare Folterqualen an Unschuldigen. Es müßte ein Urteil ergehen auf harte Fronarbeit. Die Potenz der Kräfte, die auf Zerstören ausgehen, müßte in den Bau eines riesenhaften Tempels einfließen. Nach zehn Jahren würde er kilometerhoch und viele tausend Meter lang und breit sein. Und wäre er auch massiv wie ein Gebirge. Seine Säulen könnten aufragen wie Kirchtürme und dabei fett wie Tonnen sein, daß man eine Minute und mehr Zeit gebrauchte, sie zu umschreiten. Und seine Mauern stärker als die stärksten Staudämme der Welt.« Heißt es im Roman »Perrudja« von Hans Henny Jahnn.

An einer zentralen Straßenkreuzung in Isfahan steht eine große, eiserne Töpferstatue, eine männliche Gestalt mit einem Topf vor den Füßen. Der Topf dreht sich ununterbrochen im Kreis. Unzählige Leute sitzen an einem Feiertag am Ufer des Flusses Zayandeh Roud, über den viele Schwalben fliegen, im Gras. Sie kochen Suppe, trinken Tee, essen Pistazien und Sonnenblumenkerne, Frauen und Männer rauchen Wasserpfeife, Männer spielen Karten, Frauen stricken, kleine Mädchen laufen hinter uns her und verteilen Süßigkeiten an Hans Henny Jahnn, mich und die anderen. Eine junge Frau hockt, ein wenig abseits, am Rande eines Gebüsches und säugt ihr Kind. Junge Burschen und Mädchen pflücken die blauen, reifen Früchte von den Maulbeerbäumen. Spatzen hocken in den Lükken der steinernen Flußmauer. Unter einem Bogen der Brücke, die über den Zayandeh Roud führt, singen drei ältere Männer gemeinsam religiöse Lieder. »Und alljährlich müßten Tausende jeden Volksstammes gemeinsam zu dem Steinkoloß pilgern. Und erkennen und einander zuflüstern, daß sie begriffen, so übermenschlich seine Hallen, das Gesicht seiner Steine und die Maße seiner Glieder, so unmenschlich der Krieg und sein Greuel. Und sie dürften nicht nachlassen, die Abordnungen alljährlich zu wählen und auf die Pilgerschaft zu senden. Die Steine müssen den Menschen predigen.« Steht im Roman »Perrudja« von Hans Henny Jahnn.

Auf dem Universitätsgelände in Isfahan sehen wir einen großen, blühenden Granatapfelbaum, Kiefern, Platanen und einen über fünf Meter hohen Lorbeerbaum, den höchsten Lorbeerbaum meines Lebens. Am Eingang der Fakultät für Fremde Sprachen sehen wir an einer Mauer als Steinmosaik die Portraits des religiösen und des politischen Führers, Chamenei und Rohani. Links und rechts vom Eingang hängen große Farbfotos von den Märtyrern des Iran-Irak-Krieges. Nicht nur im Büro, auch in den Hörsälen stehen Kunstledersessel mit Plastiküberzug, an denen noch das Etikett des Sesselherstellers hängt. Im Restaurant hören wir die iranische Geige, sie vermischt sich mit den Stimmen der sich laut unterhaltenden Gäste und mit dem Geräusch von Eßbesteck und Geschirr. Auch zwei grüne Militärjacken tragende Mongolen speisen im Lokal. Mit einem Fleischmesser spitze ich den iranischen Bleistift aus Pappmaché. »Der Tod hätte ein herrliches Gerippe aus ihm schnitzen können«, spricht mir Hans Henny Jahnn aus dem Herzen. Im Basar sitzen französische Touristen rund um einen Tisch und trinken Tee mit frischer Minze. Ein dicker Mann mit einer französischen Baskenmütze auf dem Kopf pafft genußvoll an einer dicken Zigarre. Sie klatschen in die Hände und singen das französische Volkslied »Nathalie« von Gilbert Bécaud: »Sie sprach in ganz nüchternem Ton / von der Oktober-Revolution. / Und ich träumte schon, / daß wir nach dem Grabmal von Lenin / schlürfen würden im Café Puschkin / einen Kakao.« Danach rufen sie mehrmals: »Hoi! Hoi! Hoi!« Im Park des Vierzigsäulenschlosses geht eine dicke Touristin, ihren breiten Ringfinger zwischen die Lippen geklemmt, aus der Toilette und trocknet ihre Hände an ihrem Leibchen ab, auf dem die sich über einen Balkon beugende Marilyn Monroe abgebildet ist. An der Toilettenmauer sehen wir einen Kasten mit zehn Steckdosen zum Aufladen für Handys. Auf dem berühmten Naqshe Jahan-Platz, unmittelbar neben den vielen Kaleschen und Pferden, sitzen zwanzig uniformierte Schulkinder auf dem Rasen, die ein iranisches Lied singen und dabei, dirigiert von der Lehrerin, rhythmisch in die Hände klatschen. Davor stehende, die singenden Kinder betrachtende Touristen klatschen ebenfalls in die Hände. Andere Schulkinder feuern die mit den Kaleschen trabenden Pferde auf dem Platz an. Im Hotelzimmer höre ich auch um zwei und um vier Uhr früh das Lärmen und die Schreie auf den Baustellen arbeitender Afghanen. Auf dem Busbahnhof, von wo wir, Hans Henny Jahnn, ich und die anderen nach Teheran zurückfahren, winken am Bahnsteig ein Mann, eine Frau und zwei kleine Mädchen auf ein bestimmtes, sich widerspiegelndes Fenster zu, hinter dem man das Gesicht eines jungen Mannes erkennen kann, als ein anderer Bus losfährt. Die Mutter beginnt zu weinen und versteckt ihr Gesicht im schwarzen Umhang ihres Hijab. »Wenn es schlimm kommt, werden wir den Pferden die Bäuche aufschlitzen müssen und uns hineinlegen, daß wir die Nacht überdauern mit Hilfe der fremden Fleischwärme«, sagt Hans Henny Jahnn am Busbahnhof in Isfahan in meinen Brustkorb hinein.

Der Tag wird kommen oder Wenn wir den Himmel sehen wollen, müssen wir donnern helfen

Wenn die Seele eines Menschen in diesem Land geboren wird, werden ihr Netze übergeworfen, um sie am Fliegen zu hindern. Du sprichst mir von Nationalität, Sprache, Religion. Ich werde versuchen, an diesen Netzen vorüberzufliegen.

James Joyce

Bei unserem allerersten Ausflug in die Kärntner Landeshauptstadt stiegen wir Kinder der Dorfvolksschule Kamering am Bahnhof in Klagenfurt am Walther-von-der-Vogelweide-Platz aus dem Omnibus und gingen mit der Lehrerin Waltraud Stoxreiter und mit dem Lehrer Emanuel Wenger in die Stadt hinein. Alle Menschen auf der Bahnhofstraße grüßten wir, zu jedem sagten wir: »Grüß Gott! Grüß Gott!« Manche grüßten freundlich und beglückt zurück, andere gingen hochnäsig vorbei, manche fühlten sich sogar gefrotzelt. Dann gab uns der Lehrer zu verstehen, daß wir die Leute in der Stadt nicht grüßen müßten. Ich war entsetzt und fragte mich mit schlechtem Gewissen, da ich keinen Vorbeigehenden mehr grüßte, wie so etwas möglich ist auf dieser Welt, daß Menschen einander nicht beachten, nicht grüßen! Am nächsten Abend besuchten wir im Stadttheater Klagenfurt »Die Zauberflöte«. Das erste Mal in meinem Leben saß ich auf einem gepolsterten Klappsessel. Als ich während der Vorstellung vom Sessel aufstand, meinen Anzug richtete und mich, ohne mich umzusehen, wieder hinsetzen wollte, landete ich unter dem Gelächter meines Mitschülers Leopold Dobrautz auf dem Boden. Ich wollte mich vor Scham unter den Sesseln verkriechen, aber dann kam lautstark die Königin der Nacht mit ihrer Arie: »Der Hölle Rache kocht in meinem Herzen!« Neugierig erhob ich mich und setzte mich auf den roten Klappsessel.

Das waren meine ersten Begegnungen mit der Stadt Klagenfurt.

»Es braucht Jahre, bis Gras über eine Sache gewachsen ist, und da kommt dann ein blöder Esel und frißt das Gras wieder ab!« sagte die berühmte Jazzsängerin Billie Holiday. Es ist immer das alte Lied und dieselbe Leier, aber mit einer Leier kann man bekanntlich auch einen schönen Klang erzeugen, wenn man es kann und vor allem will. Also beginne ich diese Rede mit einer Paraphrase aus dem »Woyzeck« von Georg Büchner: Wenn wir den Himmel sehen wollen, müssen wir donnern helfen! Seit meiner Eröffnungsrede zum Ingeborg-Bachmann-Wettbewerb im Jahr 2009 ist fast ein Jahrzehnt vergangen. Ich habe damals bekanntlich eine Stadtbibliothek gefordert. Seit dem Zweiten Weltkrieg hat Klagenfurt keine eigene Stadtbibliothek, das ist in Mitteleuropa einzigartig. Die kleine sogenannte »Studienbibliothek« in der Kaufmanngasse am heutigen Marktgelände, die Anfang der 80er Jahre in die damals neugegründete Hochschule für Bildungswissenschaften in der Keltengasse eingegliedert wurde, war eine Einrichtung der Republik Österreich, nicht der Stadt Klagenfurt. Graz hingegen, nur dreimal so groß wie Klagenfurt, hat sieben Stadtbibliotheken und eine Mediathek. Wien hat vierzig Stadtteilbibliotheken, und ganz nebenbei gibt es dort die Arbeiterkammerbibliothek mit 500 000 Medien in der Prinz-Eugen-Straße. Graz hat eine Arbeiterkammerbibliothek mit 200 000 Medien.

Österreich ist eines der wenigen Länder in Mitteleuropa, die kein Bibliotheksgesetz haben. Mit einem bundesweiten Bibliotheksgesetz wäre die Stadt Klagenfurt gezwungen, eine Bibliothek zu errichten, mit der gleichen Selbstverständlichkeit, wie es hier eine Bezirkshauptmannschaft und eine Polizei gibt. Stattdessen hat Klagenfurt mit einer Einwohnerzahl von 100 000 Menschen ein Fußballstadion mit 33 000 Sitzplätzen. Das wäre genauso, wie wenn man in der Zwei-Millionen-Stadt Wien ein Stadion mit 700 000 Sitzplätzen oder zehn Stadien mit jeweils 70 000 Sitzplätzen gebaut hätte. Um dieses leere Klagenfurter Stadion halbwegs profitabel, also mit 50 bis 100 Veranstaltungen pro Jahr füllen zu können, müßte man den halben Annabichler Friedhof ausgraben, dann könnten in den Schlachtenbummlerrängen die Skelette auf ihre eigenen Totenköpfe trommeln und unsere Klagenfurter Fußballmannschaft anfeuern, die es auch schon lange nicht mehr gibt in der ersten Bundesliga. Das Stadion war im Jahr 2017 nur dreimal gefüllt. Schon Udo Jürgens hat es als »Klotz am Bein der Stadt Klagenfurt« bezeichnet. Es wurde für die Fußballeuropameisterschaft 2008, also für 4 ½ Stunden internationalen Fußball gebaut und hat bis heute weit über 100 Millionen Euro an Bau- und Instandhaltungskosten verschlungen.

Ganz zu schweigen vom Kärntner Hypo-Banken-Desaster, das wir Kapitalverbrechern und korrupten Politikern zu verdanken haben. Erst kürzlich ist mir die Fußfessel mit dem Spitznamen »Ich hab noch einen Tilo in Berlin« auf dem Neuen Platz über den Weg gelaufen. Die vornehme, am Fußknöchel herumhängende, schräge, elektronisch mit dem Gefängniswärter verbundene Dame begleitete den schwerfällig gehenden, 200 Millionen-Euro schweren Herrn zur bescheidenen Frittatensuppe auf den Benediktinermarkt. Studenten der Technischen Universität Wien haben ausgerechnet, daß man mit den fast 20 verpulverten Milliarden des Hypo-Desasters eine Stadt für 100 000 Einwohner hätte bauen können, und wären es nur es die jetzt noch verbleibenden 8 Milliarden, so hätten die Kapitalverbrecher und politischen Ganoven, die einst heuchlerisch und wehleidig »Paßt mir auf mein Kärnten auf!« gerufen haben, das Land immerhin um eine Stadt in der Größenordnung von Villach gebracht. Mit diesem Satz, den der NS-Gauleiter Friedrich Rainer, der sich in den letzten Kriegstagen im Klagenfurter Kreuzberglbunker verschanzt hatte, in seiner letzten Radioansprache an das Volk gebrauchte, hat sich auch der verstorbene Landeshauptmann Jörg Haider verraten, mit denselben Worten: »Paßt *mir* auf *mein* Kärnten auf!« Das Land Kärnten gehörte offenbar nicht den 550 000 Einwohnern, weil es ja sein Kärnten war und möglicherweise für viele noch immer sein Kärnten ist. Auch Jörg Haiders Nachfolger zogen im Jahr 2009 mit einem Fingerzeig in den Himmel: »Wir passen – garantiert – auf *dein* Kärnten auf!« in ihren siegreichen Wahlkampf. »Es gibt Menschen, die nur das anbeten, was sie vernichten können«, schreibt Friedrich Hebbel in seinen Tagebüchern. Einen Wert von 10 Milliarden Euro, jener Summe, die sich in Kärnten beim Hypo-Desaster in Luft aufgelöst hat, haben übrigens die gesamten österreichischen Goldbestände, die in Wien, London und Zürich eingelagert sind.

Dann und wann hört man auch und vor allem von bestimmten Herren aus der FPÖ, daß ich ein »Kärnten-Hasser« und »moderner Haßprediger« sein soll. Die korrupten Politiker und Kapitalverbrecher, die ich in meiner Eröffnungsrede beim Ingeborg-Bachmann-Literaturwettbewerb im Jahr 2009 und später immer wieder aufs literarische Korn genommen habe, haben inzwischen alle entweder hohe Geldstrafen oder eine Fußfessel bekommen, oder sie sind im Gefängnis gelandet, alle! Kein einziger ist verschont geblieben! Und der eine oder andere wird demnächst wieder vor Gericht erscheinen müssen. Friedrich Hebbel schreibt in seinem Tagebuch von Schlangen, die erst beißen und dann dem Gebissenen den schwarzen Giftfleck zum Vorwurf machen. Lassen Sie sich das gesagt sein, meine Damen und Herren von der FPÖ, die wahren Kärnten-Hasser sind selbstverständlich diejenigen, die das Land in den Ruin getrieben haben. Und wenn die Republik Österreich den durch das Hypo-Banken-Desaster entstandenen Kärntner Schuldenberg in der Höhe von ungefähr 10 Milliarden Euro nicht aufgefangen hätte, gäbe es heute vielleicht noch eine offene Schule oder ein offenes Krankenhaus in diesem Land? »Wenn vor uns die Sintflut ist, dann drehen wir uns einfach um, dann ist hinter uns die Sintflut!« Das scheint die Devise bestimmter Herren von der FPÖ zu sein. Und wenn Sie mich noch mehr reizen wollen mit Ihrer Unterstellung, daß ich, der seit einem halben Jahrhundert in diesem Land lebt, ein Kärnten-Hasser und auch noch ein Haßprediger sei, dann sage ich, daß ich eigentlich dafür bin, die Urne des verstorbenen Landeshauptmannes Jörg Haider in eine bewachte Gefängniszelle zu verlegen, denn es könnte ja sein, daß er wie ein Phönix aus seiner Asche steigt und wieder sein Unwesen treibt und als blaues Wunder verkauft, denn schon zu Lebzeiten hat er öfter gesagt: »Ich bin weg! Ich bin wieder da! Ich bin wieder weg! Und gleich wieder da!« Einbalsamieren! Ausbalsamieren! Einbalsamieren! Ausbalsamieren! Dann bin ich wieder da! Denn ich bin die liebe Mumie und aus dem Bärental kumm i e, um eine Gedichtzeile von H. C. Artmann zu paraphrasieren. Jörg Haider war der größte politische Bankräuber der Zweiten Republik, der außerdem seine Strichbuben in hohe politische Ämter gehoben hat. Immer wieder werde ich gefragt, warum ich denn überhaupt noch in Kärnten lebe. Ich antworte mit einem Satz des deutschen Filmemachers und Schriftstellers Herbert Achternbusch, der über seine bayerische Heimat gesagt hat: »Diese Gegend hat mich kaputtgemacht, und ich bleibe, bis man ihr das ansieht!«

Nun kehre ich wieder zur Bibliothek zurück, die sich in Klagenfurt am Wörthersee seit 70 Jahren auf Tauchstation befindet. Kärnten gibt für Bibliotheken jährlich einen Euro pro Einwohner aus. In Wien oder Vorarlberg sind es zehn Euro. In Dänemark oder Finnland mit den guten Pisa-Ergebnissen sind es bis zu 60 Euro. Wenn das Angebot da ist, ist auch der Zulauf da. Inzwischen hat Spittal an der Drau – dank Peter Haselsteiner – die schönste und modernste Stadtbibliothek von Kärnten, und die Ausleihzahlen für Bücher sollen dort enorm sein. Im englischen Birmingham wurden 200 Millionen Euro für eine neue

Bibliothek ausgegeben. Sie ist von 8 Uhr morgens bis 20 Uhr abends so voll wie ein Einkaufszentrum. Ich war entsetzt, als ich einmal in einer Klagenfurter Buchhandlung mit einer jungen Frau sprach, die mit ihren beiden Kindern gerade dabei war, ein Buch auszusuchen, und die zu mir sagte: »Da wir die Regale der Kinderbücher in der Arbeiterkammerbibliothek schon abgegrast haben, muß ich die Bücher kaufen. Und am Ende des Monats muß ich mich entscheiden, entweder ich fülle großzügig den Kühlschrank oder ich kaufe ein paar Bücher für meine Kinder.« So gesehen, dachte ich beim Weitergehen, mit dem Wort »BücherEHRabschneider« auf den Lippen, hätte ich das größte Verständnis dafür, wenn diese Mutter zweier Kinder ihre Bücherrechnungen an den Magistrat der Stadt Klagenfurt schicken und bei Nichtbezahlung bis zum Obersten Gerichtshof gehen würde, denn eine Bibliothek ist ein Menschenrecht, nicht nur im restlichen Mitteleuropa, sondern auch in Klagenfurt am Wörthersee! Wie es in einer Informationsschrift des Deutschen Bibliotheksverbandes heißt, sind »Investitionen in Bibliotheken Investitionen in die Köpfe der Menschen. Und dazu noch Investitionen, die sich rechnen. Durch viele internationale Studien ist belegt, daß jeder investierte Euro fünffach zurückkommt.« Öffentliche Bibliotheken, so heißt es weiter, sind längst keine tristen Ausleihstationen mehr, sondern Lernorte – mit perfekter Multimedia-Ausstattung, Gruppenräumen und ruhigen Arbeitsplätzen.

Ich habe mich, während ich aus der Buchhandlung ging, die Worte »Die BücherEHRabschneider von Klagenfurt« auf den Lippen, an die Zeit in meinem bäuerlichen Heimatdorf Kamering erinnert, als ich einmal meine Mutter, die in ihrem Leben kein einziges Buch gelesen hat, um Geld für den Kauf eines Buches bat, worauf sie geantwortet hat: »Für Bücher haben wir kein Geld!« Nach diesen Worten ist für mich als Kind eine Welt zusammengebrochen, bevor ich sie überhaupt kennenlernen durfte, nämlich die Welt der Bücher, die Welt der Literatur, die Welt meiner Zukunft. Zu einer Zeit, als die Karl-May-Filme mit Pierre Brice und Lex Barker in der österreichischen Provinz anliefen und wir Kinder von Kinosaal zu Kinosaal eilten, von Ferndorf nach Feistritz an der Drau, öffnete ich irgendwann mit hochrotem Kopf und zitternden Händen die Schublade in der Speisekammer und nahm heimlich Geld aus Mutters schwarzer, mit gelben Sternchen übersäter Brieftasche, um mir »Winnetou I« und »Winnetou III« und den »Schatz im Silbersee« kaufen zu können. Beim Lesen der Karl-May-Bücher bin ich süchtig nach Büchern geworden und habe schließlich nach einiger Zeit gerechterweise nicht mehr von meiner Mutter, sondern von meinem Vater über mehrere Jahre Geld für Bücher gestohlen – auch das eingesammelte Geld für die wöchentlich im Dorf ausgeteilten »Kirchenblätter« der Pfarrerköchin einfach nicht mehr abgeliefert. Schließlich sind es dreißig, vierzig Karl-May-Bücher geworden, die ich mit gestohlenem Geld erworben habe. Der Zufall wollte es, daß mir als Vierzehnjährigem im Bücherregal der verehrten Lehrerin Waltraud Stoxreiter »Die Pest« von Albert Camus auffiel und ich das Buch auf unseren Bauernhof mitnehmen durfte. Mit dem Roman »Die Pest« hat mein Lesemarathon begonnen. Damals heftete ich gemeinsam mit meinem Schulfreund Hermann Deweis ein Plakat mit einem Satz des Literaturnobelpreisträgers Alexander Solschenizyn neben einem blühenden Marillenbaum auf unsere desolate Heustadelwand: »Eine Literatur, die nicht den Schmerz und die Unrast der Gesellschaft wiedergeben kann, die nicht rechtzeitig vor den moralischen und sozialen Gefahren warnen kann, verdient den Namen Literatur nicht.« Niemand wagte es, das Plakat von der Heustadelwand zu reißen, jahrelang nicht. In eine saftige Marille beißend, blieben die Dorfleute vor der Heustadelwand stehen und lasen langsam und bedächtig den großgedruckten Satz von Alexander Solschenizyn.

Bereits als Jugendlicher, als ich noch in die Handelsschule ging, las ich Weltliteratur. Die Unterhaltungsliteratur, in der ich dann und wann geschmökert hatte, interessierte mich nicht. Später las ich in den Tagebüchern des französischen Dichters Julien Green, der in Klagenfurt in der Stadtpfarrkirche begraben liegt: »Die Unterhaltungsliteratur wird vom Teufel geschrieben. Und wir werden wohl nie erfahren, was diese Art von Literaturgattung in der Menschheitsgeschichte angerichtet hat.« Vor ein paar Jahrzehnten hat es die Klagenfurter Stadtregierung verabsäumt, für zehn Millionen Schilling, also ca. 700 000 Euro, die umfangreichen Originalmanuskripte und Tagebücher des weltberühmten Dichters Julien Green zu kaufen, angeblich um die 40 000 Seiten. Ein einziges Romanmanuskript hätte heute diesen Verkaufswert, erzählte mir der vor kurzem verstorbene Monsignore Markus Mairitsch. Julien Green wollte seine letzten Jahrzehnte in Klagenfurt verbringen. Man hätte ihm nach seinem Wunsch eine große Wohnung oder ein Haus zur Verfügung stellen sollen, wo er seine Bibliothek mit 35 000 Bänden – darunter unzählige antiquarisch wertvolle Bücher – und seine Möbel aus dem Erbe seiner Großeltern aus den amerikanischen

Südstaaten unterbringen wollte. Das alles wäre heute im Besitz der Stadt Klagenfurt. Von überall würden Wissenschaftler kommen, aus Japan und aus Amerika, aus Frankreich und aus Australien, um die Originalmanuskripte von Julien Green im Literaturarchiv des Musil-Hauses betrachten und damit forschen zu können. Außerdem hätte man durch die ungefähr noch anderthalb Jahrzehnte während Anwesenheit von Julien Green in Klagenfurt eine traurige Lücke schließen können, denke ich manchmal, denn Ingeborg Bachmann ist schon vor langer Zeit fortgegangen und erst als Tote aus Rom nach Klagenfurt wiedergekehrt, auf den Annabichler Friedhof. Als Toter ist auch der 98jährig in Paris verstorbene Julien Green nach Klagenfurt überführt worden, nachdem ihm der damalige Bischof von Gurk, Egon Kapellari, zu Lebzeiten ermöglicht hatte, in der Stadtpfarrkirche St. Egid eine Gruft zu kaufen, unter einem am Altar stehenden Marienbild, das ihn tief berührt hatte. Als Julien Green einige Jahre vor seinem Tod wieder einmal Klagenfurt besuchte und seine zukünftige Gruft, die gerade renoviert wurde, inspizierte, rutschte er auf dem feuchten Beton aus, fiel zu Boden und sagte: »Noch nicht!« So erzählte es mir der kunstsinnige Monsignore Markus Mairitsch, der von Julien Green zu dessen letzter Ölung nach Paris gerufen wurde.

»Nichts, was so das Leben staut wie das Lesen; Lies! Staukraftwerk Lesen« heißt es im Notizbuch »Gestern unterwegs« bei Peter Handke, der im vierzig Kilometer von Klagenfurt entfernten Griffen aufgewachsen und, wie Ingeborg Bachmann auch, fortgegangen ist, zuerst längere Zeit nach Salzburg, dann nach Paris. Vom inzwischen verstorbenen Journalisten André Müller wurde Peter Handke einmal gefragt, ob er sich für ein Genie halte. Peter Handke hat geantwortet: »Ich bin auch kein Schriftsteller! Ich schreibe, ich habe geschrieben, ich werde geschrieben haben!« Ich war glücklich über diese Sätze, als ich sie nach einem längeren Mexiko-Aufenthalt im Flugzeug von Toronto nach Frankfurt in der »Frankfurter Rundschau« las. Ja, das ist es! dachte ich mir. Auch das ist Schreiben! Schreiben, meine Damen und Herren, kann man bis zu einem gewissen Grad sogar lernen, auch wenn sich die Worte von Peter Handke querstellen gegen das sogenannte »Schreibenlernen«, wenn er sagt: »Mein einziges Talent ist seit jeher die Sehnsucht gewesen; zum Beispiel habe ich nie schreiben können, als Können…« Schreiben, sage ich, wenn auch nicht im Sinne von Dichtung, lernt man durch das Lesen guter Bücher und durch diszipliniertes Üben, wenn man bereit ist, den Kampf mit der Sprache aufzunehmen, auch beim Tagträumen, wenn wir eben nicht Löcher, sondern Bilder in die Luft schauen. Aber um lesen zu können, braucht man Bücher, und Klagenfurt hat seit dem Zweiten Weltkrieg – zum Teufel noch einmal – keine eigene Stadtbibliothek. Wird man vielleicht ein ganzes Jahrhundert vergehen und Klagenfurt ohne Bücher dumm sterben lassen? Viel Zeit bleibt nicht mehr auf die hundert Jahre! Was für eine Errungenschaft: 70 Jahre lang keine Bibliothek, schließlich hat man sich dadurch viele Millionen Euro erspart für ein leeres, größenwahnsinniges Fußballstadion. Für die Kapitalverbrechen mit der Hypo-Bank blieb auch mehr Spielraum, ja, es war ein teuflischer Spiel-Raum. »Teufel! Teufel! Doppelteufel! Achtmalteufel!« hat mein Vater oft geflucht, wenn er ungeduldig die kaputte Melkmaschine reparierte. Wie Julien Green ist mein Vater fast hundert Jahre alt geworden. Ein einzi-

ges Buch hat er als Kind gelesen, nämlich »Tausendund-
eine Nacht« in einem Sommer in der Innerkrems, als der
Vierzehnjährige die dreißig Schafe seines Vaters auf der
Alm hütete. Im Frühherbst, beim Almabtrieb, suchte er
unter den 1000 Schafen der anderen Bauern seine Tiere
heraus: »Alle Schafe habe ich an den Gesichtern wiedererkannt und herausgeklaubt aus den anderen!« sagte mein
Vater zu mir. Und hätte er in diesem Sommer nicht »Tau-
sendundeine Nacht« gelesen, hätte er seine 30 Schafe nicht
wiedererkannt an ihren Gesichtern und aus der 1000-und-
1-Schafherde nicht mehr herausgefunden. Und schon gar
nicht hätte er sie auf seinem fliegenden Perserteppich sicher über das sogenannte »Tal der stürzenden Wasser«
mit der reißenden Lieser und Malta bis ins 70 Kilometer
entfernte Heimatdorf Kamering zurückbringen können.

Beim Deutschen Bibliotheksverband heißt es, daß in einer Stadt pro Einwohner zwei Medien in einer Stadtbibliothek zur Verfügung stehen müßten. Also haben uns,
die wir hier seit Jahrzehnten leben, die BücherEHRabschneider von Klagenfurt um 200 000 Bücher betrogen.
Ich habe mir schon überlegt, meine Damen und Herren,
ob ich vielleicht während der Zeit des »Ingeborg-Bach-
mann-Literatur-Wettbewerbes«, während die internationale Presse anwesend ist, für die erste Stadtbibliothek von
Klagenfurt in den Hungerstreik treten und mein Zelt auf
dem Neuen Platz beim Lindwurm aufschlagen sollte. Wie
sagte schon der französische Essayist Paul Valéry: »Man
darf nicht zögern, das zu machen, was einen die Hälfte seiner Anhänger kostet und die Hälfte der Liebe derer, die
noch übrig sind.« Vor einigen Jahren fuhr ich mit dem
Zug von Zagreb über Ljubljana nach Klagenfurt. In mei-

nem Zugabteil saßen zwei Universitätsprofessoren aus Deutschland, die sich ständig über ihr medizinisches Fach unterhielten. Als wir schließlich kurz vor Villach doch noch ins Gespräch kamen, fragte mich der eine, da der Zug eine ordentliche Verspätung hatte, ob ich auch einen Anschluß nach Salzburg suche. »Nein«, sagte ich, »ich bin gleich zu Hause, ich wohne in Klagenfurt.« »Ist das die Stadt, die keine Bibliothek hat?« fragte der Professor. »Ja«, sagte ich, »das ist *die* Stadt!« Glauben Sie mir, meine Damen und Herren, ich bin schon viel in Europa herumgekommen, meine Bücher werden in 17 Sprachen übersetzt, bald erscheint eines auf bulgarisch. Muß ich denn demnächst auch in Sofia sagen, daß Klagenfurt keine Stadtbibliothek hat?

Und, um nun etwas unaufgeregter noch einmal zu Sprache und Schreiben zurückzukehren und zum Schluß dieses Donnerwetterns zu kommen, denn wie ich anfangs schon gesagt habe, müssen wir donnern helfen, wenn wir den Himmel der Bücher und der ersten Stadtbibliothek endlich auch in Klagenfurt sehen wollen. Ich möchte Ihnen noch die berühmten Sätze von Franz Kafka, die er an seine Freundin Milena geschrieben hat, in Erinnerung rufen: »Ich glaube, man sollte überhaupt nur solche Bücher lesen, die einen beißen und stechen. Wenn das Buch, das wir lesen, uns nicht mit einem Faustschlag auf den Schädel weckt, wozu lesen wir dann das Buch? Damit es uns glücklich macht, wie Du schreibst? Mein Gott, glücklich wären wir eben auch, wenn wir keine Bücher hätten, und solche Bücher, die uns glücklich machen, könnten wir zur Not selber schreiben ...«

Klagenfurt ist deshalb so unglücklich, weil es keine Stadt-bibliothek hat. Aber nach Tausendundeiner Nacht in der Warteschleife wird der Tag kommen, an dem ein unend-lich langgezogener Schwarm von mit Büchern beladenen Perserteppichen als den Himmel mit Märchen und Ge-schichten erhellendes Geschwader Klagenfurt erreicht und die erste Stadtbibliothek von Alâ' ed-Dîn mit der Wunder-lampe eröffnet wird.

II Die Leichenwäsche-Spitzen- klöpplerin

Legte ich auf mein eigenes
Eingeebnetes Grab
Einen Kranz aus den Flügeln hungriger Raben

Pavol Bunčák

Wetterleuchten auf der Zungenspitze

> Auf die Lippen der Reisenden hatte sich das ruhige
> Lächeln der Leichenträger gelegt.
>
> André Breton/Philippe Soupault

1.
Frag den aliceblauen Röntgen-Schirm *(und fragte)* und
gib Acht auf die Spitze eines den Pulverschnee ein-
kreisenden Zirkels in einem Reisekoffer, der einen
Brautschleier entzweireißt, wenn sich über den Wolken
die Kirchtürme nacheinander in Schneckenhäuser verkriechen.

2.
Frag den antikweißen Röntgen-Schirm *(Spieglein)* und
gib Acht auf die an den Milchstraßenrändern leuchtenden
Laternen, die das Lied der Mitternachtsglocke erst dann
freigeben, wenn der vierfüßige Diwan in der Gestalt eines
ausgepolsterten Pfaufederauges seinen Platz eingenommen hat.

3.
Frag den indischroten Röntgen-Schirm *(Spieglein)* und
gib Acht auf das löchrige Ticket eines abreisenden
Blinden, der in den Winkeln seines Herzens die Statuen
der Dämmerung als Verwünschungen auf deiner
tätowierten Haut ankündigt!

4.

Frag den honigtaufarbenen Röntgen-Schirm *(Spieglein, Spieglein)* und gib Acht auf den Rückzug einer gebrannten Mandel, die auf den Brüsten einer schönen Reisenden zugegen sein wird, wenn sich die Segel weit unter dem Flugzeug blähen und die Nähmaschinennadeln in den bauschigen Wolken ihren Rückzug antreten, denn du schläfst heute in einer zerstückelten Träne, Pepo Pichler!

5.

Frag den kadettenblauen Röntgen-Schirm *(an der Wand)* und gib Acht auf den hintergangenen Schlaf, der im gläsernen Kopf einer Nachtwandlerin im Flugzeug mit den sprachlosen Worten »Ich esse nicht von diesem Brot« zugegen sein wird über den nach Kautschuk riechenden abgebremsten Rädern des Flugzeugs.

6.

Frag den himmelblau-hellen Röntgen-Schirm *(wer ist)* und gib Acht auf die verstohlen im Kofferraum erschrockenen Hunde, die sich hinter der Leinwand zurückziehen unter den Fußsohlen eines Erhängten auf der Mattscheibe, dem die Mitternachtssonne, noch bevor der Strohhalm ertrunken ist, den Schlaf aus den Augen gerieben hat und der aussteigen möchte, immerzu aussteigen möchte, in der Luft, ohne aufgeweckt zu werden.

7.

Frag den himmelblau-dunklen Röntgen-Schirm *(die schönste)* und gib Acht auf die tintenblauen Flußkrebse mit ihren lachsfarbenen Scheren, die im Flugzeug serviert werden und die mit ihrer aus Medaillen bestehenden

Spucke in Füllfederhalter eingezogene Perlen vor die Säue werfen.

8.

Frag den goldrutengelben (hell) Röntgen-Schirm *(im ganzen Land)* und gib Acht auf den pfaufedersauren Ruhm eines Mannes hinter dir, der eine in ein Glas Wasser fallende und sich auflösende Tablette im Flugzeugwerferlicht des Scheins einer knisternden und vom Winde verwehten Feuerstelle ist.

9.

Frag den geisterweißen Röntgen-Schirm *(antwortete)* und gib Acht auf die dünne Eisdecke hinter dem Herzen eines mit seinem buschigen Schwanz wedelnden und, freue dich, o Christenheit, aus seiner mit Krokodilstränen versumpften Hölle rufenden Teufels, obwohl das angegurtete Gebetsbuch mit dem eingestanzten Kreuz schwer atmend auf dem Nebensitz liegt.

10.

Frag den muschelweißen Röntgen-Schirm *(der Spiegel)* und gib Acht auf den Hinter-Halt am Rande der unübersehbaren Milchstraße, wenn der Engel mit offenen Augen vor dem Flugzeugabsturz seine Flügel leckt und wenn das Kind, das du warst, mit einem frischen, noch warmen Brotlaib unter der Achsel mutterseelen-, vaterseelen-, bruder- und schwesterseelenallein, aber voller Ahnung über die angeknackste Brücke geht.

11.

Frag den persenningblauen Röntgen-Schirm *(Frau*

Königin) und gib Acht auf den scharlachfarbenen Schirmherrn des Todes im herrischen Cockpit, der mit seinem beringten Finger wahllos über das Zifferblatt einer eingeseiften Sanduhr streicht.

12.

Frag den mitternachtsblauen Röntgen-Schirm *(ihr seid)* und gib Acht auf den wasserglucksenden Jubel eines als Wasserring verkleideten Steins im Hinter-Halt einer zur Weißglut verdammten Träne, die im Schlund des Schachts von begeisterten Wachhunden mit Krokodilaugen bevölkert wird.

13.

Frag den likörgrünen Röntgen-Schirm *(die Schönste)* und gib Acht auf die Leopardenfelle im Mistkäfergrinsen trophäenwildernder, herren- und frauenloser grüner Jagdanzüge, wenn das Spielen der Kinder streng untersagt ist in der weiß verschleierten Hochzeitsnacht schlafender Flughunde auf den Nebenschauplätzen zeitloser, aber rotierender Zifferblätter.

14.

Frag den zitronenchiffonfarbenen Röntgen-Schirm *(hier)* und gib Acht auf das scharlachfarbene Ohrläppchen eines durch den Himmel schwebenden taktlosen Pfaus, der die Geisterschiffe des Universums von den Skeletten der Kurtisanen nicht unterscheiden kann im Schutze der Nacht, wenn die Jagden auf die Toten mit den senkrecht und waagrecht auseinandergeschnittenen Augen der Geliebten beginnen.

15.
Frag den aquamarinblauen (mittel) Röntgen-Schirm
(über den Bergen) und gib Acht auf das eingekofferte
Scherenschnittmuster als Wasserzeichen einer kraulen-
den Schwimmerin hinter der Milchglasscheibe eines an
der Flugzeugschnauze vorbeiziehenden und »Alle, alle
Achtung!« rufenden Regenbogens, der die Begräbnis-
rosenblätter als Kohlen aus dem Feuer holt.

16.
Frag den goldrutenblassen Röntgen-Schirm *(bei den
Zwergen)* und gib Acht auf die im Kofferraum im
zerbrechlichen Regen blindwütige Pistole mit dem
Pulvergeruch in den Wasser-Adern, seitenverkehrt zu
den Donnergeräuschen, vom Himmel fallender Fried-
höfe, der eine nach dem anderen, bevor es an der Tür
läutet und die volle Gut-Milch-Glasflasche den
Grabstein als unseren Blitz, unseren Donner und
unseren himmlischen Regenbogen begrüßt, aufs herz-
lichste.

17.
Frag den kornblumenblauen Röntgen-Schirm *(tausend-
mal)* und gib Acht auf den im Namen des Herrn ab-
stürzenden Herrgottswinkel, der die Großwildjäger
(Leopardenfell, Schlangenhaut, Felle indischer Tiger) im
Kreis tanzen und immer wieder rufen läßt: »Und die
Toten? Und die Toten?«, bevor der Tag zu Ende geht, der
vierbeinige Tisch des letzten Abendmahls der in den
Wassermassen eingeschlossenen Schwimmerin im
Kofferraum windelweich auf dem Bauch herumtanzt und
die letzten Schritte der Spaziergänger als scharlachrote

Wegbereiter mit dem Hahnenkammgummi auf dem Scheitel in Erinnerung ruft.

18.
Frag den distelfarbigen Röntgen-Schirm *(schöner)* und gib Acht auf die sich tage- und nächtelang im Reise-koffer ausruhende Steinschleuder des Glücks, die auf-gebrochen ist zu den Pyramiden Ägyptens, um einem Menschengott den Atem zu rauben, wenn die hysterisch aufgebrachten Sternschnuppen dem Cockpit auf der Nase herumtanzen.

19.
Frag den khaki-dunklen Röntgen-Schirm *(Spieglein)* und gib Acht auf den verwitterten Propeller in den durch-sichtigen Kniekehlen himmelwärts ziehender, wort-reicher Tausend-Füßler, die mit Schweigegeld in der Schweigeminute hoch über den Wolken alles andere als schiff-, und erst recht nicht wortbrüchig werden.

20.
Frag den gainsboroughfarbenen Röntgen-Schirm *(Spieg-lein, Spieglein)* und gib Acht auf den mutmaßlichen Hagel mit ins Flugzeug gestiegener, mit Gummiringen zu-sammengebündelter orangeroter Storchenbeine, die das Lamm Gottes mit den Luftlöchern des Wolkendunstes abspeisen und mit glatzköpfig rasierten Augäpfeln dem schwingend widerhallenden Lärm einer Klinge nach-eifern, zusammengeschweißt von der Seele des Indischen Ozeans und der Seele des Golfs von Bengalen im Himmel über Indien.

21.

Frag den pulverblauen Röntgen-Schirm *(an der Wand)*
und gib Acht auf das pfeilschnelle Meeresauge eines
korrekten Mietvertrages zweier Seepferdchen im Aqua-
rium des Jumbojets mit den Tausenden Fingerabdrücken
mitreisender Kinder, die mutmaßliche Seesterne erledi-
gen, wenn die Flugzeugbrüchigen als leergeschossene
Patronenhülsen hinter dem Schiffbrüchigen herhetzen
auf der glatten Oberfläche der See und sich dabei die
kleinliche Frage stellen, wer früher oder später zur Hyäne
ihres vermaledeiten Herrgotts wird bei den Gebeten
einander auseinanderdividierender Hände.

22.

Frag den pfefferminzcremefarbenen Röntgen-Schirm
(wer ist) und gib Acht auf die sich unter den unmensch-
lichen Augenlidern zu inbrünstigen Ratten verschieben-
den taubstummen Sterne, die pure Angst als reinen
Tabernakel der Schwindsucht von uns erwarten und das
Ewige Licht erst entdecken, wenn sich das kleine
Straßencafé in einen ganzen außerirdischen Tabakladen
unter dem kleinsten Fingernagel des Universums ver-
wandelt, während ein weißes Pferd als Wolkengespinst
langsam am Fenster des Flugzeuges vorübergaloppiert
und das angegurtete Kind immer wieder ruft, als hätte es
sagen wollen: »Mama! Die cholerische Hand eines blut-
gierigen Zahns einer schwarzgelb gefleckten Muräne hat
immer Vorrang!«

23.

Frag den navajoweißen Röntgen-Schirm *(die Schönste)*
und gib Acht auf die hinfällige Züchtigung eines ertrun-

kenen, im Fieberschauer entstandenen Bildes, das immer
wieder niederbricht vor den ins Jenseits einer alles
verhaspelnden Rechenmaschine galoppierenden Wim-
pern zweier aus Indien mitfliegender, im Kofferraum
eingesperrter Pfauen, die vor dem Wallfahrtsbild des
Himmels einen Märtyrer zu einem clownhaft ge-
schminkten Löwen hinlocken, der von der Rippe des
Zweifels nascht auf dem Schwarzmarkt des Todes.

24.
Frag den schiefergrauen Röntgen-Schirm *(im ganzen
Land)* und gib Acht, wenn sich glockenartig die Wolken
am Himmel auftürmen und eine aus ihrer eigenen Haut
kriechende Leiche, kistenmäßig im Kofferraum verpackt,
sich nach den Brüsten einer Jungfrau im immer schneller
werdenden Wachsen der Fingernägel sehnt, bis das
Flugzeug mit seiner Lebens- und Todesfracht eingewik-
kelt und eingegittert ist von den tiefer und immer tiefer
blau und immer länger werdenden Fingernägeln dieses
aus seiner Haut schlüpfenden Toten und weiterfliegt und
weiterfliegt, bis sich der Himmel aus dem Eis schält
und die Kraniche *Habt acht!* stehen vor einer zerbrochenen Menschenrippe, der ersten, wenn man so sagen darf.

25.
Frag den violettrot-blassen Röntgen-Schirm *(die junge)*
und gib Acht, wenn der Teufelskerl von einem die Krypta
eines Papstes um den Hals tragenden Piloten eine
Aprikosentorte mit einem mitreisenden jungen Konditor
und einer Leichenwäsche-Spitzenklöpplerin als zap-
pelndem schwarzviolettem Regenschirm verwechselt, die

ihren Geist im mit Brombeerstrauchmuster tapezierten Tabernakel aufgegeben haben.

26.

Frag den waldgrünen Röntgen-Schirm *(ist tausendmal)* und gib Acht auf die im Flugzeug schweigende Herde ausgestorbener Gaslaternen, die den Seepferdchen im Flugzeugaquarium Schrecken einflößen und sie durch durchsichtige Eidechsen ersetzen wollen, wenn der Vater tief unten auf der Erde die durch das Öhr der Sicherheitsnadel laufende Schweineherde mit Perlen vor die Säue wirft, Nabel für Nabel.

27.

Frag den rosigbraunen Röntgen-Schirm *(schöner)* und gib Acht, wenn der pfirsichfarbene Schoß einer jungen Frau das durch mehr als sechsundreißig dicht nebeneinander stehende Fensterscheiben gehende elendslange Rentier aus einer Höhle lockt und ihr urplötzlich losgelöster und ihrem Körper abhandengekommener Bauchnabel auf einer bemoosten Muschel von Pflasterstein zu Pflasterstein hüpft und die Birnen mit dem Namen Williams Christ nicht schlafen läßt vor der endgültigen Blüte.

Ich bin der Gast deines herausgestoßenen Fluches, Mirna Jukić

Der Schnee läuft splitternackt herum
mit seinen von Schwalben gekitzelten
Knien

Paul Colinet

DU fehlst mir, sagt die Gummihaut deines schwarzen Schwimmanzuges, der sich vor einer einsamen, aus weißer Kreide gebauten Kirche schützt, wenn du nicht im Blickwinkel Abertausender Zähne auf dem verlorenen Sockel stehst.

DU fehlst mir, sagt die Gummihaut deines schwarzen Schwimmanzuges, wenn du nicht mit offenen Händen am Grunde des Wassers in dein auf beschneiten Treppen liegendes, verlorenes Spiegelbild schaust.

DU fehlst mir, sagt die Gummihaut deines schwarzen Schwimmanzuges, wenn dir die Straßenjungen im Herzen des August mit krähenden Mohnblumen nachlaufen.

DU fehlst mir, sagt die Gummihaut deines schwarzen Schwimmanzuges, wenn die vermaledeite Seeschlange auf zwei Krücken unter Wasser mit diamantenen Eingeweiden auf den wiedergewonnenen Sockel der Sieger steigt.

DU fehlst mir, sagt die Gummihaut deines schwarzen Schwimmanzuges, wenn sich, von der Tiefe des Wasserbeckens aus gesehen, die Wolken erst dann den Bauch aufschlitzen, wenn die Uhr abgelaufen ist.

DU fehlst mir, sagt die Gummihaut deines schwarzen Schwimmanzuges, wenn die Hagebutten nicht als immergrüne Läuse über den vierblättrigen Glücksklee laufen.

DU fehlst mir, sagt die Gummihaut deines schwarzen Schwimmanzuges, wenn das Morgenrot nicht auf der Iris des schiffbrüchigen Gottes am Rande seiner Blindheit untergeht.

DU fehlst mir, sagt die Gummihaut deines schwarzen Schwimmanzuges, wenn deine immer nassen Lippen nicht einmal zur Abwechslung sich von einem trockenen Rosenblatt zermürben lassen.

DU fehlst mir, sagt die Gummihaut deines schwarzen Schwimmanzuges, wenn du, blattloses Wasserzeichen, aufwachst und dein Augenlid das malvenfarbene Kissen als beneidenswerter Blitz berührt.

DU fehlst mir, sagt die Gummihaut deines schwarzen Schwimmanzuges, wenn die Marzipankerze auf der Geburtstagstorte dein Licht als näherkommenden Zug entlarvt.

DU fehlst mir, sagt die Gummihaut deines schwarzen Schwimmanzuges, wenn deine mit Blattgold

geschmückten Brüste vom Sperber mit dem Marmor-
kuchen der Träume nichts wissen wollen.

DU fehlst mir, sagt die Gummihaut deines schwarzen
Schwimmanzuges, wenn deine hohlen Achseln die
Olympiakamera zu einer mit offenen Karten spielenden
Heuschrecke verdonnern.

DU fehlst mir, sagt die Gummihaut deines schwarzen
Schwimmanzuges, wenn die ausgestorbene Gischt der
Nacht die Daunendecke der Paradiesvögel zerfleddert.

DU fehlst mir, sagt die Gummihaut deines Schwimmanzuges, wenn der Abzughahn durch das Richtkorn
flüstert und dich einlädt, die Brust aufzureißen, damit es
das Herz betrifft.

DU fehlst mir, sagt die Gummihaut deines schwarzen
Schwimmanzuges, wenn sich die Boxhandschuhe den
Löwenanteil deines schlafenden Schwimmwassers über
die Kapuze ziehen.

DU fehlst mir, sagt die Gummihaut deines schwarzen
Schwimmanzuges, wenn das mit Ochsenblut bestrichene
Zündholz eine Alptraumnacht dem silbernen und
knisternden Schokoladenpapier überläßt.

DU fehlst mir, sagt die Gummihaut deines schwarzen
Schwimmanzuges, wenn der Himmel in den rußigen
Schornstein abtaucht und als in schwarze Tinte ein-
getauchter Pinsel wiederkommt, ohne ein Wort zu dir zu
sagen, Mirna Jukić.

DU fehlst mir, sagt die Gummihaut deines schwarzen Schwimmanzuges, wenn links und rechts von deinen Augenwinkeln die kleinen Hechte scharenweise aus dem Ei schlüpfen und sich der Klang einer Gitarre mutlos im Wasser verbeißt.

DU fehlst mir, sagt die Gummihaut deines schwarzen Schwimmanzuges, wenn morgen ein ausgetrockneter Brunnen zugegen sein wird, der, ohne sich umzusehen, eine scheintote Fahrradspeiche nach London entläßt auf dem Seeweg.

DU fehlst mir, sagt die Gummihaut deines schwarzen Schwimmanzuges, wenn der einen Granatapfel durchquerende Tintenbleistift vor dem Angesicht des Regenbogens mit dem Reißverschluß erstarrt.

DU fehlst mir, sagt die Gummihaut deines schwarzen Schwimmanzuges, wenn das mit Butterschmalz beschmierte Segeltuch von einem Schuhlöffel zu Grabe getragen wird.

DU fehlst mir, sagt die Gummihaut deines schwarzen Schwimmanzuges, wenn das tobende Ei von einem Blick erschreckt wird, der ohne Wenn und Aber einen Engel hinterrücks den Wasserfall hinuntergestürzt hat.

DU fehlst mir, sagt die Gummihaut deines schwarzen Schwimmanzuges, wenn dein Schoß mit der Stirn deiner Wunde an ein in Glas eingeschlossenes Seepferdchen stößt, das jesusgleich seinen Brustkorb auseinanderreißt und mit leichter Zunge sein Herz aller Welt auf dem gediegenen Sockel der Sieger präsentiert.

DU fehlst mir, sagt die Gummihaut deines schwarzen Schwimmanzuges, wenn dein offener Brief als Kreidekreis hinter der Stirnseite der Butterblume immer auf das letzte Wort pocht.

DU fehlst mir, sagt die Gummihaut deines schwarzen Schwimmanzuges, wenn die Unterwasserwölfe die Pfirsiche entkernen und sich einnisten ins Fruchtfleisch, ohne vorher ihre Zungen über deinen Bauch gleiten zu lassen, Mirna Jukić.

DU fehlst mir, sagt die Gummihaut deines schwarzen Schwimmanzuges, wenn der Sargnagel einem Kind unter einem Olivenbaum die Augen aussticht, ohne vorher das greise Tapetenpapier mit dem Brombeerstrauchmuster im Inneren eines Tabernakels verschwenderisch in Frage zu stellen.

DU fehlst mir, sagt die Gummihaut deines schwarzen Schwimmanzuges, wenn der japanische Surrealist den hauchdünnen Seidenstrumpf deines Wasserspiegels aus der Ohnmacht löst.

DU fehlst mir, sagt die Gummihaut deines schwarzen Schwimmanzuges, wenn der unbefleckte Grashalm mit dem Schrei eines offenen Grabes stotternd über deine Kehle streicht.

DU fehlst mir, sagt die Gummihaut deines schwarzen Schwimmanzuges, wenn dein Augenzwinkern mit aufgestützten Ellenbogen die neugierige Sehkraft verliert vor dem Angesicht eines ungepflückten Feldes aber wirklich nimmer wiederkehrender Veilchen.

DU fehlst mir, sagt die Gummihaut deines schwarzen Schwimmanzuges, wenn auf der glatten Haut deines Bauches die Tropfsteinhöhle die Flinte über die Schulter wirft außer Sichtweite der vom Morgenrot längst schon entzückten, blühenden Brombeerstaude.

DU fehlst mir, sagt die Gummihaut deines schwarzen Schwimmanzuges, wenn der blind gewordene Kleinwüchsige das Riesenrad dicht unter dem Regenbogen besteigt mit zwei unter seinen Achseln hervorschauenden, endlich DAS SPIEGELBILD DES GOTTES DER SCHWIMMER preisgebenden Hyänen.

Specter of the Gardenia, der exhumierte Mädchenhandschuh und das Vanille-Speiseeis in der Thermoskanne

... ich kann keinen Unterschied zwischen Zuständen und Taten erkennen, und so schreib ich denn hier (denn mir scheint, ich schreibe) über die Liebe, und ich mag das Gestammel, in dem sich meine Intelligenz und Bildung auflösen, damit sich andere Tore auftun, ich mag den Grashalm, die Katze und das Stöckchen, die genau wissen, worum es geht...

Gellu Naum

1.

AUF die Stimme der weißen Kreide / Auf die Wasseroberfläche des Tintenkleckses / Auf die ersten und auf die
letzten Brösel eines Radiergummis und auf das Wasserzeichen des leeren Hartpostblattes / Auf die Unterseite
einer gespaltenen Leguanzunge am Bug des sinkenden
Schiffes und auf die Meerestiefe meines Tintenfasses –
königsblau SCHREIB ICH DEINEN NAMEN »Kreide!
Nimm mich Kadaver auf in dein Prinzip!« Löschpapier
und Tintentod! Meine Damen und Herrn! Gleich unter
den Bergspitzen stehen tapfer die Fichten als verkehrte
Federstiele, von denen schwarze Tinte rinnt. »Und viel
Glück mit der Tinte aus Paris!« sagte sie beim Abschied
auf dem Gare du Nord, Éclat de saphir.

2.

AUF das beschlagene Fenster einer Schiffsluke und auf
alle uns belauernden Fensterscheiben / Auf die im Indischen Ozean an der Wasseroberfläche auftauchenden
behaarten Fische / Auf die sich zurückziehenden Sterne
des Urwalds / Auf das Sterben der Seesterne / Auf das
unterspülte Ufer und auf die Verbannung des Meeres-
tangs / Auf die mit Tinte numerierten Löwenzähne in der
Requisitenkammer des Großwildjägers und auf die
Brandwunden des Urwalds SCHREIB ICH DEINEN
NAMEN Mit Lotusblüten bekränzte Kurtisanen malen
mit aufgeritzten Vanillestangen aus Madagaskar Skelette
auf die Flaggen der Piratenschiffe.

3.

AUF die Welle des Schüttelfrosts im Fell eines Igels, der
mit seinen Neugeborenen neben dem brummenden

Kühlschrank im Milchgeschäft der Tante Lydia wartet /
Auf die Rippenfellentzündung einer Siamkatze / Auf die
feuchten, langsam abrutschenden Kalkbrüche hinter den
Ohren eines Wasserfalls / Auf den Eiertanz der mit
Eunuchen bevölkerten letzten Eisscholle im Pazifik / Auf
die nach Wüstensand riechenden Flügel der Zugvögel /
Auf die Spitzen aller Pyramiden Ägyptens / Und auf den
allerersten Speicheltropfen des Jesuskindes beim
Geburtsschrei, als es weder Nacht noch Tag war,
SCHREIB ICH DEINEN NAMEN

4.

AUF die donnernden Peitschenhiebe eines um Mitternacht in meinem Heimatdorf in die Kirchturmspitze
fahrenden Blitzes, der die Menschen im Dorf zu Tode
erschreckte und aus dem Schlaf auffahren ließ / Auf den
nachfolgenden zweiten Blitz, der den Kirchturm mit dem
sich drehenden Wetterhahn zum Schwanken brachte und
in den Kopf des Heiligen Florian einschlug / Auf den
Türkischen Honig in den Mundwinkeln des rot-weiß
eingekleideten Ministranten / Auf den Notnagel meines
weißen Kindersarges / Auf die Fingerkuppen der
Leichenwäsche-Spitzenklöpplerin / Auf den weißen
Spiegel auf der Stirn eines neugierig beim Läuten der
Totenglocke aus dem Bau tretenden Fuchses SCHREIB
ICH DEINEN NAMEN

5.

Am »Sonntag der Göttlichen Barmherzigkeit«, als in den
amerikanischen Zeitungen berichtet wurde, daß in Rom
die beiden Päpste Johannes Paul II. und Johannes XXIII.,
der Papst meiner Kindheit, heiliggesprochen wurden,

stand ich in New York im Museum of Modern Art vor einer in einem Glaskasten ausgestellten kleinen Skulptur von Marcel Jean, einem schwarzen Kopf mit Reißverschlüssen auf den Augäpfeln, die man, so stelle ich es mir vor, wenn die Bilderfolge beginnt, öffnen und schließen kann, sobald der Film beginnt. Um den Hals der schwarzen Skulptur ist ein an beiden Rändern gelöcherter Filmstreifen gewickelt, der meinen Film zum Laufen bringt. Kaum öffne ich den linken Reißverschluß unter den Augenbrauen, beginnen die körnigen, farbigen Filmbilder zu zucken, taucht zuallerst der bereits schwerkranke, mit seiner Tiara, der die Dreifaltigkeit symbolisierenden Papstkrone, auf einer Sänfte sitzende Papst Johannes XXIII. auf, der über den Petersplatz getragen wird. Kurze Zeit später, nachdem ich die Meldung im Radio gehört habe, dem ersten Radio, das wir bekommen haben von Tante und Onkel aus der Konditorei Rabitsch am Neuen Platz in Klagenfurt, laufe ich über die sechzehnstufige Stiege meines Elternhauses, öffne die Tür des Zimmer, aus dem der Großvater zwei Jahre davor herausgestorben ist, stelle mich heftig schnaufend vor das Bett meiner Großmutter und sage aufgeregt: »Oma! Da Popst is gstorbn!« »Mein Gott na, mein Gott na!« jammert die dicke, fast neunzigjährige Frau. Ein paar Monate später ist auch meine Großmutter tot.

6.

ICH ÖFFNE den Reißverschluß über dem linken Augapfel des kleinen schwarzen Kopfes und sehe im weiterlaufenden Film ein speichelbenetztes, zu Boden fallendes Brotbröckchen. Hätte mich meine Mutter in diesem

Augenblick, als ich schon heftig keuchend nach Luft rang, nicht bei den Füßen gepackt, umgedreht und durchgerüttelt, wäre ich an jenem Brotbröckchen erstickt. Drei Geschwister mit frischgepflückten Gladiolen und Astern aus dem mütterlichen Garten und schwarzen Nylonschleifen an den Oberarmen wären hinter meinem Kindersarg hergegangen, gefolgt von der schwarzgekleideten, Schritt für Schritt zerbrechenden Mutter, mit einem über die Schultern hängenden schwarzen Nylontrauerschleier vom Kaufhaus Samonig in Villach und gestützt vom Vater, der einen Kärntneranzug getragen hätte mit Enzian und Edelweiß in den Knopflöchern, frisch gepflückt beim letzten Almabtrieb seiner Stiere und Ochsen aus der Innerkrems. Ich schließe den Reißverschluß über dem linken Augapfel des kleinen schwarzen Kopfes.

7.

AUF die Federn des mild gewordenen Geiers auf der rechten Schulter von Benjamin Péret und auf den auf dem Zahnfleisch durch die Regale kriechenden Bücherwurm der Surrealisten: »*Meine Mutter ist ein Kreisel, dessen Peitsche mein Vater ist!*« Wie viele Seifen habe ich wohl erworben im Dauerlauf durch die Städte Europas und der Welt nach dem Wiederlesen von Francis Ponges Geschichte über die Seife? Keine Stadt habe ich ohne Seife verlassen, von Madrid bis Kiew, von New York bis Tokio. Und gerade erst habe ich aus dem Kosovo, aus Pristina, Ziegenmilchseifen mitgenommen mit Lavendel-, Zitronen- und Kokosduft. Hörst du mich, Drahtzieher der Sonnenstrahlen? Stimm mich ein mit dem Handzuginstrument der Ziehharmonika, die den Ton durch die freischwingenden Zungen der Surrealisten zu erzeugen

weiß, auf den Satz aus den Gesängen des Maldoror: »...
*schön wie die Begegnung zwischen einer Nähmaschine
und einem Regenschirm auf dem Seziertisch.*« Und mit
den frisch geschliffenen Kufen meiner Schlittschuhe
SCHREIB ICH DEINEN NAMEN auf das durchsichtige
Spiegeleis, unter dem, am Grunde des Weißensees, die
Skelette und Totenköpfe von den Felsen gestürzter
Hirsche liegen.

8.

»OH, DOCH!« sagt die zungenfertige Terpentinseife
meiner Kindheit mit dem eingeprägten Hirschkopf und
erschrickt bei der Leichenwäsche meiner Großmutter
vor der Haut der Toten, »ich hab's immer gewußt, ich
hab's immer gewußt!« Das im brennenden Dornenbusch
angegurtete Gebetsbuch mit dem eingestanzten Kreuz
wird sich selber in einer zerstückelten Träne aufblättern!
Und nicht zu vergessen die angebrauchte Kamillenseife
mit dem eingeprägten Hasenkopf, die im November-
rauhreif zwischen den Kindergräbern gelegen hat, unmittelbar neben den Füßen der verschwitzten und sich in
einer Verschnaufpause nachdenklich auf den Stiel der
Spitzschaufel lehnenden Totengräberin! Das Summen
des Liedes »Rote Lippen soll man küssen, denn zum
Küssen sind sie da. Rote Lippen sind dem siebten Himmel ja so nah...« von Cliff Richard unterbrach sie erst
wieder, als sie beim Weiterschaufeln auf einen Mädchen-
kinderknochen gestoßen war, der dann mit der Totengräberin im Duett zu singen begann: »Ich sah ein schönes
Fräulein im letzten Autobus, das hat mir so gefallen,
drum gab ich ihr nen Kuß...«.

9.

AUF den Willen zur Nacht / Auf jedes diktierte und auf
jedes nicht diktierte Liebeswort im Wortschatz der
Nacht – Wie heißt du? Und du? – Auf das leichte Spiel der
langen Illustrierten-Frauenbeine in Nylonstrumpfhosen
mit den unseligen Hüften-Verstärkungen SCHREIB ICH
DEINEN NAMEN Bezirz doch das steckengebliebene
Wiesel in der Trillerpfeife, im Spuckebereich! Und tröste
die Träne im Augenwinkel des verlorenen Knopflochs
vor der Masturbation der sich krampfhaft windenden
und leise keuchenden Paradiesschlange von Adams und
Evas Gnaden! »*Wie arm waren wir dran, mein Gott, und
wie liebten wir uns, wie zwei Holzlöffel, die aus ihrem
gemeinsamen Klotz noch nicht befreit worden sind!*«
Und der linke Fuß der Nylonstrumpfhose mit den
Zehenverstärkungen als zweite, bessere Hälfte des
rechten Fußes ist eine Trauerweide, vor dem Abholzen!

10.

AUF das Fingerspitzengefühl eines exhumierten Mäd-
chenhandschuhs und auf die einschneidenden Schlitt-
schuhkufen auf der mit Vanille-Speiseeis verpatzten
Zunge der Verstorbenen SCHREIB ICH DEINEN
NAMEN

11.

AUF den Nagel der schlauen Köpfe mit dem man Sarg-
nägel mit Köpfen macht / Auf die Schonzeit meines
Absterbens-Amens / Auf die Lufthohheit der Toten-
polsterschlacht SCHREIB ICH DEINEN NAMEN
Während meine Mutter die Prothese der Gewissensbisse
verkehrt als Krone auf den Kopf setzt, klatschen von

hoch oben zwei Engel auf die Glasscheibe des eingerahmten Heiligenbildes mit der Madonna della Seggiola
von Raffael, unter dem ich einst gezeugt wurde, und
rutschen gefiedert und blutend auf Mutters Kopfpolster
herab. Ich öffne wieder den Reißverschluß über dem
linken Augapfel des schwarzen Kopfes »Specter of the
Gardenia« und sehe im knisternden Film in Zeitlupe die
Mutter mit einem Küchenmesser auf den Hühnerstall
zugehen. Sie faßt ein mit den Flügeln schlagendes und
gackerndes Huhn, das sich schließlich stumm vor
Schreck mit offenem Schnabel wegtragen läßt. Die
Mutter stellt sich vor den mit ihren kotbehangenen
Schwänzen hin- und herpendelnden Kühen an den Rand
der Stallrinne, preßt das Huhn zwischen ihre Kniescheiben, biegt seinen Hals zurück, zupft die Federn ab
und beginnt mit dem Küchenmesser zart am Hals des
Huhns zu säbeln. Das Federvieh beginnt zu zittern, Blut
spritzt ringsum auf das Schuhwerk der Mutter, auf die
Schuhe des danebenstehenden Kindes und tropft in die
Stallrinne hinein. Das Huhn streckt die Flügel aus, sein
Kopf fällt leblos auf die blutbeschmierte Brust. Wieder
schließe ich den Reißverschluß über dem linken Augapfel.

12.
AUF die faustdicke Kniebeuge beim ersten Dornenkronen-Schlamassel vor dem Hochaltar mit den eingefrischten Chysanthmen, Mutters liebste AllerHeiligenblumen
und liebste AllerSeelenblumen /Auf die Frucht des Leibes
aller unbefleckten Empfängnisse /Auf das Wundversorgungs-Programm der Heiligen Jungfrau Maria SCHREIB
ICH DEINEN NAMEN: Berühr mich mit deinem Staub,
und ich zerfalle zu einem Menschen! Führe mich in Ver-

suchung und erlöse mich von dir, dem größten aller Übel!
Meerstern, ich dich grüße, o Maria hilf, Gottesmutter
süße, o Maria, hilf! Während sich der Himmel an die
Hölle klammert, verknotet sich der schauerliche Regenbogen und hängt reumütig den Verräter Judas an seinen
farbenprächtigen Strick: »Laßt mich wenigstens mit den
Beinen strampeln, das darf doch jeder, der aufgehängt
wird!«

13.

AUF die letzte Not-Durft unseres Herrn am Kreuz im
Fliegenschißalbum meines katholischen Katechismus,
das ich im Tabernakel meiner Heimatdorfkirche versteckt habe, SCHREIB ICH DEINEN NAMEN Wenn
der Priester die Goldene Monstranz mit dem Leib Christi
aus dem Tabernakel hebt und mit dem Allerheiligsten die
in den Kirchenbänken sitzenden Gläubigen segnet, ver-
neigt sich das kreuzförmig gebaute Dorf, die Grabkreuze
auf dem Friedhof spielen Steckenpferdchen und tauschen
die Gräber, die orangefarbenen Ringelblumen tanzen aus
der Reihe, die roten und weißen Fleischblumen fressen
einander kannibalisch auf, die Maulwurfshügel spielen
Schach, die matten Toten erheben sich und trommeln mit
ihren Schienbeinknochen auf ihren eigenen Schädeln zur
Litanei: Ich eile zur Wunde und fliege hinein, du wirst mir
ein Tröster, ein Schirmer mir sein!

14.

AUF die mehlverstaubten Spinnweben in der engen
väterlichen Getreidemühle – wie zart ich seine grobe
Bauernhand empfand, wenn noch frisch gemahlenes,
warmes Mehl auf seinen behaarten, braungebrannten

Unterarmen lag! /Auf das schnittige Geräusch seiner von
Vaterhand gedengelten Sommersense beim Mähen von
taufrischem Gras, frühmorgens /Auf die runzelige Stirn
eines Altweibersommers über seinen Stoppelfeldern / Mit
dem roten Zeiger des Tachometers seines in Schlamm und
Wasser auf dem Feld steckengebliebenen orangen Steyr-
Traktors, der von einem schwimmenden Fuchs zweimal
umkreist wurde, ehe er im Gehölz der von der Drau
überschwemmten Auen verschwand /Auf die Löcher der
Sprechmuscheln von Vaters erstem, mit Kalbsfell über-
zogenem Telefonhörer, Anfang der Siebzigerjahre, als
man zum Telefonieren nicht mehr ins Gasthaus gehen
und die Todesnachrichten aus dem Dorftelefon hören
mußte /Auf den durchnäßten Kleiesack: schwermütig
wie eine Lach-Salve! SCHREIB ICH DEINEN NAMEN

15.

IM MASSGESCHNEIDERTEN braunen *Trachten-*
Anzug, die grüne Samtweste mit dem eingestickten
Edelweiß zurechtrückend und mit zuckendem Hitler-
bärtchen sagte der Vater vor der Haustür unter dem
Strauch mit dem Namen Jelängerjelieber: »Du wirst
gleich eine *Tracht* Prügel kriegen!« Seine Fingernägel
schnitt er in der Küche, auf dem grünen Diwan sitzend,
immer mit der kleinen silbernen Beißzange ab, mit der
er auch die Zähne der neugeborenen Ferkel abzwickte.
»Du kannst wohl nicht zwischen Mensch und Vieh
unterscheiden!« rief die Schwester, wenn er in den Stall
ging und einem kränkelnden Kalb unser aller Queck-
silber-Fieberthermometer in den Hintern steckte. »Arsch
ist Arsch!« war seine lapidare Antwort auf die Empörung
seiner Tochter.

16.

Im fortlaufenden Film – SPECTER OF THE GARDE-
NIA – schaue ich ins Schwalbennest meiner Kindheit, wo
sich die gerade erst geschlüpften Eidechsen ausruhten,
bald nach dem die neugeborenen Mehlschwalben flügge
geworden waren und sich nach allen vier Himmelsrich-
tungen zerstäubt hatten / Auf den Saum des Totenkleides
meiner kinderlos gebliebenen Taufpatin Tresl, der »Guten Haut«, die mich als dreijähriges Kind über den offenen Sarg meiner aufgebahrten Großmutter mütterlicherseits hob mit den Worten: »Schau, Seppl, schau!« und die
auch das durchsichtige schwarze Bahrtuch in die Höhe
hob, damit ich das Totenantlitz der Verstorbenen noch
besser erkennen konnte. Knapp zwei Jahrzehnte später,
während die Tresl, auf dem Küchendiwan sitzend, das
eine Wachskruzifixlein nach dem anderen in ihr zukünf-
tiges Totenkleid einnähte, sagte sie: »Seppl! Wirst wohl
hinter dem Sarg deiner Guten Haut hergehen? Wenn es
soweit ist?« Und als sie im Leichenzug, angeführt vom
schwarzgekleideten Priester und den schwarzgekleideten
Ministranten, zu Grabe getragen wurde, tropfte
Leichenflüssigkeit aus ihrem schwarzen Schrein. Die
Sargträger beschleunigten ihre Schritte und putzten vor
dem offenen Grab, nachdem der Sarg mit zwei Hanfstri-
cken in die von der Totengräberin ausgehobenen Grube
gesenkt worden war, mit den roten Nelken die flüssig
gewordenen sterblichen Überreste von ihren Sargträger-
schultern.

17.

AUF den Radau der Milchglasscheiben in der Bauern-
stube, als der Vater mit dem Tod rang unter dem ein-

geglasten Brustbild seines Herrn und Erzeugers, den er bis zu seinem dreißigsten Lebensjahr siezen mußte – »Herr Vater! Darf ich Sie um ein Stück Speck bitten… Herr Vater! Darf ich mir noch ein Stück Brot vom Laib schneiden?« / Und in die zügigen Luftlöcher des väterlichen Totenkopfes SCHREIB ICH DEINEN NAMEN »Der Tod ist gar nichts! Kinder! Schaut, wie man stirbt!« sagte der Dichter Italo Svevo zu seinen um sein Totenbett stehenden und weinenden Kindern. Zehn Jahre nach seinem Tod, nachdem seine Arme Seele lange im Fegefeuer ausgeharrt hatte, ist mein Vater wohl in den Himmel aufgefahren mit Sack und Pack, denn erst kürzlich habe ich geträumt, nachdem meine erbärmliche Kinderseele wieder zerschnitten, zerfleischt und zerhackt worden ist zwischen seinen sich im Kreis drehenden Rasierklingen und dem Veitstanz seiner Getreidesichel, kürzlich also habe ich geträumt, daß der Vater ausgerechnet in Palermo, wo ich einmal tagelang in der Kapuzinergruft aus- und eingegangen bin und besonders den Priesterkorridor mit den eingekleideten, vertrockneten Leichen der Bischöfe und Kardinäle besucht und auch die Kindersärge mit den mumifizierten Leichen nicht außer Acht gelassen habe, der Vater also in Palermo auf einem Kinderfahrrad sitzt, durch die Straßen fährt und fröhlich ein Kinderlied singt. Aber zwanzig Jahre vor seinem Tod, im Alter von achtzig Jahren, sagte er einmal zu mir: »Seppl! Weißt du, was ich dir sage? Zehn Jahre möchte ich noch leben, dann ist die Hölle sowieso voll, dann bin ich im Himmel!«

18.
AUF einen Kleiderhaken voller schwarzer Trauerschleier SCHREIB ICH DEINEN NAMEN / Auf die knisternden

Depeschen der Flammen im verrußten Kamin / Auf die
Hängematten des Frühnebels / Hinter die Ohren des
Wasserfalls, an dem mein Vater als vierzehnjähriges Kind
dreißig Schafe vorbeitrieb, die reißende Lieser entlang.
Alle Schafe, so erzählte er, habe er beim Almabtrieb an
ihren Gesichtern wiedererkannt und von den Hunderten
Schafen der anderen Bauern unterscheiden und trennen
müssen / Auf die am Auferstehungstag ihre Ärmel auf-
krempelnden Kindergrabsteine / Auf die am Dorffriedhof
zwischen den rostigen Kreuzen tanzenden Schneeflo-
cken nach der Exhumierung der vom Dorfapotheker mit
überdosiertem Strychnin ermordeten Kinder, die an
Pseudokrupp erkrankt waren, drei, vier waren es / Und
auf die Lippen ihrer unerhörten Todesschreie SCHREIB
ICH DEINEN NAMEN Die dicken Wachskerzen mit
den aufgeklebten Engeln aus Marzipan verzehrten sich
selber und erloschen der Reihe nach durch den herab-
fließenden Zucker. Die schwarzen, durchsichtigen
Nylontrauerschleier durfte die Verkäuferin im Kaufhaus
Samonig in Villach nur in Haushaltsmenge abgeben.
»Die Trauerschleier gibt es nur in der Haushaltsmenge!«
hat sie gesagt, hinter der Verkaufstheke stehend in ihrem
blauen Mantel, und mit ihren bläulich-knochigen Fingern
auf die Budel klopfend, »Nur in der Haushaltsmenge«!
Hut ab! vor dem Penicillinkurier mit seinem Phiolen-
kummer! Denn zwei, drei Jahre später stand der kleine
Kinder-Mörder im mausgrauen Mantel schon wieder
hinter der Theke einer anderen Apotheke im Kärntner
Drautal, nämlich in Spittal an der Drau und gab Aspirin
aus, Strychnin und Penicillin. Aber nur in der HaushaltsMenge!

19.

AUF AUF! SPECTER OF THE GARDENIA! Mit der
gefüllten Milchkanne in der Hand ging ich im Winter
über den Harscht der Schneefelder und brachte der Tresl
die frische, noch kuhwarme Milch. Ohne das Geschirr
auszuwaschen, legte die Gute Haut Weihnachtsgebäck in
die Milchkanne hinein. Beim mühsamen Einstampfen der
Trittstufen in den Harscht der Schneefelder aß ich die mit
den kalten Milchresten angesoffenen Lebkuchenherzen,
Zimtsterne und Vanillekipferln / Auf die *Knittel*, die mir
der Herrgott geschickt, und auf die roten Rosen, die es
dabei geregnet hat, SCHREIB ICH DEINEN NAMEN,
denn als ich einmal mit meinem Cousin Kurt Fix-und-
Foxi Heftchen getauscht habe, rief die Gute Haut mit
ihrem aufgeblasenen Mund aus dem Fenster: »Ihr hab's
schon wieder getandelt! Der Herrgott wird euch *Knittel*
schmeißen!« Ich legte mich am Waldrand ins Moos und
schaute lange in den Himmel hinauf, bis ich einschlief
und später die Fuhre Buchenholz-*Scheiter* und Fichten-
holz-*Knittel* mit eingebrannten Kruzifixen über mir
wegräumte, mir nichts, dir nichts. Ich bin einfach auf-
gestanden, und die Geschwüre sind von mir abgefallen.
»*Weinen möchte ich, immer weinen, Jesu, weil ich dich
betrübt, daß vor dir, dem ewig Guten, soviel Böses ich
verübt. Ach, verzeihe, hab Erbarmen, schenke Gnade
mir, dem Armen, da ich gern mich bessern will: Wasch
mich rein in deinem Blut, Jesu, liebster Jesu mein!*«
SPECTER OF THE GARDENIA! AUGE ZU!

20.

AUF das ordinäre Beamtensitzfleisch ohne schwarzen
Ärmelschoner / Auf seine über den Vorhang hängenden

Augenlider mit Stechblick und vorauseilendem Gehorsam SCHREIB ICH DEINEN NAMEN Ob die Spieß-Bürger auch tatsächlich aufgespießte Bürger sind auf den Gartenzaunlatten ihrer Kleinbürgerlichkeit? Und ob der aus den Fugen geratene Spieß des Bürgers mit dem Zaunpfahl winkt? Fußvolk! Zieht endlich eure Schuhe aus! – Menschenfleisch in Kindergröße liegt auf einem Stück Emmentaler mit übergroßen Löchern, und »Durchgefallen!« ruft auch schon der Oberlehrer und »Wir werden ihn schon noch zurechtbiegen!« Und: »Ich reiß dir den Arsch aus und schmeiß ihn dir ins Gesicht, wenn du nicht lernst!« ruft der Oberlehrer vor der Tafel mit der blauen Kreide in der Hand. Und löchrig wie der Emmentaler sind die Verschnaufpausen seines Kreide fressenden und immer wieder »Durchgefallen!« kreischenden Amazonaspapageis, dem er immerhin den Satz von Oscar Wilde beibringen konnte: »Ehrgeiz ist die letzte Zuflucht des Versagers!«

21.
AUF die Schneerose meiner Wasserleiche / Auf die in Mädchenzöpfe eingedrehte Pfaufeder, frisch ausgerissen aus dem Federkleid des ältesten Ziervogels der Menschheit / Auf den Schauer deiner Gänsehaut, besonders in den Kniekehlen / Auf die schaulustigen Bittermandelkerne in deinen Augenwinkeln / Auf den olivgrünen Blutegel, der immer die Nase vorn hat / Auf die Spitzen deiner Brüste, wenn du im MorgenGrauen auf dem Balkon beim Ausschütteln der märchenhaften Frau-Holle-Bettwäsche mit den eingestickten sieben Zwergen die Spitzberge und Sonnencremes anrufst: »Piz Buin! Piz Buin!« Und auf die Luftblasen unseres Schneewittchens aus Hefe, das

sich im Glassarg aufbläht und zur Wiederauferstehung
zwischen Sargoberteil und Sargunterteil herausrinnt,
SCHREIB ICH DEINEN NAMEN / Auf die zurück-
gebliebene Haarlocke in der Nestwärme der Pendeluhr
des 7. Geißleins! / Auf die Etepetete-Prinzessin als Erb-
senfakir: »Ich esse keine Suppe, nein! Ich esse meine
Suppe nicht! Nein, meine Suppe eß ich nicht!« / Auf den
goldenen Bazooka-Lederball und auf das breite Maul des
Froschkönigs, der von der Prinzessin an die Wand, auf
das eingerahmte Heiligenbild der Madonna della Seggiola
von Raffael geklatscht wird und der sich mit seinen
Saugnäpfen an den Zehen des Jesukindes festhält,
SCHREIB ICH DEINEN NAMEN Ob dem Dornrös-
chen beim hundertjährigen Schlaf auch die Zähne und die
Haare ausgefallen und die Fingernägel durch die Dornen
aus dem Fenster des Schlosses hinausgewachsen sind,
habe ich mich als Kind gefragt. *Habe ich mich* als Kind
gefragt! Nur mich habe ich als Kind gefragt.

22.
SCHÜTTLE MICH! Schüttle mich! hat der Graven-
steiner Apfelbaum im Garten meines Großvaters mütterlicherseits gerufen, dort, wo eine Nachts mein zu-
künftiger Vater neben den Ranken der dunkelblauen
Weintrauben über eine Leiter gestiegen ist, um zu meiner
zukünftigen Mutter zu gelangen, und sich unverschämt
ausgeschüttet hat in der schönen jungen Frau, unweit
vom hellhörigen Pfau, der in der Dunkelheit ein Rad
schlug und raschelnd seine Federn erzittern ließ im
Augenblick seines Samenergusses. Aus dem Fenster und
von der Leiter steigend, hat der Vater Weintrauben von
den Ranken gerissen und sie auf dem Nachhauseweg auf

dem lotrechten Balken des kreuzförmig gebauten Dorfes zwischen Zunge und Gaumen zerquetscht, die eine blaue Weintraubenkugel nach der anderen, um seinen Flüssigkeitsverlust »wett« zu machen. »Wetten, daß ich dich kleinkriege«, haben wir als Kinder immer wieder gesagt. AUGE AUF! SPECTER OF THE GARDENIA! Später schlich ich mit einem eisigen Schneeball ins Schlafzimmer meiner Mutter, wälzte die eiskalte Kugel in den zurückgebliebenen Blutflecken ihres Bettes, lief über die sechzehnstufige Stiege und warf den blutigen Schneeball meinem jüngeren Bruder und Muttersöhnchen an den Kopf. Wenn die Mutter am frühen Morgen aufstand, um in den Stall zu gehen, verließ ich das Kinderzimmer, schlüpfte in ihr noch warmes Bett und nahm ein Bad in ihrem Blut, unweit vom grün phosphoreszierenden, an der Wand hängenden Kruzifix, wo sich in einem großen Spiegel die Madonna della Seggiola von Raffael widerspiegelte. AUGE ZU! SPECTER OF THE GARDENIA!

23.

ICH ÖFFNE den Reißverschluß über dem rechten Augapfel des schwarzen Kopfes ›Specter of the Gardenia‹ und sehe im knisternden, in die Kindheit zurückrollenden Filmstreifen den halbblinden Heiligenkitschverkäufer, der meiner Mutter ein grün phosphoreszierendes Kruzifix verkauft hat, das zeit ihres Lebens nachts in ihrem Schlafzimmer leuchtete, über dem Bild ihrer an Kummer früh verstorbenen Mutter, die im Zweiten Weltkrieg drei Söhne im jugendlichen Alter verloren hatte. *Gefallen* sind sie, hat es geheißen, als Helden sind sie gefallen, hat es immer geheißen. Und wie es mich gruselte, als mehr als anderthalb Jahrzehnte nach dem Tod der drei Soldaten auf den Schlachtfeldern Rußlands und in Jugoslawien die Tante Liese zu uns *Tunichtguten*, wie wir öfter genannt wurden, zu mir und zu meinem jüngeren Bruder schnippisch sagte: »Na, ihr Helden!« Wir Nachkriegs-Helden, die zum stolzen Gefallen der Verwandten auf den Dritten Weltkrieg zu warten haben, damit sie wieder zu *Helden* werden, die *Gefallenen*! Und als dann die mit dem Omnibus aus Töplitsch angereiste Tante Liese mich musterte und sagte, daß *er* blaß aussehe und daß *er* mehr essen solle, daß man auf *seinen* Rippen Klavier spielen könne, da war ich nicht gerade stolz auf meinen Bösendorfer-, auf meinen Yamaha-Brustkorb, auf den Bechstein meiner Rippen.

24.
AUF den Tanz des Kochlöffels um die Küchenschabe, die raschelnd über das mit Tintenbleistift aufs Butterpapier geschriebene Wort ›Szegedinergulasch‹ läuft / Auf die Schar ihrer verstummten Wörter und auf die Schar ihrer immer wiederkehrenden Worte, wenn die Mutter das Kind ein »Schwarzes Schaf« nannte oder »Unter einem Schock ist immer ein Bock!« schimpfte. Und wenn sie dann sagte, daß ich ein »Höllteufel!« bin, dann wußte ich auch noch, daß ich nicht nur ein einfacher Teufel auf Erden, sondern ein wahrlicher Teufel bin, der aus der Hölle auf Erden ins kreuzförmig gebaute Dorf gekommen ist, um es von den Lebenden und Toten zu erlösen / Auf die Stubenhocker der Küchenfliegen, besonders, wenn die Mutter an der ratternden Singer-Nähmaschine saß und ich mich, ihr gegenüber sitzend, in ein Karl-May Buch vertiefte und wieder und wieder Winnetous Tod nachlas und mich zu ihm ins Totenbett vergrub,

SCHREIB ICH DEINEN NAMEN »Scharlih, ich glaube
an den Heiland. Winnetou ist ein Christ. Leb wohl!«

25.

DEINEN NAMEN SCHREIB ICH auch auf die Spuren
im Schnee des sechsjährigen Kindes, das in der Advent-
zeit um sechs Uhr morgens im gestreiften Schlafanzug
barfuß im Tiefschnee durch das Dorf dem zur Frühmesse
gehenden Pfarrer Franz Reinthaler nachlief und dem
dann am nächsten Tag ein roter Ministrantenmantel um
die Schultern gelegt wurde, womit das noch nicht schul-
pflichtige Kind zum stolzen Ministranten geadelt war /
Auf die Wirbelsäule des Pfarrers, wenn ihm bei der Kon-
sekration der Hostie das Mißgeschick widerfuhr, daß ein
paar Splitter von der großen Hostie auf den Altarboden
fielen, er sich bücken und sich die gefallenen Stücke vom
Leib Christ einverleiben mußte mit dem traurigen Blick
eines scheißenden Hundes. *Liebster Jesus, hast so weh,
wart ich tu ein Sälblein streichen, gelt, dann tut der
Schmerz schon weichen!* Dann und wann, wenn es
geschüttet und gehagelt hat, sind wir Kinder mit heraus-
gestreckter Zunge über die Dorfstraße gelaufen, haben
uns vor dem Dorfkruzifix niedergekniet und haben dem
Herrn der genagelten Knochen mit klitschnassem Kopf
und Hagelkörnern zwischen den Zähnen ins holz-
geschnitzte Gesicht gerufen: »Siegesgewiß klappert sein
Gebiß! Siegesbewußt wackelt ihre Brust!« Schließlich
kniete ich am Karfreitag, am Tag der Kreuzigung, win-
selnd im schwarzen Beichtstuhl mit dem violetten Vorhang und antwortete auf die Frage des Pfarrers: »Wider-
sagst du dem Teufel?« – »Ich widersage!« – »Und allen
seinen Werken?« – »Ich widersage!« Während nämlich

die Mutter und die Schwester in unserem Bauernhaus
den OsterPutz machten, der zukünftige Ackermann,
mit einem Besenstiel die Schwalbennester in den Stall-
ecken zerstocherte und mit seinen kotbehangenen
Stiefeln die neugeborenen Schwalben in die Kotrinne
bugsierte!

26.

AUF das linierte und auf das karierte Schulheft meiner
Kindheit / Auf die von der Tafel rutschenden Brösel der
zerbrochenen Kreide SCHREIB ICH DEINEN NAMEN
In der Karwoche, sagte der Pfarrer zu uns Kindern, in der
Karwoche verstummen die Dorfglocken, denn sie fliegen
nach Rom! Tag für Tag habe ich mich in der Karwoche
auf dem Pfarrhügel zwischen den Birken auf eine be-
mooste Bank gesetzt und voller Erwartung auf den
Kirchturm hinuntergeschaut … In der Kirche habe ich
mich ganz schnell umgedreht, um zu sehen, ob sich die
Heiligenfiguren nicht doch bewegen und mir nach-
schauen, wenn ich komme und gehe. Und wenn dann und
wann auf der Straße, unweit der Kirche, wo ich oft aus
Langeweile herumlungerte, eine Rettung mit Blaulicht
und Sirene vorbeifuhr, machte ich ein Kreuzzeichen und
betete für den Verunglückten, für den Sterbenden, für
den Kranken und für mich *Heiliger Schutzengelmein, laß
mich dir empfohlen sein, steh in jeder Not mir bei, halte
mich von Sünden frei, führe mich an deiner Hand ins
himmlische Vaterland, Amen!*

27.

AUF die schwarzen Krawatten in den schlampig ab-
gesicherten Jauchegruben, in denen mörderische Bauern

ihre Frauen und Kinder entsorgt haben, unbehelligt, ein Jahrhundert lang / Auf den waagrechten und auf den senkrechten Querbalken meines in Form eines Kreuzes wiederaufgebauten Heimatdorfes, das von einem einzigen Sirius-Zündholz in einer Kinderhand mithilfe eines Häufchens Heu auf der Tennbrücke und des aufkommenden, das brennende Heu in den Stadel treibenden Windes, zur Gänze eingeäschert wurde, SCHREIB ICH DEINEN NAMEN Vom anderen Ufer der Drau, von einem Hügel aus, sah man ein dorfgroßes, brennendes Kreuz. Und einige Zeit davor, als bei einer Überschwemmung der Drau die Fluten einen Teil des rund um die Kirche angelegten Friedhofs wegriß, schwammen Holzkruzifixe, Totenkränze, Totenköpfe und Beckenknochen, Kinderleichen und Erwachsenenleichen auf die Felder und düngten das Getreide, den Roggen und den Weizen, die Rüben- und die Erdäpfeläcker.

28.
AUGE AUF! SPECTER OF THE GARDENIA! Während ich ein Ferngespräch mit der Unterwelt führe, schreitet die Dudelsack pfeifende Totengräberin als Scherenschnitt auf den Feldern meines Vaters über die Maulwurfhügel. Beim Begräbnis meines Vaters, als ich in Tokio war, haben die alternden Chorknaben von der Kameringer SingGemeinschaft in ihren Kärntner Trachtenanzügen vor dem offenen Grab mit Gänsehaut in den Kehlen »Trog mi ause übern Onga!« gesungen. Komm, mein Vater, niste dich ein in meine Augenhöhlen mit deiner Zuchtrute und versprich mir das sagenhafte Vierklee des Unglücks mit der durch den Regen fliegenden engen Treppe unseres Mutter- und Vaterhauses, über die du

einst mit dem Leichenbestatter Stufe für Stufe deine Mutter in einer Wolldecke getragen hast, hinunter ins Aufbahrungszimmer, ohne daß einer ausgerutscht und gestürzt ist mit dem Leichnam auf der abgetretenen sechzehnstufigen Stiege. Am selben Abend haben wir uns in der Küche auf dem Diwan wieder hineingekuschelt in diese graue Wolldecke mit den grünen Streifen. AUGE ZU! SPECTER OF THE GARDENIA!

29.
AUF das kleine, viereckige Loch in der Zugfahrkarte von Zagreb nach Sarajewo, gezwickt vom Zigaretten paffenden Schaffner, der bei jedem Halt des Zuges von Abteil zu Abteil ging und den Namen der Ortschaft ausrief / Auf die Abermillionen auf den Zugschienen zwischen Klagenfurt und Venedig liegenden, mit den Sätzen der Surrealisten beschrifteten Taubeneier / Auf den Luftzug des am Bahnsteig eins in Klagenfurt vorbeidonnernden, langen Güterwaggons, der den wenige Meter neben den Gleisen abgestellten Kinderwagen in die Lüfte hob und dem auch ein Grab in den Lüften geschaufelt wurde, SCHREIB ICH DEINEN NAMEN Kopfkissen mit Bärlimuster, rosaroter Zutz und gelbes Plastikentchen lagen neben einer kleinen Blutlache am Bahnsteig eins in Klagenfurt. Die Trauergäste tauchten vor dem weißen Kindersarg einen Fichtenzweig in die mit Weihwasser gefüllte Kaffeeschale und spritzten dem Kind die Weihwassertropfen auf den zertrümmerten, blaugelben, halb mit Rosen und Nelken verdeckten Kopf. Zwei Tage später, noch vor dem Begräbnis des Kindes, sah man eine herumstreunende Katze, die unweit der Todesstelle auf den glänzenden Zugschienen die Krallen wetzte. Die von

den Zugrädern zermalmten Rosensträuße lagen noch tagelang zwischen den Schienen.

30.

AUF die Kufen der olympischen Schlittschuhläufer im Augenblick der Todesspirale / Auf die erste flimmernde Mattscheibe meines Lebens im Schlafzimmer der Großeltern mütterlicherseits, auf der ich John F. Kennedy in Dallas in Texas sterben sah. Immer wieder sah ich auf dem Bildschirm in Zeitlupe den sich vor- und zurückbeugenden und im Todeskampf schüttelnden Oberkörper des amerikanischen Präsidenten / Auf den Schlußstrich der Meereswelle in der Sekunde des endgültigen Sonnenuntergangs / Auf den Todesschrei des Tannenholzfällers ein paar Tage vor dem Heiligen Abend, mit einem Begräbnis als Bescherung / Wie Figuren auf den schwarzen Quadraten eines Schachbretts fallen die Bauern neben den Holunderstauden in die schwarzen Löcher ihrer Jauchengruben, und in den Plumpsklos ohne Herrgottswinkel mit den herausgeschnitzten Herzen auf den ranzenden Türen der kleinen Gebäude am Stillen Ort SCHREIB ICH DEINEN NAMEN. Große, von Luis Buñuel und Salvador Dalí mit Rasiermessern durchschnittene Kalbsaugen hängen statt der Gravensteineräpfel im Obstgarten meines Großvaters am Baum. AUGE AUF! SPECTER OF THE GARDENIA! Wie oft habe ich meinen Finger ins frischgebackene, warme Brot gebohrt und dem Pfau die zusammengestauchten Brotbröckchen vor die Beine geworfen auf dem Hof meines Großvaters mütterlicherseits, der im Zweiten Weltkrieg innerhalb eines Jahres drei Söhne im jugendlichen Alter verloren hat, in Rußland und Jugoslawien, 18, 20 und

22 Jahre alt waren sie, unsere *Helden*. AUGE ZU!
SPECTER OF THE GARDENIA! Der Bauchtanz der
Eßkastanien im farbenprächtigen Herbst, wenn wir die
Soldaten feiern, wie sie fallen! Denn Geben ist seliger
denn Nehmen, also hart im Nehmen und sanft im Geben!
Und ich? Ich bin doch *des todes leibeigen*. Und es kann
anders werden nicht!

Mit einem Messer in der Hand in New York oder Das epileptische Schlafzimmer im Augenwinkel von Julien Green

> Holzhauer, hacke
> Den Schatten mir ab
> Nimm von mir die Marter
> Mich fruchtlos zu sehen.
>
> Warum zwischen Spiegeln
> Ward ich geboren?
> Mich meidet der Tag,
> es äfft mich die Nacht
> in jedem der Sterne.
>
> Federico García Lorca,
> *Lied des verdorrten Orangenbaums*

1.

Ich schließe auch in dieser Geschichte den Reißverschluß über dem linken Augapfel, den Reißverschluß der kleinen schwarzen Büste von Marcel Jean, die ich in New York im Museum of Modern Art in einem Glaskasten entdeckt habe, öffne den anderen, rechten dieser Skulptur mit dem Namen »Specter of the Gardenia« und sehe im weiterlaufenden Film in der Abenddämmerung den jungen Julien Green in seinem Bett liegen. Nach dem Bildschnitt, in der weiteren Bilderfolge, sehe ich eine im Gänsemarsch durch die Straßen New Yorks watschelnde Touristengruppe, auf deren hauchdünnen, durchsichtigen, nassen

Regenmänteln »Grotta-azzurra-Restaurant« steht. Um den Oberkörper einer Touristin hängt eine Stoff-umhängetasche in der zurechtgeschneiderten Gestalt einer Gans, in deren Bauch die Frau ihr Zeug durch die Fifth Avenue schleppt. Der ausgestopfte, kuschelige Kopf der Gans hängt mit seinen Knopfaugen und dem oran-gefarbenen, an den Rändern mit schwarzem Garn ver-nähten Stoffschnabel über ihre Hüften und schlägt bei jedem Schritt an ihre Oberschenkel. Wer ist Pech und wer ist Schwefel, fragte ich mich, als ich in der Fifth Avenue, nachdem ich die Touristengruppe mit den durchsichtigen Regenmänteln hinter mir gelassen hatte, in einem Schau-fenster einen ausgestopften, jungen männlichen Pfau auf einem aus mehreren großen Elchgeweihen zusammen-gezimmerten Stuhl sehe, bevor ich den Reißverschluß über dem rechten Augapfel des schwarzen, kleinen Kopfes von Marcel Jean zuziehe und wieder sein linkes Auge aufreiße, einen Augenblick lang in einem Schlaf-zimmer den jungen Julien Green in seinem Bett liegen sehe, und im Weiterlaufen des knisternden Farbfilms den Instrumentenkoffer eines einarmigen Gitarrenspielers in einer Station der New Yorker Ubahn, in dem eine Lebendmaske aus Gips mit den Gesichtszügen des Ein-armigen liegt. Mit dem Stumpf seines linken Oberarmes reibt er an den Stegen des Gitarrengriffs, mit den Fingern seiner rechten Hand schlägt er über dem Schalloch die Saiten. Die Dollarscheine, die ihm Passanten in den Kof-fer legen, schiebt er nach und nach unter eine Kette aus Kastanien, damit sie im Fahrtwind der einfahrenden, sil-berfarbenen Ubahn mit dem Emblem des Union Jack nicht wegflattern. Eine junge Indianerin mit einem schmalen, farbig bestickten Stirnband und einer den indianischen Kleidern ähnlichen Uniform als Arbeitsmontur säubert die Metrostiege. Ein kleiner, mir in der Ubahn gegenübersitzender Junge, der lange auf meine tintenbekleksten Hände schaut und wohl noch nie eine Füllfeder in der Hand gehabt hat, läßt sich von seiner Mutter mein Schreibgerät erklären. Ein schwarzer, Kaugummi kauender, langhaariger Transvestit in einem knöchellangen roten Rock und roten Schlapfen befühlt, an der Ubahntür lehnend, ehrfürchtig mit seinen Männerhänden die feinen, kaum erkennbaren Operationsnarben an den Hasenbäckchen seiner Wangen. Auf seinem rechten Unterarm hat er in schwarzen, gotischen Lettern das Wort »Manhattan« eintätowiert.

2.

Wieder schließe ich mit dem laut ratschenden Zippverschluß das linke Auge des kleinen schwarzen Kopfes von Marcel Jean, reiße sein rechtes Auge auf und schaue wieder ins Kinderschlafzimmer von Julien Green, in das nun seine ältere Schwester Mary eintritt, wo sie um sein Bett herumstreicht. Im Weiterlaufen des knisternden Farbfilms sehe ich auf einem kleinen Motorrad eine schwarzgekleidete, einen schwarzen Sturzhelm tragende Frau – auch ihr Hund, der vorne im Korb hockt, trägt einen schwarzen Sturzhelm –, die an einer in eine bronzierte Robe gehüllten, sich auf einem Sockel im Kreis drehenden Gestalt vorbeifährt, die in der rechten Hand eine vergoldete Fackel und in der linken eine zusammengeknüllte amerikanische Fahne hält. An ihrem Unterarm hängt eine Anzahl siebenzackiger, bronzierter Plastikkronen, die sie den eifrig mit ihren Handys fotografierenden Passanten zum Kauf anbietet. An der Gitarre einer alten, runzeligen, im Badeanzug durch die Straßen gehenden, an einem braunen mich an eine Grablaterne erinnernden Eis-Shake leckenden Musikantin hängt ein Busenhalter in den Farben des Union Jack. Ein riesiger Truck mit einer waagrecht über die ganze Wagenfläche aufgemalten Heineken-Bierflasche fährt an mehreren im Fahrtwind hysterisch aufkreischenden Frauen vorbei, die ihre zehn, fünfzehn Pudel an den Hundeleinen noch weiter auf den Bürgersteig zurückziehen.

3.

Wieder schließe ich mit dem Zippverschluß das linke Auge des kleinen schwarzen Kopfes von Marcel Jean, öffne den Reißverschluß über seinem rechten Augapfel und sehe wieder den vierzehnjährigen Julien Green im Bett liegen, die Hände unter der Bettdecke. Seine um sein Bett herumtanzende Schwester Mary beginnt an der Bettdecke herumzuzupfen. Im Bilderschnitt und im Weiterlaufen des knisternden Farbfilms sehe ich einen bärtigen, glatzköpfigen Mann, der in seiner rechten Armbeuge eine große schwarze Eule eintätowiert hat und sich auf offener Straße, aus dem Hals der auf seine Haut tätowierten Eule, sein Menschenblut abzapfen läßt. Langsam rinnt das Blut aus der punktierten, mehr und mehr in seiner Armbeuge zusammenschrumpfenden und immer faltiger werdenden Eule in eine durchsichtige Kanüle. »Brooklyn Superhero« steht auf seinem rot-weißen, ärmellosen Ruderleibchen. Quer über dem Hosenschlitz seiner Jeans ist ein Leopard aufgenäht, der von den silbernen Zähnen des Reißverschlusses in der Mitte durchtrennt wird und augenblicklich, sobald man den Zipp nach unten zöge, in zwei Teile zerhackt würde. Sein am Schaufenster eines Cafés lehnender Spazierstock ist mit einer lackierten Klapperschlangenhaut umwickelt. Handschalenbreit bläht sich der Hals der Klapperschlange am Haltegriff auf. Früh schon habe ich den Braten gerochen und danach Ausschau gehalten, denn tatsächlich trägt er an einem Finger seiner rechten Hand einen Totenkopfring. Die ihm gegenübersitzende, auf das in die Kanüle rinnende Blut schauende Frau, die mit herzhaftem Lachen prächtiges, fast einen Zentimeter breites Zahnfleisch zur Schau und einen Stierkopf mit blutunterlaufenen Menschenaugen auf ihrem Leibchen trägt, ringelt nervös, während das Blut weiter in die Kanüle rinnt und die Eule ganz und gar ausblutet, mit ihrem Zeigefinger eine blonde, über ihre Brust hängende Haarsträhne ein. Auf ihrem nackten rechten Fuß, mit dem sie ununterbrochen wippt, ist ein Kinderfußabdruck eintätowiert. Auf der rechten Brustseite ihres Leibchens, über dem Stierkopf, ist mit einer Sicherheitsnadel ein rotes, gepolstertes Herz befestigt. Die lachsfarbenen Pinguine auf den Hosenbeinen der dem Pärchen Blutorangensaft servierenden Kellnerin deuten mit ihren leicht nach unten gekrümmten Schnäbeln auf deren schwarze Socken, an denen zwei weiße, hechtende Jaguare eingestickt sind, die sie beim Servieren auf Trab halten.

4.

Und wieder schließe ich mit dem Reißverschluß das rechte Auge des schwarzen, kleinen Kopfes von Marcel Jean, ratsche das rechte auf und sehe, daß Mary, einen Kerzenleuchter in der Hand, forsch an das Bett ihres Bruders Julien herantritt und an der Bettdecke zu ziehen beginnt. Im Weiterlaufen des knisternden Farbfilms sehe ich eine große Anzahl aufgeregter Leute, die um ein Auto herumgehen, ihre Handys in die Höhe halten und drei auf dem Autodach ineinander verwickelt liegende, ausgewachsene Boas fotografieren, bis mehrere geduldig wartende Männer die Riesenschlangen vom Dach heben, sie sich um den Hals hängen, sie übereinander in den Kofferraum legen, die Klappe zuschlagen, mit dem Auto wegfahren und ich enttäuscht zurückbleibe, weil mir der weiterlaufende Film nicht den aus dem Kofferraum herausschauenden, eingeklemmten, zerquetschten Kopf der Schlangen zeigen kann. Auf der Madison Avenue erschreckt keck ein weißer Polizist mit seinem Scharfmacherhund eine schwarze Polizistenkollegin, indem er die Leine locker läßt, so daß der Hund schnurstracks auf die bereits aufkreischende zuläuft, bis der lachende Polizist den angriffslustigen Köter wieder an sich heranzieht.

5.

Wieder schließe ich mit dem Reißverschluß das rechte Auge des kleinen schwarzen Kopfes von Marcel Jean und öffne das linke Auge mit dem Zipp des Reißverschlusses. Mit einem brennenden Kerzenleuchter in der einen Hand, einem langen Küchenmesser in der anderen, tritt Mary jetzt wieder in das Schlafzimmer ihres Bruders, der seine beiden Hände immer noch unter der Bettdecke hat. Sie reißt ihm die Decke vom Leib, setzt ihm das im Licht der Kerzen aufblitzende Messer auf die Brust und flüstert: »Julien! Wenn du das noch einmal machst!« Nach dem Bildschnitt, im Weiterlaufen des knisternden Farbfilms, schaue ich auf zwei mit Immergrün bewachsene Drahtpferde auf einer Rasenfläche zwischen zwei Straßen in Manhattan und sehe in meinem Kopf ein Stück Kinder-menschenfleisch auf einem Stück Emmentaler mit übergroßen Löchern, und »Durchgefallen!« ruft auch schon der Oberlehrer, und »Thema verfehlt!« zwitschert auch schon der Oberlehrer vor der Glasfiebertafel aus dem Heißluftballon mit seinem Riesenkopf und seiner weit herausgestreckten, sich immer wieder einrollenden Leguanzunge und umschlingt den ganzen über dem Erdboden schwebenden Ballonkorb mit seinen meter-langen Fingernägeln. Und löchrig, wie Emmentaler, sind die Verschnaufpausen seines Kreide fressenden und immer wieder »Thema verfehlt!« und »Durchgefallen!« kreischenden Amazonaspapageis.

6.

Ich schließe mit dem laut ratschenden Zipp des Reißver-schlusses das rechte Auge des kleinen schwarzen Kopfes von Marcel Jean in der Vitrine des Museum of Modern Art in New York und verdunkle das Kinderschlafzimmer von Julien Green, halte das der Skulptur um den Hals gewickelte, entrollte Filmband ans Licht, sehe den schwerkranken, mit der Tiara auf seinem Haupt auf dem Petersplatz nun von der Sänfte rutschenden Johannes XXIII., über den Pier Paolo Pasolini einst sagte: »Con il sorriso misterioso di una tartaruga!« – der Papst mit dem geheimnisvollen Lächeln einer Schildkröte! –, und ver-liere, während Johannes XXIII. auf dem Petersplatz am *Sonntag der Göttlichen Barmherzigkeit* von der Sänfte fällt, das epileptische Schlafzimmer von Julien Green mit dem Kerzenleuchter und mit dem blutigen Messer aus den Augenwinkeln, wache schweißgebadet auf und schreie: »Oma! Da Popst! Is vom Gaul gfolln!«

Unsere Erdölgesellschaften nehmen das Grabeslächeln beim Wort

Ein kleines Mädchen auf Rollschuhen treibt einen Reifen
vor sich her, der vom Bottich der Welt abfiel.

Zbyněk Havlíček

I.

Ihr *Erdölgesellschaften, ihr Aufpasser unserer Tragödie*,
mit dem eintätowierten Modell eines Galgens in Euren
sprunghaften Kniekehlen, den abgeschriebenen Plastik-
rosen auf Euren fadenscheinigen Totenkränzen, die Ihr
das Grabeslächeln beim Wort nehmt mit dem Geruch der
frischen, sich mit menschl. Herzblut vermischende
Tinte – Ölhand aufs Herz! –, wie viele Äxte braucht
eigentlich Euer Himmel? Und die Ihr nach unzähligen
Niederschlagskilometern mit dem pumperlgesunden
Menschenverstand bei Eurer Expedition, beim Flirt mit
dem Tode, die himmlischen Augen der Pfauenfedern aufs
Kreuz legt, wann werdet Ihr uns einen kreuz und quer im
Kreis fahrenden Omnibus voller bestattungswürdiger
Vögel hinterlassen in der Höhenlage über den Luftkur-
orten, wo selbst das Fensterkreuz unter dem Herrgotts-
winkel von der Wegbiegung abkommt?

II.

Ihr Weichmachergesellschaften, Ihr Aufpasser unserer
Tragödie, vom Standpunkt Eurer öligen Fußabdrücke aus

gesehen, wieviel Ausblick schenkt Ihr noch den im Gravensteinerfruchtfleisch eingeschlossenen Apfelkernen, wenn der Himmel den Schnee willkommen heißt auf den gebogenen, glitzernden Plastikgriffen der Regenschirme, Kain und Abels Lebensversicherungen auslaufen – Kadavergehorsamst! sagt der neidvolle Bestatter – und die Baßtölpel auf Helgoland, die gänsegroßen Meeresvögel, die Stoßtaucher mit den stromlinienförmigen Körpern mit ihren langen, schmalen Flügeln, ihren fein gezähnten Schnäbeln, ihren großen Schwimmfüßen, die in schnellem Sturzflug ins Meer eintauchen, um Fische zu jagen, beim Begrüßungsritual ihrer Artgenossen ihren Kopf senkrecht hochreckend ›Zum Himmel schauen‹ und sich scharenweise auf den Seeklippen in den fadenscheinigen Kunststoffabfällen strangulieren.

III.

Ihr Duroplastgesellschaften, Ihr Aufpasser unserer Tragödie, wann endlich dürfen wir glauben an die auf uns zukommende Hostie aus Plastik als neuen, glänzenden und glanzvollen Leib Christi, die man öfter wird verwenden können auf der röm.-kath. Zunge zwischen den menschl. Lippen, damit endlich das Steak – Rindersteak? Kalbsteak? Wildschweinsteak? – als Fleisch zum Wort geworden sein wird, wenn Ihr hinter der senkrechten Wirbelsäule des von den Toten Auferstandenen Rute und Orange versteckt, der aufrechte Bischofsitz auf dem rechten, erhobenen Flügel des gelben Kanarienvogels die Schulter zuckt und mit seinem Sitzfleisch – des Sessels Kleber! – von einem Buchstabenfeld auf der beschlagenen Milchglasscheibe träumt, auf der – vor der Bruch-

landung der Abfangjäger! – geschrieben steht: »Ich bin
kein Mädchen für die Zeitungen!«

IV.
Ihr Silikongesellschaften, Ihr Aufpasser unserer Tragödie,
die Ihr mit dem wäßrigen Monsun in den Mundwinkeln,
palmenartig sich biegenden Zungen, in einem D-Zug
durch die Asche dieser Welt fahrt ohne mit der Wimper
zu zucken, mit dem Zuckerlächeln des Wildschwein-
fleisches auf den Lippen, mit der Lüge in der jungfräu-
lichen Auster in Eurem stürmischen Mund – Ihr Frei-
beuter als freie Beuter! –, die Ihr das Feuer unter den
Achseln der Blinden schürt, wann glaubt Ihr denn wird
die Worthülle des Alptraums platzen, und wann werden
unter Eurer Obhut für uns die räudig zum Mond hin-
aufjaulenden Schakale den nächtlichen Schrecken fressen
müssen?

V.
Ihr Polyestergesellschaften, Ihr Aufpasser unserer
Tragödie, mit dem gelben Todesschweiß zwischen den
Milchzähnen, selbstverständlich unter der Gürtellinie des
Alligators mit dem Menschengebiß, mit der Luftbrücke
zwischen den Augenbrauen der verfluchten Öl-Engpässe,
Ihr karwochenvioletten Haubentaucher der Ölpfützen,
Ihr Konstrukteure himmelslanger Treppen aus geknick-
ten Kunststoffseepferdchen, wann werdet Ihr zum Anlaß
der Kehrseite der Sonnwendfeier, wenn nur mehr die
krokusfarbenen Spitzen von nadelstreifenanzugmäßigen
Plastikstecktüchern als Lebenszeichen verlorengegange-
ner Grabsteine aus den friedlichen Höfen der Gottes-
äcker ragen, damit auch für Euer Wirtschaftswachstum,

wie Ihr es geflissentlich nennt, als waidmannsheil- und
-heiliges Wunder, die Bäume aus der Mitte des Toten
Meeres wachsen – »Oma! Wann ist das Tote Meer
gestorben!« –, wann werdet Ihr auch noch den Geruch
der Blitze entzaubern und zerstäuben lassen und uns im
kunstvoll schillernden Regen stehen, den Ihr die neuen,
uns vermaledeienden, aus der Tiefe der Bohrlöcher
steigenden *Sterntaler* nennt?

Aber dann, dann wird es eines Tages – *Und auch dieser
Tag wird kommen!* –, dann wird es eines Tages so heftig
schneien, daß man die Bäcker und die Schornsteinfeger
nicht mehr voneinander wird unterscheiden können.

III Warten bis Mitternacht

Die jungen Kikuyu-Mädchen waren noch nie in ihrem Leben in einem so hohen Gebäude gewesen. Sie schauten empor und hoben die Hände über den Kopf, um sich zu schützen, falls die Decke auf sie herabstürzen sollte. In der Kirche gab es Statuen, und dergleichen hatten sie bisher nur auf meiner Postkarte gesehen. (…) Erst nach ein paar Tagen fragten sie mich, ob die heiligen Väter die Jungfrau Maria und den heiligen Josef dazu bewegen könnten, von ihren Sockeln herabzusteigen.

Tania Blixen, *Jenseits von Afrika*

»Wie schön ist doch die Jugend«

Ein Bild ist ein künstliches Werk, das nichts mit der Natur
zu tun hat und das sowohl höchste Raffinesse als auch das
Ausüben eines Verbrechens erfordert.

Edgar Degas

… dann das große Wort: Das ist obszön! Wenn es je
Werke gab, die es so wenig waren, Werke ohne
verzögernde Rücksichtnahme und ohne Hinterlist, ganz
und entschieden keusch – dann sind es diese hier! Sie
verherrlichen sogar die Verachtung des Fleisches, wie es
seit dem Mittelalter kein Künstler gewagt hat.

Joris Karl Huysmans über Edgar Degas

Der erste Tag

»Verdammt noch mal! Posieren Sie heute aber schlecht!«
rief der mürrische, fast schon erblindete Degas, der keine
Farben mehr unterscheiden konnte, die Faust auf den Mo-
dellierblock schlagend. »Wenn Sie müde sind, sagen Sie es
doch!«

»Ja, ich bin müde!« sagte die nackt vor dem Künstler
posierende 25jährige Pauline.

Kurze Zeit später, nachdem sich Pauline ein wenig ausgeruht, ihre steifgewordenen Beine gestreckt und mas-

siert hatte, zum offenen Feuer des Kamins gegangen war, um sich aufzuwärmen, wieder aufs Podest gestiegen war, um die Pose einzunehmen, schimpfte er weiter:

»Mehr Haltung! Heben Sie den Fuß hoch! Den Oberkörper gerader! Lassen Sie sich nicht so gehen! Wie oft soll ich das noch sagen! Den Oberkörper besser durchstrecken!«

Obwohl Degas neben Pauline saß, sah er mit seinen hinter den Gläsern des verschmierten Binokels zusammengekniffenen Augen ihren Körper so schlecht, daß er mit der Hand die Linie ihrer Hüften berühren oder einen Muskel ertasteten mußte, um dann mit seinem Daumen die Paste an der Statuette modellieren zu können. Wenn er ihr Gesicht oder ihren Körper befühlte, hinterließen seine mit grünlicher Knetmasse beschmierten Finger Spuren klebriger Farbtupfer auf ihrer Haut. Als nach einiger Zeit Pauline zu hoffen begann, die Laune des schweigend modellierenden Meisters möchte sich gebessert haben, schlug er überraschend mit seiner Faust auf ihren nackten Rücken, so daß sie beinahe zu Boden gestürzt wäre, und schimpfte:

»Sie posieren so schlecht, daß Sie mich vor Wut noch ins Grab bringen werden!«

»Aber Monsieur Degas, Sie sind der einzige, der zu mir sagt, daß ich schlecht posiere!« antwortete die gedemütigte und gekränkte Pauline. Nach längerem Schweigen, nachdem er, um nicht zuviel teures Plastilin zu verwenden, Talg und Korkstücke in die Statuette gesteckt hatte, sagte er:

»Pauline! Wie oft stehen Sie eigentlich nachts auf, um zu pinkeln?«

»Ich, Monsieur Degas? Nie! Wirklich nie!«

»Ah! Wie schön ist doch die Jugend! Nicht zum Pinkeln aufstehen müssen. Ich stehe in der Nacht mindestens sechsmal auf. Ja, sechsmal, glauben Sie mir, Pauline. Aber heute Nacht musste ich nur zweimal aufstehen. Die gute Zoé macht mir jeden Tag den Kräuteraufguß mit Kirschstengeln, das beruhigt mich, das lindert meine Schmerzen.«

»Ist es immer noch Ihr Blasenleiden, das Sie so plagt, Monsieur Degas?« fragte die nackte Pauline.

»Aber ja! Wenn ich nur keine Untersuchung mit der Sonde über mich ergehen lassen muß, das ist sehr schmerzhaft, und ich habe schreckliche Angst davor.«

Nachdem über zwei Stunden um, der Maler und sein Modell erschöpft waren, hüpfte Pauline vom Podest, schlüpfte in ihre Pantoffeln und ging, obwohl sie nackt vor ihm posiert, nicht, wie es der Meister immer gewünscht hatte, vor den wärmenden Kamin, sondern hinter den Wandschirm, zog sich die lavendelfarbenen Strümpfe, die lachsfarbene Unterhose und den weißen Büstenhalter an, streifte das kalt gewordene blauweiße, an den Rändern mit rosafarbenen Rüschen verzierte Kleid über ihren Kopf und setzte sich vor den Spiegel. Überall lag Staub, alle Möbelstücke waren schwarz vor Staub, auch der vergoldete Rand des Spiegels. Edgar Degas erlaubte seiner Haushälterin Zoé Closier, einer sechzigjährigen, dicklichen, weißhaarigen Frau, in diesem Arbeitsraum, der vollgestellt war mit Bilderrahmen, fertigen und halbfertigen Pastellzeichnungen, ineinandergehakten Staffeleien, Wandschirmen und einer Badewanne, die dazu diente, die Modelle als Badende posieren zu lassen, nur, das Feuer im Kamin anzumachen und ein wenig um den Modellierbock und vor dem Kamin den Aschestaub zu entfernen. Seit Jahren hatte sich überall Schmutz angesammelt. Zoé durfte aber nichts anrühren, weder Schriftmusterbücher, noch lose herumliegende Werbeblätter. Er behauptete, daß der Staub beim Fegen ohnehin nur aufgewirbelt würde, aber in Wirklichkeit hatte er Angst, daß seine vielen herumstehenden und herumhängenden Bilder, Statuetten und Gipsfiguren durch eine Ungeschicklichkeit beim Reinigen beschädigt werden könnten. Als Pauline ihn einmal bat, sich ihre vom Berühren der Möbelstücke schwarz gewordenen Hände waschen zu dürfen, antwortete er mürrisch, daß es eine lächerliche Manie sei, ständig im Wasser zu planschen. Auf dem ebenfalls staubigen Marmorspiegeltisch lag brückenförmig der gebogene Haarkamm, daneben eine langborstige Haarbürste mit ihren igelstachelartigen Spitzen nach oben. Neben dem Kamm und der Parfumflasche lag eine ungekämmte, rotbraune Perücke. Nachdem Pauline ihre Frisur, ihren kurzen, nur bis zum Anfang der Wirbelsäule reichenden Haarzopf, auch die Ohren von den fransenartig und geringelt herunterhängenden Haaren befreit, den dunkelbraunen Hut aufgesetzt und mehrmals zurechtgerückt hatte, der über der mehrere Zentimeter breiten Krempe mit einem blauweißen Band umwickelt, an das eine rosarote, schon ein wenig ausgefranste Kunststoffrose angenäht war, ging sie noch einmal zum Meister, der noch lange und schweigsam in sich versunken die Statuette betrachtete, an der er an diesem Vormittag weitergearbeitet hatte. Aufgeschreckt von Paulines Auftauchen, gab er ihr zögernd die klebrige, mit grüner Knetmasse beschmierte Hand und sagte:

»Bis morgen, Pauline. Lassen Sie sich von Zoé Ihre hundert Sous geben.« Die Haushälterin Zoé, die dem fast erblindeten Degas beim Frühstück Briefe und Zeitungsartikel vorlesen musste, vor allem aus der »Libre Parole«, sagte tröstend zu Pauline, die sich immer wieder wegen seines ruppigen Umgangstons überlegt hatte, ihm den Rücken zu kehren und nicht wieder in sein Atelier zu kommen:

»Sein Blasenleiden macht ihm zu schaffen, er schläft deswegen auch schlecht, deshalb hat er oft schlechte Laune. Gestern morgen hat er mich, weil das Feuer im Kamin nicht richtig gebrannt hat, so schlecht behandelt, daß ich regelrecht weinen mußte. Seit fast zwanzig Jahren arbeite ich bei ihm, und ich tue alles, um ihn zufriedenzustellen. – Wenn ich aber seine geliebte Orangenmarmelade koche, nütze ich diese Gelegenheit aus und kann ihm auch erwidern. Einmal schlug er beim Frühstück einen harschen Ton an und sagte: ›Zoé! Heute abend kommt ein Gast zum Essen!‹ ›O nein, Monsieur, Degas! Sie werden mit Ihrem Freund schön brav ins Restaurant gehen. Ich kann Sie hier heute gar nicht gebrauchen! Ich koche heute meine Orangenmarmelade und wünsche keine Störung.‹ Das hat er dann auch mürrisch akzeptiert.«

– »Seine Kunst bedeutet ihm alles!« antwortete Pauline. »Einmal ist er in seinem Arbeitszimmer der Länge nach aufs Parkett gefallen, er hat sogar die Staffelei mitgerissen. Ich war ganz nackt. Ich bin hingelaufen zu ihm und wollte ihm helfen, aber er hat mich abgewiesen und gerufen: ›Lassen Sie mich! Heben Sie zuerst die Zeichnungen auf‹!«

Der zweite Tag

Am nächsten Morgen begab sich Pauline wieder pünktlich in die Rue Victor-Massé, Hausnummer 37. Sie setzte sich zuerst vor den Spiegel, hob ihren Kopf, betrachtete lange ihre blonden Augenbrauen, die ungeschminkten Augenlider, schaute auf die Pupillen ihrer braungrünen Augen, biß sich auf ihre ungeschminkten Lippen und hörte als Widerhall vom Vortag die mürrische Stimme des Meisters: »Verdammt noch mal! Posieren Sie heute aber schlecht! Mehr Haltung! Wie oft muß ich es noch sagen! Heben Sie den Fuß höher! Noch höher, so hoch, daß Sie Ihre eigenen Fersen sehen können! Wenn Sie so weitermachen, werden Sie mich noch ins Grab bringen! Und dafür soll ich Sie auch noch bezahlen!« Pauline wagte es nie, ihre Lippen zu schminken, das konnte der Meister nicht leiden. Nicht nur einmal sagte er zu ihr, daß sie sich nicht die Lippen schminken, sich nicht nach der letzten Mode frisieren, sich nicht verunstalten solle. Trotz seines schlechten Augenlichtes – »Kommen Sie her, Pauline«, sagte er einmal in einem traurigen Tonfall, »welche Farbe hat dieser Pastellstift?« – fiel ihm einmal auf, daß sie ihre Haare besonders schön gekämmt und gebürstet hatte. Er fuhr mit seinen Händen grob durch ihr Haar, riß an den Haarsträhnen und rief verärgert: »Wenn man jung und frisch ist wie Sie, hat man es nicht nötig sich aufzutakeln. Bleiben wenigstens Sie natürlich, Pauline!« Andererseits erzählte man, daß er manchmal stundenlang mit glücklichem Gesichtsausdruck das Haar seiner Modelle gekämmt haben soll. Einmal soll er sogar die Familie eines Freundes in Unruhe versetzt haben, als er in einem gespreizt förmlichen

Brief um die Erlaubnis bat, die Frau seines Freundes, die Witwe des Komponisten Georges Bizet, mit offenem Haar sehen zu dürfen. Immer noch vor dem Spiegel sitzend – die Perücke hatte man inzwischen vom Spiegeltisch genommen, die Haarbürste lag nicht mehr mit den Spitzen der steifen Wildschweinborsten auf dem Marmortisch, sondern mit ihrer glattgeschliffenen und lackierten Holzseite –, nahm Pauline vorsichtig den Hut vom Kopf – ein paar Haare blieben im blauen, seidenen Innenfutter hängen –, öffnete den Haarknoten und ging hinter den Wandschirm. Sie knöpfte ihr Kleid auf, öffnete ihren Büstenhalter, streifte, mit ihren Fingerspitzen unter das Gummi fahrend, ihre Unterhose über die Oberschenkel, rollte ihre Strümpfe von den Oberschenkeln zu den Unterschenkeln hinunter, zog so schwungvoll bei den Zehen an den verstärkten Spitzen, daß sie für einen Moment taumelte, beinahe zu Boden gestürzt wäre, und huschte schließlich nackt zum wärmenden Kamin hin. Hinter ihrem Rücken knisterte laut das harzige Holz, Funken sprühten und spritzten, Pauline entfernte sich, vor Kälte über die Gänsehaut ihrer nackten Arme und ihre Brüste streichend, einen Schritt vom Ofen, da sie Angst hatte, daß die Funken des harzigen Holzes auf die Haut ihres fröstelnden Körpers spritzen könnten. Im Hintergrund hörte Pauline das Kratzen des Pastellstifts auf dem Papier. Der Meister war schon bei seiner Arbeit. Ihre Kleider lagen auf dem Stuhl hinter dem Wandschirm, sorgfältig und keusch hatte sie die Unterwäsche und die Strümpfe unter dem blauweißen Kleid versteckt, das sie auch am Vortag getragen hatte. Sie durchquerte das Arbeitszimmer und stieg auf den Modelltisch. Nachdem der Meister noch ein paar Schaufeln Eierkohlen in den Kamin geworfen hatte, ging er mit schnellen Schritten, von den Zipfeln seines langen grauen Malerkittels umflattert, über den knarrenden Holzboden zu seinem Arbeitssessel zurück.

»Nehmen Sie die Pose ein, meine Liebe!« Er ging zwischen Pauline und der Statuette hin und her, um mit seinen Fingerspitzen einem Detail ihres nackten Körpers nachzufahren, das er dann in das Plastilin modellierte. Sein Augenlicht war schon so schlecht, so daß er ganz nahe an seine Figur herantreten musste, seine langen weißen Haare berührten dabei die Plastilinstatuette. Während er die nackte Pauline vorsichtig, respektvoll und unaufdringlich berührte, sagte er:

»Ah, mein gutes Mädchen, es ist doch gräßlich, nicht mehr klar sehen zu können! Jetzt muß ich ein Blindenhandwerk lernen. Seit Jahren schon hätte ich mit dem Zeichnen und Malen aufhören und nur noch modellieren sollen. Aber wenn mein Augenlicht noch schwächer wird, werde ich nicht einmal mehr modellieren können. Wie soll ich dann meine Zeit totschlagen? Ich werde vor Langweile und vor Überdruß sterben.«

»Aber nein, Monsieur, Degas, Sie werden nicht erblinden, haben Sie keine Angst. Ihre Augen sind müde von der winterlichen Kälte. Sobald wieder schönere Tage kommen, werden Sie sich besser fühlen und wieder besser sehen können!«

»Wirklich, glauben Sie, Pauline? Gerne möchte ich Ihnen glauben, mein liebes Mädchen! O Herr, was habe ich getan, daß du mich so strafst? Mein ganzes Leben war der Arbeit gewidmet, und nie habe ich nach Ehre oder Geld getrachtet!«

»Haben Sie keine Angst, Monsieur Degas, auch Ihr Arzt wird Ihnen sagen, daß Sie für Ihre sechsundsiebzig

Jahre noch sehr rüstig sind. Sie arbeiten doch jeden Morgen, ohne sich zu schonen, selbst an Sonn- und Feiertagen gönnen Sie sich keine Ruhe. Viele junge Künstler arbeiten nicht soviel wie Sie. Ich weiß es, Sie sind nicht der einzige, bei dem ich posiere. Außerdem haben sie einen gesunden Appetit, Sie verdauen gut, Sie haben einen gesunden Schlaf, und Sie werden nicht von Rheuma geplagt wie Ihr alter Freund, Monsieur Rouart! Erzählen Sie mir also keine Märchen, Monsieur Degas, Sie springen doch immer noch wie ein Hase durch die Gegend! Erst kürzlich habe ich Sie in der Nähe des Moulin Rouge gesehen. Ganz schnell sind sie die Rue Lepic hinaufgegangen, so schnell und schwungvoll, daß ich mit meinen jungen Beinen die größte Mühe hatte, Sie einzuholen.«

»Aber meine liebe Pauline, Sie vergessen mein Blasenleiden!«

»Das kommt davon, wenn man in seiner Jugend allzu oft über die Stränge geschlagen hat!« sagte Pauline scherzend und schelmisch lächelnd.

»Glauben Sie wirklich, daß ich mein Blasenleiden davon bekommen habe, weil ich es in meiner Jugend zu arg getrieben habe? Die jungen Leute müssen sich nun mal die Hörner abstoßen! Wir haben alle diese Krankheit gehabt und sind nicht daran gestorben.«

»Das haben Sie mir schon öfter bei unseren Sitzungen erzählt, besonders dann, wenn Sie lustig und heiter waren.«

»Es stimmt schon, mich hat es immer wieder gejuckt wie alle jungen Leute, aber ich habe es nie wirklich arg getrieben«, sagte er lachend und kratzte seinen schütteren Bart.

»Das glaube ich Ihnen nicht so recht, Monsieur Degas,

wer weiß, vielleicht treiben Sie sich, während Zoé schläft, heute noch auf der anderen Straßenseite herum, bei diesem grellen Tingeltangel, und tanzen bis weit in die Nacht hinein!« sagte Pauline zum erstaunt, aber amüsiert aufschauenden, sich von der Statuette abwendenden Edgar Degas.

»Und außerdem, Monsieur Degas, ich kenne Sie seit langem, ich verlasse mich nicht auf Ihre Unschuldsmiene, mir können Sie nichts vormachen. Bei Ihnen bin ich immer auf der Hut! Sie nennen manchmal schmutzige Dinge beim Namen, die sogar einen ungebildeten und grobschlächtigen Landsknecht zum Erröten bringen würden!«

»Armes Mädchen! Habe ich Ihre keuschen Ohren beleidigt? Sie hätten mir doch nicht zuhören müssen. Ich rede, ohne zu wissen, was ich sage, so sehr bin ich in die Arbeit vertieft und versunken.« Degas biß seine Zähne zusammen, warf einen Blick auf seine große vernickelte Taschenuhr und sagte:

»Jetzt aber nehmen Sie wieder die Stellung ein, Pauline, wir müssen weitermachen, die Zeit läuft, gleich läutet die Glocke von Sacré-Cœur zu Mittag, und Sie wollen dann wieder nach Hause gehen. Aber eigentlich haben Sie recht, mein Mädchen! Ich bin schrecklich, wenn es mich packt. Sie werden es erleben, ich mache es Puvis de Chavannes nach, der zu seinen nackt vor ihm posierenden jungen Mädchen zu sagen pflegt: ›Willst du den Schwanz eines großen Mannes sehen?‹«

»So ein Ekel, und ich habe ihn für einen vornehmen Mann gehalten!« antwortete Pauline.

»Das eine schließt das andere nicht aus, meine liebe Pauline! Ah, diese viehische Kunst!«

Inzwischen läutete es an der Tür, das Dienstmädchen

hatte seinen freien Tag, die Haushälterin Zoé war in der Stadt unterwegs, sie ging von Marktstand zu Marktstand, handelte und feilschte auf Biegen und Brechen mit den Gemüse-, Obst- und Fleischverkäufern, denn sie hatte pro Tag nur fünf Francs für die Lebensmitteleinkäufe zur Verfügung. ›Er ist furchtbar knausrig, wenn es ums Essen geht‹, beklagte sich einmal Zoé Pauline gegenüber, ›aber für seine Malereien hat er immer genug Geld‹! Mit fünf Francs muß ich jeden Tag auskommen für das Essen von uns drei, für ihn, meine Nichte und für mich. Er nennt sich zwar manchmal selber einen Dummkopf und Geizhals, aber es nützt nichts, ich bekomme trotzdem nicht mehr als meine täglichen fünf Francs! »Wer will mir denn jetzt wieder auf die Nerven gehen!« rief Degas nachdem es geläutet hatte und ging mit steifem Oberkörper, den Kopf in den Nacken geworfen, durch den Flur und öffnete schwungvoll die Wohnungstür. Pauline, die sich inzwischen auf dem Podest entspannen konnte, ihre Beine streckte, ihren Kopf im Nacken wiegte, ihre Brustwarzen betrachtete, mit dem Mittelfinger ihrer rechten Hand zwischen ihre Schamlippen fuhr und ein paar hochstehende braune Schamhaare auf ihre Scheide preßte, hörte im Hintergrund eine leise, schmeichlerische Stimme: »Guten Tag, verehrter Meister!« – »Hier gibt es keinen verehrten Meister!« schrie Degas und schlug die Tür laut zu.

»Das muß einer von diesen dämlichen Kunstkritikern gewesen sein!« sagte Degas, der sich wieder auf den Arbeitsstuhl setzte, heftig schnaufend und mit hochrotem Gesicht.

»Der Schriftsteller Huysmans, der meine Arbeiten zwar bewundert, ist auch so ein Armleuchter. Was hat denn der in der Malerei zu suchen? Er versteht davon nichts! Aber alle diese Literaten meinen, sie verstünden sich auf die Kunstkritik, als ob die Malerei nicht das Unzugänglichste wäre, das es gibt! ›Ein Malerkollege hat einmal den Freudenruf ausgestoßen‹: ›Endlich habe ich meinen Stil gefunden.‹ So etwas mußte ich mir anhören! Zum Glück habe ich meinen Stil noch nicht gefunden. Stell dir vor, Pauline, ich soll, so hat er einmal in einem Pulverblatt geschrieben, meinem Jahrhundert die gröbste Beleidigung ins Gesicht geschleudert haben, indem ich die Frau nackt im Waschzuber, in der erniedrigenden Haltung ihrer intimen Toilette gezeigt habe! Es ist eine Schande, wenn man mit den Leuten bekannt ist, die einen nicht verstehen. Rembrandt konnte sich glücklich schätzen! Er malte seine Susanna im vornehmen Bade, ich hingegen male Frauen in schäbigen Badekübeln.« Immer noch empört und irritiert von der Aufdringlichkeit des Kunstkritikers und über den in seinen Gedanken dazwischengekommenen Schriftsteller Joris Karl Huysmans, schüttelte er wild Paulines rechten Arm.

»Oh! Die Frauen können mir niemals verzeihen, sie hassen mich, sie können fühlen, daß ich sie ihrer Waffen beraube, ich zeige sie ohne ihre Koketterie und Charme, wie Tiere, die sich reinigen. Sie sehen in mir den Feind. Zum Glück, denn wenn sie mich mögen würden, wäre das mein Ende! Vielleicht aber habe ich die Frau zu häufig als Tier gesehen! Verstehen Sie mich, Pauline?« Pauline zuckte mit den Achseln und zog ihre Augenbrauen hoch. Nachdem er eine Zeitlang geschwiegen, mehrere Pastellkreiden gewässert, eine Art Pastell-Seife daraus gemacht hatte, hob er seinen Kopf und schaute Pauline verzweifelt ins Gesicht:

»Letztens, Pauline, war ich bei einem Nackttanz im

Cercle Hoche, ich sage Ihnen, es hat mich abgestoßen, ich habe es nicht ausgehalten, ich bin gegangen, um mich bei bekleideten Frauen zu erregen. Haben Sie schon einmal von van Gogh gehört, Pauline?«

»Nein, Monsieur Degas!«

»Nach dem Besuch eines Volksballs in Antwerpen hat der Maler van Gogh gesagt: ›Es waren sehr schöne Mädchen da, und die allerschönste war die Häßliche.‹ Aber jetzt nehmen Sie die Pose wieder ein, Pauline! Nicht so verkrampft, stellen Sie sich nicht so an! Warum zucken Sie denn überhaupt mit den Achseln, wenn Sie posieren! Darf ich denn gar nichts mehr sagen?« rief der Meister neckisch. Ungeduldig geworden, da Pauline immer noch nicht in idealer Stellung vor ihm auf dem Hocker stand – er stotterte und geiferte bereits, Speicheltropfen hingen in seinem Bart –, griff er zu einem neben einem Bündel Pastellkreiden liegenden kleinen Hämmerchen und schrie lauthals:

»Pauline! Ich habe Lust, Ihnen den Kopf einzuschlagen, so schlaff sind Sie heute! Reißen Sie sich gefälligst zusammen!« Pauline, die die Launen des Künstlers seit Jahren kannte, ihn trotz seiner ungehobelten Manieren gut leiden mochte, das Spielzeughämmerchen amüsiert betrachtete, das höchstens zum Einschlagen von kurzen, dünnen Reißstiften getaugt hätte, antwortete halb lustig und schelmisch:

»Das ist doch kein Bildhauerwerkzeug! Um mich zu erschlagen, bräuchten Sie doch einen anständigen Steinmetzschlägel, Monsieur Degas!«

»Das ist wahr, ich werde es nie zu einem Bildhauer bringen!« sagte der Meister amüsiert und hielt sich den Bauch vor Lachen, um dann nach einer kurzen Pause fortzufahren:

»Und bei welchem Künstler posieren Sie noch, außer bei mir, wenn ich fragen darf, Pauline?«

»Bei Monsieur Blondin, aber nur zweimal die Woche!«

»Ist er denn auch anständig zu Ihnen, dieser, wie heißt er denn schon, dieser Monsieur Blondin?«

»Ja, Monsieur Degas, er ist wie alle Künstler. Er schämt sich auch nicht, wenn er grobe Witze macht!«

»Er ist also wie alle Künstler! Nicht wahr, Pauline, die Leute stellen sich also vor, daß die Künstler und ihre Modelle dem Herrgott die Zeit stehlen und ihre wertvollen Tage damit totschlagen, sich schweinisch zu benehmen.« Degas schaute sich um, näherte sich der nackten Pauline und flüsterte ihr ins Ohr:

»Hören Sie, Pauline, ich wünsche mir, daß Sie den anderen Künstlern erzählen, daß ich noch rüstig bin! Erzählen Sie, daß ich versucht hätte, mich an Ihnen zu vergreifen, Sie zu mißbrauchen, und daß Sie alle Kraft aufbieten mußten, um mich abzuwehren, und seither mein Atelier nie mehr betreten haben und es, Gott behüte, auch nie mehr betreten werden!« sagte Degas mit hinterhältigem Lächeln.

»Abgemacht, Monsieur Degas. Ich werde Ihnen zu einem Ruf verhelfen, neben dem der Herumtreiber und Frauenverführer Chavannes wie ein kleiner Heiliger aussehen wird!« antwortete Pauline und freute sich, den oft genug mürrischen, unzufriedenen und griesgrämigen Alten endlich wieder aufgeheitert zu haben. Manchmal, wenn Degas guter Laune und fröhlich war, sang er beim Malen mit den Pastellkreiden oder beim Modellieren auf italienisch eine Arie aus dem Don Giovanni. Manchmal verbrachte Degas – er kannte viele italienische Opern auswendig – den halben Vormittag mit dem Singen von

Arien, übersetzte die Texte dem posierenden Modell ins Französische und rief dabei immer wieder entzückt: »Ist das nicht köstlich, Pauline! Ist das nicht köstlich!« Manchmal war er so beglückt und heiter, daß er Paulines Hände nahm, sich mit dem nackten Mädchen im Kreis drehte, so daß ihm sein langer Kittel um die Beine flog, und ein französisches Lied vortrug, wobei Pauline, so gut sie konnte, mitsummte. Oder der weißhaarige Greis verbeugte sich in seinem langen, weißen, mit Farben beklecksten Bildhauerkittel vor dem splitternackten, nur Sandalen an den Füßen tragenden Mädchen. Und das junge Mädchen verbeugte sich ebenfalls amüsiert vor dem kindlich jauchzenden Meister.

Der dritte Tag

»Ah, Sie sind es Pauline!« sagte Degas und reichte seinem Modell lächelnd und freundlich die Hand, nachdem es vom Dienstmädchen ins Eßzimmer geführt worden war. Pauline wechselte den Raum, ließ sich im Wohnzimmer auf dem schwarzen Ledersessel neben dem Kamin nieder und betrachtete, während der Meister im Nebenraum sein Frühstück einnahm, eine Tasse Tee trank und zum Abschluß eine Zigarette rauchte, die auf dem Sims des Kamins stehenden, unterschiedlich großen und farbigen Petroleumlampen mit den angerauchten Schirmen, ging zum Spiegelschrank und setzte sich auf den Stuhl. Immer noch lagen Kamm und Bürste auf der staubigen Marmorplatte, auch die weiße Parfumflasche stand noch an derselben

Stelle, unberührt und staubig. Links vom Spiegel hing eine große, eingerahmte Pastellzeichnung mit blaugelbem Hintergrund, die eine junge, nackte Frau zeigte, die aus der Wanne gestiegen war, mit ihrem nackten Hintern auf dem abgerundeten Wannenrand saß, sich zu den Knien vorbeugte und mit einem weißblauen Handtuch ihre Unterschenkel abtrocknete, das Haar hochgebunden, deutlich sieht man ihre dunklen Achselhöhlen, die hinunterhängenden, jugendlichen Brüste mit den rosa Brustwarzen. Ein rosaroter Schimmer des im Zimmer leuchtenden, offenen Kaminfeuers liegt auf ihren Hinterbacken sowie auf zwei, drei Wirbelsäulenknochen, angedeutet sieht man rechts auch die Rippen ihres Brustkorbs. An der gelbblauen Wand hängt ein blaurotes Badetuch, ein gelber, gepolsterter Korbsessel mit langen, auf den schmutzigen Boden hinunterhängenden Fransen steht in der anderen Ecke, gegenüber der blauen Badewanne. Lange und verträumt betrachtete Pauline die Pastellzeichnung, wendete ihren Blick wieder zum Spiegeltisch, auf die Marmorplatte, schaute irritiert und verträumt auf die im Kamm hängengebliebenen Frauenhaare – vielleicht gehören die Haare Juliette oder Suzanne, die er einmal zur Tür hinausgeworfen hatte, weil sie eine Viertelstunde zu spät zum Modellstehen gekommen war, mit den Worten: »Hier sind Ihre fünf Francs. Hauen Sie ab und lassen Sie sich hier nie mehr blicken!« –, nahm ihren Hut mit der rosafarbenen Stoffrose vom Kopf, öffnete ihren Haarknoten, betrachtete die Haarspitzen und roch an ihrem frischgewaschenen Haar. Sie schlenderte zum Wandschirm, hantierte an den Knöpfen ihres Kleides, gab dabei acht, damit das bis zu ihren Knöcheln reichende blauweiße Kleid nicht auf den ewig verschmutzten Boden fiel, öffnete ihren blauen Büstenhalter, streifte ihren Slip und ihre Strümpfe über ihre Füße, versteckte die Unterwäsche wieder unter ihrem Kleid und stellte sich zwischen den Modellierbock und den Ofen. Der Meister, der die fertiggerauchte Zigarette ausgedrückt, die auf seinem Schoß liegende Serviette auf den Eßtisch geworfen hatte, setzte sich vor seine Statuette und wartete ungeduldig, bis Pauline aufs Podest stieg, um die Pose einzunehmen. Pauline bemühte sich, auf ihrem linken Bein stehend, das Gleichgewicht zu halten, während ihre rechte Hand mühsam ihren rechten Fuß hinter sich hochhielt. Öfter beklagte sie sich bei der Haushälterin Zoé, daß den Meister beim Modellstehen nur die körperlich anstrengenden, extravaganten Haltungen interessierten. Wohl eine Viertelstunde lang arbeiteten sie ruhig – der Meister modellierte, sie verharrte ruhig in der gewünschten, gefrorenen Stellung –, ohne ein Wort zu sprechen, bis Zoé kam und eine kleine Teeschale auf den Tisch neben dem Sessel stellte. »Ihr Kräuteraufguß, Monsieur!« sagte sie und verschwand sofort wieder. Degas nahm einen Schluck, zuckte mit den Lippen zurück, da der Kirschstengelaufguß noch zu heiß war, warf der in die Küche verschwindenden, die Tür schließenden Zoé einen strafenden Blick hinterher, stellte die Teeschale wieder auf den Tisch und begann nun, von der gestrigen Einladung bei seinem alten Schulfreund zu erzählen, beschrieb schwärmerisch die ausgezeichnete Abendmahlzeit, Entenpastete, gebratenen Fasan, als köstliche Nachspeise gab es frische Erdbeeren in Eierschaum, und sagte, daß die Rouarts zu den wenigen Freunden gehörten, die er noch habe, die meisten seien schon gestorben, und zu den anderen möge er wegen ihrer Frauen nicht mehr gehen, denn sie hielten ihn doch nur für einen alten Griesgram, weil er es nicht leiden könne, beim Essen einen Blumenstrauß vor der Nase zu haben, denn von Parfums und Schnittblumen bekomme er heftige Kopfschmerzen und setze deshalb keinen Fuß mehr in diese Häuser, wo diese Frauen und Gastgeber, obwohl sie seine Aversionen gegen diese Düfte kannten, dennoch ihre Tafel mit Blumensträußen schmückten, und daß er nur einen, einen einzigen Geruch liebe, nämlich den Geruch von angebranntem Brot. Als er Pauline zaghaft, fast ängstlich fragte, ob sie auch den Geruch von angebranntem Brot möge, antwortete sie: »Er ist mir nicht zuwider!« Der Meister stand vom Stuhl auf, ging in die Küche, kehrte nach ein paar Minuten zurück ins Arbeitszimmer, trat zum Kamin und ging dann mehrere Minuten lang mit einer Schaufel, auf der ein angebranntes Stück Brot rauchte, im Atelier auf und ab. Mit dem schwarz rauchenden Brot blieb er vor einer unvollendeten Pastellzeichnung stehen, die eine nackte, in einem Waschzuber hockende, sich mit der linken Hand in der Flachwanne aufstützende, junge Frau zeigte, die einen nassen Schwamm auf ihrem Nacken ausdrückte. Rechts vom gebogenen Rücken der sich waschenden Frau sieht man den Marmortisch, auf dem ungeordnet ein kleiner Messingkrug, eine hölzerne, mit dem Stiel über den Rand des Tisches hinausreichende Haarbürste, eine offene Schere, ein großer Wasserkrug und eine rotbraune Perükke liegen. Genüßlich den schwarz qualmenden Rauch vom angebrannten Brot einatmend und auf die unfertige Pastellzeichnung schauend, seufzte der Meister vor der nackt posierenden, ein wenig entgeistert schauenden Pauline:

»Mein Gott, wenn ich sie doch fertigstellen könnte! Leider werde ich nie mehr zeichnen können, denn mein Augenlicht verläßt mich immer mehr, es wird von Woche zu Woche schlechter. Wie schrecklich, daß ich nicht mehr sehen kann! Was für ein Leben für einen Maler! O Herr, laß mich nicht ganz erblinden! Lieber möchte ich sterben! Wenn ich Briefe schreibe, dann schreibe ich, ohne dabei zu sehen, ich kann nicht einmal mehr durchlesen, was ich geschrieben habe. Weißt du, Pauline, ich denke immer an den Tod. Tag und Nacht habe ich den Tod vor Augen. Ah! Wie traurig ist es doch, alt zu sein! Sie wissen nicht, was das heißt, mein Mädchen, Sie mit Ihren fünfundzwanzig Jahren.« Pauline versuchte ihn von diesen traurigen Gedanken abzulenken und mit einer anderen Geschichte aufzuheitern und fragte ihn, ob er sich noch an ihren ersten Besuch erinnern könne, an die Zeit, als sie das erste Mal mit ihrer Freundin Louise in die Rue Victor-Massé kam, es sei doch schon über acht Jahre her. Stolz, mit hocherhobenem Kopf antwortete Degas, daß er der erste gewesen sei, der sie nackt gesehen habe, daß sie sich zuerst nicht ausziehen wollte, ihre Begleiterin Louise fast gewaltsam das Hemd von ihrem Leib reißen musste und daß sie, so schamvoll, keusch und bezaubernd ausgesehen habe.

»Denken Sie daran, Monsieur, ich war doch erst siebzehn Jahre alt und mußte mich das erste Mal vor einem Mann ganz nackt ausziehen!«

»Ist denn ein Künstler ein Mann?« erwiderte Degas. »Zugegeben, Sie waren außerordentlich hübsch, Pauline, ich habe Sie bewundert, aber wie schlecht Sie posiert haben! Es war nicht möglich, Sie dazu zu bringen, das Kreuz durchzudrücken!«

»Aber mit Schlägen auf meinen Rücken haben Sie es mir doch beigebracht! Seit acht Jahren schon posiere ich bei Ihnen, und ich habe Sie noch immer nicht ins Grab gebracht, Monsieur Degas!«

*

Bei einer Gesellschaft, so berichtete sein Kunsthändler und Freund Ambroise Vollard in seinem Buch »Erinnerungen an Edgar Degas«, herrschte er einmal ein Kind an, das mit der Gabel auf den Teller schlug: »Was soll dieser Unsinn?« Das Kind wurde vor Entsetzen schneeweiß im Gesicht und erbrach das Mittagessen über den Tisch.

Einmal beschwerte sich ein Modell bei einer Sitzung: »Das soll meine Nase sein, Monsieur Degas? So einen Zinken habe ich doch nicht!« Degas setzte das Modell, das er eigentlich sehr schätzte, augenblicklich vor die Tür und warf ihm die Kleider nach. Erst auf dem Gang konnte sich die Nackte wieder anziehen.

Ambroise Vollard gab Degas einmal zu verstehen, daß ihm wohl klar sein müsse, daß man ihn für einen Wüstling halte? – »Ich will, daß man mich für einen Wüstling hält!« – »Aber eigentlich sind Sie doch ein feiner Mensch, Degas?« – »Ich will kein feiner Mensch sein!«

Degas ertrug es nicht, wenn jemand für eines seiner Bilder den von ihm liebevoll ausgesuchten Rahmen gegen eine goldene Einfassung auswechselte. Als er einmal bei einem seiner alten Freunde zum Essen eingeladen war, sprang ihm im Vorzimmer eines seiner Gemälde mit einem Goldrahmen ins Auge. Degas hängte das Bild ab, entfernte den Rahmen, nahm die Leinwand unter den Arm, verzichtete aufs Essen und ging einfach zur Tür hinaus.

Ein anderes Mal entdeckte der Kunsthändler Vollard bei Degas ein Bild, das einen Mann lümmelnd auf einem Kanapee darstellte. Daneben stand auf diesem Bild eine Frau, die von oben bis unten mitten durchgeschnitten war. Vollard fragte Degas, wer denn diese Bild zerschnitten habe. »Man sollte es nicht glauben«, antwortete Degas, »es war Edouard Manet! Er fand seine Frau schlecht getroffen. Lassen wir das ... Ich werde versuchen Frau Manet zu ›restaurieren‹. Es war ein schwerer Schlag für mich, als ich meine Studie zerschnitten bei Manet wiedersah ... Ich ließ Manet ohne Abschied stehen und trug mein Bild mit mir fort. Zu Hause nahm ich gleich ein kleines Stilleben, das er mir geschenkt hatte, von der Wand. ›Mit Verlaub, verehrter Herr, ich sende Ihnen Ihre Pflaumen zurück!‹, so schrieb ich ihm. Später habe ich erfahren, daß er seine Pflaumen, die bei mir an der Wand hingen, damals ohnehin schon verkauft hatte.«

Bei Vollard fiel sein Blick auf ein Gemälde von Gauguin. »Der arme Gauguin!« sagte er. »Da unten auf seiner Insel muß er sicher ständig an die Rue Laffitte in Paris denken. Ich riet ihm, nach New Orleans zu gehen, aber das war ihm zu zivilisiert. Er braucht zum Arbeiten Menschen mit Blumen im Haar und einem Ring durch die Nase. Und jetzt stellen Sie sich mich vor, wenn ich mein Atelier auch nur zwei Tage verlasse ...«

Als er von Vollard einmal zu einem Abendessen eingeladen wurde, gab ihm Degas »Folgendes« zu bedenken: »Sorgen Sie dafür, daß mein Essen ohne Fett zubereitet wird! ... Keine Blumen auf den Tisch! ... Ich bin zwar sicher, Sie sperren Ihre Katze verläßlich weg, aber es wird doch keiner einen Hund mitbringen, oder? … Sollten am Abendessen auch Damen teilnehmen, möchten sie bitte kein Parfum auftragen … All diese abscheulichen Düfte! … Die Welt ist doch voller wohlriechender Dinge, so wie ein Toastbrot, frisch geröstet, und selbst ein feiner Scheißegeruch kann Wunder bewirken … Ja, und nicht zu vergessen, ich wünsche eine sehr gedämpfte Beleuchtung. Sie wissen ja, meine Augen, meine armen Augen!«

Vollard fragte ihn einmal, warum er eigentlich nie geheiratet habe? »Meine Angst war einfach zu groß, meine Frau könnte einmal, nachdem ich ein Bild gemalt hätte, zu mir sagen: ›Das hast du aber hübsch gemacht‹!«

Ein anderes Mal tauchte eine Frau bei Degas auf und verkündigte ihm stolz, daß nun ihr fünfzehnjähriger Sohn »treu«, wie sie meinte, nach der Natur male. »So jung, und malt schon treu nach der Natur!« rief entsetzt Degas. »Nun, Gnädigste, Ihr Sohn ist verloren…« Vollard, der dem Gespräch beiwohnte, wollte der entsetzten Frau beistehen und gab Degas zu verstehen, daß der junge Mann doch das Malen nach der Natur erlernen könne. »Nein!« erwiderte Degas, »wieder und wieder die Meister kopieren, das muß er. Vernünftigerweise müßte er sich, bevor man ihn das erste Radieschen malen ließe, zuerst als guter Kopist erwiesen haben.«

»Sie wissen, Vollard, was ich von Malern halte, die wie Landstreicher arbeiten. Wäre ich an der Stelle der Regierung, dann würde ich eine komplette Polizeiabteilung einsetzen, um alle nach der Natur malenden Personen observieren zu können. … Oh, seien Sie unbesorgt, ich wünsche keinem den Tod, für den Anfang täten es ein paar Schrot-kugeln vollauf.«

Einmal fragte Degas ein kleines Mädchen, was sie möch-te, fehlerlos schreiben und keine Schlagsahne essen oder falsch schreiben und Schlagsahne essen. Ohne zu zögern antwortete das Mädchen, daß sie lieber falsch schreiben und Schlagsahne essen möchte. »Dachte ich's mir doch«, sagte Degas, »ich auch.«

Die beschlagnahmten Augenlider oder
»Die Engelein schneiden die Flügel sich ab«

Eine tiefe Wunde im Himmel macht eine
tiefe Wunde in der Erde

Jindřich Heisler

Aber ich spüre die Stacheln meines eigenen Drahtesels und werde bald ins Bild von Alois Köchl hineinschauen müssen, bevor ich darin ins Bodenlose, aber nein, ins Himmellose verschwinde und nicht mehr ein noch aus weiß und auch nicht mehr herauskommen und Julia verlocken kann, denn sonst – ich spüre die Dornenkronen – igeln sich die Speichen des Fahrrads in die Verschlingungen meiner Eingeweide ein, und ich bleibe am schauerlich erdigen Boden – was für ein Höhenflügler ein trauriger Trip ist –, wenn ich das Bild mit dem Titel »Von Julia…« anschaue und dabei Fritz Wunderlich singen höre: *»Es halten die Englein / Die Augen sich zu / Und schluchzen und singen / Die Seele zur Ruh.«* Der Maler hat beim Zeichnen mit den schönen verkrüppelten Fingern seiner rechten Hand auch nicht vergessen, mit dem Atem von Pablo Picasso die Augenlider seiner Julia hochzublasen, immer wieder, denn sie senken sich immer nach unten, sie fallen tief, und sie fallen schwer, denn eigentlich möchte Julia schlafen, aber das wiehernde Pferd, die vermaledeite Bißgurn, links über ihrem Kopf, die blaugeäderte Sphinx, ist wachsam und wartet nur darauf, bis die Julia ihren Kopf in ihren Schoß legt und sie, die Ägypterin, die mit der langen Schlange des Nils auf den Pranken ihrer Fußsohlen zu uns gekommen ist, mit dem Himmelsschmaus beginnen kann. Warum die Julia sich in den Himmel hinaufschrauben und, ohne eine einzige Sprosse berührt zu haben, gleichzeitig mit den verheerenden Engeln den Herrgott an den Füßen herunterziehen will, weiß ich, aber ich sage es ihr nicht oder vielleicht doch, aber auf jeden Fall erst dann, wenn ich die Hagelkörner auf dem Fenster meines verglasten Schreibzimmers höre, vor dem, auf dem Fensterbrett, die Elefanten röm.-kath. eingepflanzt sind in Töpfen, der Reihe nach, die aus Vorderägypten stammen und die endgültig nach Indien auswandern werden.

Der Maler hat auch nicht vergessen, der Julia seine Hand zu geben, die bepinselt ist mit den Augenbrauenborsten von Picasso, nicht, um sie zu begrüßen, nein, um ihr, der Julia, seine schöne Malerhand zu geben, also die eigene Hand wegzugeben für Julia, denn mit dem Pferdekopf vor ihrem Unterleib hat Julia gar nichts am Hut. *»Und die Engelein schneiden / Die Flügel sich ab / Und gehen alle Morgen / Zur Erde herab.«* Abgesehen von ihrem Mund ist das Badezimmer frei, die Sterne stehen kopf, und kopflos ist der Sichelmond, und außerdem hat, ohne zu fragen, das Fahrrad, der legendäre Drahtesel, die Speichen seiner Igelstacheln auf dem langen Fußweg vom Nil bis an die Drau verloren. Außerdem kenne ich keinen Wurm, der keinen Galgenhumor hat. Jesus Christus reckt seinen langgezogenen Hals und zieht mit seinem Mund zuerst den Nagel an seiner linken Hand heraus, dann den an seiner rechten, und dann fällt er auch schon – mit verschränkten Armen haben die Engel, blutrünstig, wie sie sind, auf den kopfüber fallenden geschaut –, mit dem den faulenden Atem ausstoßenden Pferdekopf vor dem Schoß von Julia zu Füßen, nur der Kopf, denn der Körper von Jesus Christus ist vor der Berührung der Erde vorsichtshalber in den Himmel gefahren. Er rollt nämlich, der Kopf! Er rollt noch immer! Der Kopf wird erst aufhören zu rollen, wenn Julia mit ihren spitzen, harten Brustwarzen einen heulenden, auf einem Fahrrad sitzenden Wolf unter dem Sichelmond enthauptet haben wird. Vater, vergib ihnen – es ist zum Heulen –, denn sie wissen genau, was sie tun.

Notre-Dame-de-Lourdes, benedeite Schlangentreterin

> Das Sichtbare ist die Fußspur des Unsichtbaren.
>
> Léon Bloy

In ihrem Film »Lourdes« führt uns Jessica Hausner im Eingangsbild in einen großen Speisesaal, in dem unter dem »Ave Maria« die neu angekommene Pilgergruppe zum Mittagessen erwartet wird. Als erster fährt ein kleinwüchsiger, kauziger Marienverehrer mit einem motorisierten Rollstuhl quietschend auf dem metallfarbenen Kunststoffboden um die Ecke, zwischen die gedeckten Tische, auf denen in Gläsern weiße Servietten als Engelsflügel stecken. *Von allen Herzen engelgut, die Gottes Geist ersonnen, war nimmer eins so liebewarm, so reich an Himmelswonnen, als wie Mariens Herze hart, so ganz von echter Engelart. Als wie Mariens Lilienherz, das stündlich flammte himmelwärts.* Eine ältere Pilgerin, die körperlich gesunde, aber unter Einsamkeit leidende Frau Hartl, die man im Pilgerhotel ins Zimmer einquartiert hat, in dem auch die Hauptperson Christine, außerordentlich eindringlich gespielt von Sylvie Testud, ihren Bettplatz hat, stellt eine Marienstatue mit weißem Schleier und grünem Mantel aufs Nachtkästchen neben einen Wecker. Sie macht ein Kreuzzeichen, faltet ihre Hände und sagt zur jungen, im Nebenbett liegenden und an Multipler Sklerose leidenden, ihren Kopf nach der Marienstatue verdrehenden Christine: »Gefällt sie Ihnen? Sie ist schön, nicht wahr! Die himmlische Mutter schaut auf uns!« *Dich, aller Jungfrau'n Krone, Maria, preisen wir, auf deinem hohen Throne sei Lob und Ehre dir! Du bist die Zier der Frauen, auf dich mit Wonne schauen die Engel für und für.*

In der Grotte von Massabielle chauffiert die junge Malteserschwester Maria, die mit der Kopfbedeckung ihres weißen Schleiers, auf dem ein Malteserkreuz eingestickt ist, ein weißes Kleid, eine schwarze, durchsichtige Strumpfhose und eine rote, dünne Wolljacke trägt, die schwerbehinderte, im Rollstuhl sitzende Christine die Mauer entlang, nimmt die steife Hand von Christine, so daß die Heilung suchende mit ihrem Handrücken das heilige Mauerwerk berühren kann, das von einem danebenstehenden männlichen Pilger geküsst wird. *O Maria, gnadenvolle, blick herab vom Sternenthrone, welchen Engel aufgerichtet dir bei deinem Gottessohne. Hier im finstern Tal der Tränen siehe mich im tiefsten Staube, doch zu deiner reinen Höhe strebt empor der fromme Glaube.*

In der großräumigen Halle des Pilgerhotels, in dem sich die Pilgergemeinde vor einer großen Marienstatue mit einem weißen Neonheiligenschein eingefunden hat, spricht in Anwesenheit eines Priesters ein sich an einem Gehwagen festhaltender junger Mann ehrfurchtsvoll zum Herrn: »Lieber Gott! Meine Freundin hat mich nach meinem Motorradunfall verlassen. Bitte mach, daß ich eine neue Freundin finde, die mit meiner Behinderung besser umgehen kann.« Die junge Malteserschwester Maria mit der Stirnfransenfrisur steht vor einem großen Plastikkanister mit dem geweihten Lourdes-Wasser und fragt die Pilger:

»Möchten Sie Notwasser?« *Neigst du mir dein Lilienzepter, so zerspringen meine Ketten, und auf lichter Engelsschwinge kann ich mich nach oben retten.* »Bitte nicht hinters Ohr!« sagt Christine, als ihr die Malteserschwester Maria die durchgekämmten Haare hinters Ohr stecken möchte, und fragt, da ihr aufgefallen war, daß Maria während des Vortrages mit einem ebenfalls die Pilger betreuenden, grauuniformierten jungen Malteser kokettiert hatte: »War's nett gestern abend?« – Während einer Ruhepause im Speisesaal sagt Maria zu der kranken Frau: »Hier betätige ich mich karitativ. Für mich ist es wichtig, ein Ziel zu haben. Einen Sinn im Leben.« Sie schaut dabei lächelnd zu den gelangweilt an der Theke stehenden Maltesern hinüber.

In einer anderen Szene, im Speisesaal, als das männliche Betreuungspersonal wiederum an der Theke wartet, fragte der ältere Malteser den jüngeren: »Wie war's gestern abend?« Er lacht und sagt: »Super!« Und die ebenfalls auf einem Barhocker sitzende Maria klatscht ihm einen Lourdes-Prospekt auf die Brust und ruft genervt: »Hör auf!« *Heilige Jungfrau, aller Tugend Vorbild du in ewiger Jugend, reiner Seelen Freud und Ruhm! Schön und gut vor allen Wesen, hat der Herr sich auserlesen deiner Keuschheit Heiligtum.* Im Speisesaal, in dem die Pilger die hochgesteckten weißen Servietten aus den Trinkgläsern gezogen und neben das Besteck oder auf ihren Schoß gelegt haben, füttert Maria die an den Rollstuhl gefesselte Christine mit einem wabbeligen grünen Pudding, auf dem süßer Schlagobers mit einer kandierten Kirsche drauf ist. Der ältere Malteser geht in diesem Moment vorbei und sagt zu Christine: »Sie sehen so frisch aus heute!« – »Danke!« – »Und guten Appetit!« – »Ich hätte gerne noch mehr!« sagt aufgemuntert die kranke Frau zu ihrer Betreuerin Maria, die mit der Löffelkante in den giftgrünen, zitternden Pudding hineinsticht und dem weitergehenden Malteser nachschaut. Im Pilgerhotel steht eine kleine Marienstatue auf dem Lourdeswasserbrunnen, in dem auf Kopfdruck das Weihwasser aus dem Wasserhahn rinnt. Mit einem Becher schüttet eine ältere Malteserschwester das heilige Wasser auf den Kopf der im Rollstuhl sitzenden Christine, auf ihre gelähmten Finger und reicht ihr zum Küssen die auf dem Brunnen stehende Marienstatue. *Wie Schnee so zart, so weiß und rein, Maria du! Wie Rosenflor, wie Lilienschein, Maria du! Du aller Freude reicher Bronn', Maria du! Der Erde und des Himmels Sonn', Maria du!*

Bei der allgemeinen Segnung in einer riesigen Halle mit Tausenden Lourdes-Pilgern, hebt der in englischer Sprache betende, weißgekleidete Priester die Monstranz aus einem Behälter zwischen zwei großen, das Allerheiligste bewachenden Glasengeln und segnet mit der kinderkopfgroßen, im Ziborium der Monstranz steckenden bräunlichen Vollkornhostie die Pilger. »Wenn der Priester mit dem Allerheiligsten vor einem stehenbleibt, dann kann man auch geheilt werden!« sagt in einer anderen Szene eine ältere Pilgerin. *Sei gegrüßt, du Gnadenvolle, Gottes und der Kirche Bild, Benedeite unter Weibern, Reine Magd, demütig mild! Weib, bekleidet mit der Sonne, Schlangentreterin, Meeresstern, unsere Mutter, unsere Mittlerin, unser Fürsprech' bei dem Herrn!*

Nachdem die unter Multipler Sklerose leidende junge Christine eines Nachts, wie sie sagt, eine »innere Stimme«

gehört hat, steht sie zum Erstaunen ihrer in diesem Moment aufwachenden, von lebenslanger Einsamkeit gequälten Frau Hartl auf, geht ins Badezimmer, tritt vor den Spiegel und greift mit ihren nun beweglich gewordenen Fingern zuallerst zu einem Kamm und beginnt sich zu frisieren. Am nächsten Tag steht sie im Flur des Pilgerhotels vor der großen Marienstatue mit dem Neonheiligenschein und erhebt sich vorsichtig und zaghaft vom Rollstuhl. Die ringsum stehenden Pilger klatschen in die Hände und gratulieren. In der heiligen Grotte kann sie nun ohne Hilfe mit ihren Händen die Mauer berühren. Und beim Eisessen, unter einem Sonnenschirm, vor einem Café, stellen sich die Kellner in einer Reihe auf und applaudieren ebenfalls. Aus Anlaß dieser Heilung wird für die Pilgergruppe vor der Rosenkranzbasilika ein Fototermin arrangiert. *Jungfrau, Mutter aller Tugend, Vorbild du in ewiger Jugend, dir sei Lob und Dank gesagt! Mit den Engeln im Vereine sei dir, Jungfrau, allzeit reine, unsere Huldigung gebracht!*

Bei der Abschlußfeier für die bald aufbrechende und Lourdes wieder verlassende Pilgergruppe sagt der Pfarrer in psalmodierendem Tonfall: »Es ist etwas Wunderbares geschehen… Wir sehen es mit unseren eigenen Augen. Der Himmel hat die Erde berührt!« Die geheilte Christine erhält als »beste Pilgerin des Jahres« eine Marienstatue. Während sie mit dem älteren, uniformierten Malteser tanzt, steht die Marienstatue zwischen Messer und Gabel auf dem gedeckten Tisch. Und als Christine beim Tanzen doch einmal hinfällt, sagt eine bissige und eifersüchtige ältere, immer noch auf Heilung wartende Pilgerin zur anderen: »Aber sagen wir, es hält nicht, das ist dann doch grausam. Wieso tut Gott so was?« – »Wenn's nicht hält, dann war's eben kein Wunder! Dann kann ER nichts dafür«, antwortet die andere. – »Ja, aber wer dann?«

Schließlich endet diese wunderbar von Martin Gschlacht fotografierte Film-Passion mit dem Lied »Felicità«, das schwungvoll und kokett die junge Maria mit der Stirnfransenfrisur und ein glatzköpfiger, schnauzbärtiger Mann mit rauchiger Stimme singen unter den leuchtenden Augen der lange auf die Bühne schauenden und hoffnungsvoll in sich gekehrten und beglückten Christine, bis diese sich doch wieder in den Rollstuhl setzen muß und von ihrer die Marienstaue verkrampft in der Hand haltenden, einsamen Frau Hartl aus dem Bild gefahren wird. *Sie war so rein, sie war so gut, mit ihrem Wort so auf der Hut, da nie aus ihrem süßen Mund, ein Mensch ein einzig Wort verstund, wovon ein Lamm zu Schaden käme und Ärgernis ein Kindlein nähme. Ihr Geh'n war höflich wie ihr Steh'n. Die Sitten und ihr ganz Gebaren, voll Schönheit und voll Züchten waren.*

Ein stahlharter rasender Beileidswunsch zog spurlos an uns vorüber

Sicher möchte auch ich gerne bei jeder
Gelegenheit beichten
nur lese auch ich stattdessen nur stumm
die Grüße von den Lippen anderer ab.
Ich werde mich aufs Kettenrasseln konzentrieren
und feuchte ungeduldig meinen Bleistift an
wenn ich schreiben will ›Es brennt!‹

Petr Král, *Das Tintenfaß und sein Schatten*

Nach der gestrigen ersten Veranstaltung an der Nehru-Universität in Delhi beginnt jetzt unsere Lesereise durch Nordindien. In den nächsten Wochen werden wir in Jaipur, Mumbai, Baroda, Pune und Varanasi sein.

Es ist halb acht Uhr morgens, es ist kalt und nebelig, wir, Klaus Amann und ich, sitzen in einem Taxi, das die österreichische Botschaft organisiert hat und das uns von Delhi nach Jaipur bringen soll. Ich habe mein Notizbuch aufgeschlagen, die Füllfeder in der rechten Hand, das Tintenfaß in der kleinen braunen Ledertasche. Am Lenkrad sitzt ein ungefähr sechzigjähriger Inder mit schwarzem, streng frisiertem Haar und einem schwarzen Oberlippenbart, der einen ärmellosen, grobgestrickten Pullover trägt. Das vollgetankte Auto riecht nach Benzin, ich habe Angst, Kopfschmerzen zu bekommen vom Benzingeruch, das Lenkrad zittert, die Hände des Fahrers auch, der Schalthebel zittert, und das Mineralwasser, das auf dem Boden steht, schwappt zitternd hin und her. Klaus Amann, der eine blaue Hose, blaues Hemd und einen blauen Pullover trägt, sitzt mit verschränkten Armen, rechts aus dem Türfenster schauend, neben mir auf dem Rücksitz. Der Chauffeur hebt seinen Kopf, sucht uns im Spiegel und sagt: »Entschuldigen Sie, Sirs, mein Name ist Sharm.« Er wird uns zwei Tage lange durch Jaipur kutschieren, uns Sehenswürdigkeiten zeigen und uns wieder nach Delhi zurückbringen, von wo wir, unsere Lesereise fortsetzend, nach Bombay und von dort nach Baroda weiterfliegen werden.

Zwischen den vor einer Ampel anhaltenden Autos bietet ein Mann den Insassen orangefarbene Blumengirlanden an. Eingehüllt in Decken, gehen Männer an einer zehn Meter hohen, aus einem einzigen Stein gehauenen Shiva-Statue vorbei, am Rand der Autobahn entlang und suchen sich einen Platz für die Morgentoilette. Der neben mir mit verschränkten Armen sitzende Klaus Amann macht mich auf eine Reklametafel aufmerksam, auf der »Alpenliebe« steht, aber in dem Augenblick, als ich, das Schreiben unterbrechend, meinen Kopf hebe, flitzt die Werbetafel auch schon vorbei, ich kann die gleiche aber einige Kilometer später sehen und schaue erstaunt auf die Aufschrift »Alpenliebe« an der Autobahn von Delhi nach Jaipur. An der hinteren, offenen Tür eines Jeeps, den wir überholen, auf einem engen Trittbrett, stehen drei Männer, einer sogar auf einem Bein, da sein zweites keinen Platz und keinen Halt mehr findet. Das Auto ist vollgestopft mit Menschen, vielleicht sind es weitere sechs oder sieben, die im Jeep sitzen. Immer wieder überholen wir buntbemalte Lastwagen, aus denen man indische Schlagermusik hört und die mit glitzernden, im Wind wehenden Fransen behängt sind. Blaugekleidete Schulmädchen warten am breiten, grünbewachsenen Mittelstreifen der Autobahn, zwischen getrockneten Kuhfladen stehend, bis die Autos vorüber sind und sie die Autobahn überqueren können. Schwarze, schmutzige Kinder mit großen Plastiksäcken auf den Schultern ziehen mit Eisenhaken Plastikfetzen aus den Müllbergen und stopfen sie in ihre Säcke hinein. Ein kleiner Junge treibt eine Herde junger schwarzbrauner Ziegen den Straßenrand der Autobahn entlang. Auf einer gelbgestrichenen Mauer ist als Werbung ein großes schwarzes Fahrrad aufgemalt, auf einer anderen, blaugestrichenen, ein Traktor in Originalgröße und überdimensional groß auf einer dritten Mauer fünf, sechs grüne, blaue und rosafarbene Turnschuhe mit Werbeaufschriften auf hindi. Am Rande der Autobahn schiebt langsam und bedächtig ein Mann seinen Verkaufswagen vorwärts, auf dem, pyramidenförmig aufgeschüttet, seine im mitgeführten Öfchen frischgerösteten Erdnüsse liegen, viele davon stellenweise schwarz angebrannt.

Wieder nach rechts, auf die immer noch verschränkten Arme des ordentlichen Universitätsprofessors Klaus Amann und auf das Zifferblatt seiner Uhr schauend, fällt mir ein, daß ihm zwei Tage vor unserer Abreise nach Jaipur, als wir stundenlang durch Old Delhi spazierten, jemand im Menschengetümmel wohl mit einer rasiermesserscharfen Klinge seine schwarze Umhängetasche aufgeschlitzt haben mußte, dem es aber nicht gelang, den Inhalt der Tasche zu stehlen. »Um meine Augengläser hätte es mir leid getan«, sagte Amann mit den verschränkten Armen neben mir, aus dem Autofenster schauend. Wenige Meter von einem

Obst- und Gemüsestand entfernt, wo ich die ersten kleinen gelben, stark duftenden Mangos dieser Saison sah, fanden wir einen Schuhputzer, der auch Flickwerkzeug bei sich hatte. Während der Schuhputzer mit flinken Handgriffen die Tasche zusammennähte, überlegten wir uns scherzend und lachend, ob wir den Schuster nicht beauftragen sollten, auch die andere Seite der Tasche aufzuschlitzen und ebenso schön und kunstvoll zusammenzuflicken, und er erzählte mir, daß es sich um eine jahrzehntealte Ledertasche handle, die man ihm einmal auf einem Bahnhof in Holland, als er einem hinterhältigen Pärchen eine Auskunft gab und sich dabei von seinem Gepäck entfernte, auf die unverschämteste Art und Weise gestohlen habe, denn während er, vor dem Zugplan stehend, dem Mann die Information gab, verschwand zehn Meter weiter die Frau mit dem Gepäckstück. Weil das Pärchen, das in den nächsten losfahrenden Zug gesprungen war, in der Tasche, die nun auf dem Flicktisch eines Schusters in Old Delhi gelandet ist, nichts Brauchbares finden konnte, warfen die Diebe die Tasche zum Zugfenster hinaus, vor eine Autowerkstatt. Von dort brachte man sie wohl zur Polizei, und die österreichische Botschaft in Den Haag schickte dem Herrn die Tasche nach Klagenfurt, ein Briefträger sagte Guten Morgen! und drückte ihm die schwarze Ledertasche in die Hand. Weiter eine Straße in Old Delhi entlanggehend, ich auf der einen, Klaus Amman auf der anderen Seite, der immer wieder bei Papierwarenhandlungen stehenblieb und sich die vielfältigen, farbigen, teilweise luxuriösen Einladungsbillets für Taufen und Hochzeiten anschaute, die mich aber mit ihren goldenen und silbernen Aufschriften eher bedrückten und beängstigten, machte ich, die Straßenseite wechselnd, vor einem Bauern halt, der mit seinem Karren am Straßenrand steht und einem Straßenhändler seine in Zeitungspapier eingewickelten Papayas verkauft. Er wickelte sie andachtsvoll und vorsichtig aus den Hindublättern – der Geruch der Papaya und der Geruch der Druckerpresse vermischte sich auf der Haut der Frucht – und gab sie dem Straßenhändler, der wiederum jede einzeln von allen Seiten begutachtete, ihre Reife überprüfte und sie auf seinen Verkaufswagen legte. Ich wollte dem Bauern eine große Papaya abkaufen, aber der Straßenhändler hinderte mich daran, er gab mir auf hindi zu verstehen, daß ich sie nun ihm, dem Straßenhändler abkaufen müsse, während ich ihm zu verstehen gab, daß ich aber die Papaya vom Wagen des Bauern und nicht von seinem Wagen erwerben möchte. Wir konnten uns nicht einigen, ich verzichtete auf die Papaya, blickte auf die andere Straßenseite und hielt Ausschau nach dem Universitätsprofessor, der, wie ich aus seinem besorgten Gesichtsausdruck ablesen konnte, auch mich für verloren hielt inmitten der Millionenstadt Delhi.

Auf dem Delhi–Jaipur Highway machen wir eine Fahrtpause, schlagen die Autotüren zu, vergessen nicht unsere Umhängetaschen, die schwarze nicht und nicht die braune, und gehen ins Restaurant »Maharaja«. Während ich eine Cola bestelle, schaut sich Klaus Amann im kleinen, ans Restaurant angeschlossenen Verkaufsladen um, wo Hausschuhe für Frauen aus Kamelleder im Schaufenster ausgestellt sind und der aufmerksame Verkäufer sofort »For Ladys« sagt, als ich, die Colaflasche in der Hand, mich bücke, genauer hinschaue und die Qualität des Leders prüfe, bevor ich das fast menschenleere Restaurant durchquere, den Fahrer sehe, der einen Toast ißt und einen Kaffee trinkt und sich, als ich auf ihn zukomme und vorbeigehen möchte, lächelnd erhebt und wieder hinsetzt und weiter ißt, eine Höflichkeitsgeste, die mich überrascht und irritiert. So schnell, denke ich jetzt, wird mir wieder das schlechte Gewissen des kalten Kruzifixes ins warme Gehirn geschoben. Als wir wieder zum Auto gehen, wagt es der Fahrer auch nicht, seine Bidi weiterzurauchen, die er sich offenbar unmittelbar vorher angezündet hat, er wirft die angerauchte Zigarette auf den Boden und setzt sich ans Lenkrad.

Links aus dem Autofenster schauend, sehe ich die schwarzen Köpfe zweier Kinder in einem hohen, gelb blühenden Rapsfeld. Vier, fünf Meter über dem gelben Blütenmeer hocken Hunderte gelbgrüne Papageien auf den Stromleitungen. Die beiden schwarzen Kinderköpfe nähern sich einem schief inmitten des Rapsfeldes stehenden, kaputten Strommast, dem die Drähte fransenartig, mich an eine verwitterte Vogelscheuche erinnernd, der die Haare ausgefallen sind, herunterhängen. Eine braune, dürre Kuh und ein mageres Kalb trotten hintereinander – einsam und mit hängenden Köpfen – den Straßenrand entlang. Mehrere Kilometer weiter führt eine rosarot gekleidete Frau, eine Rute haltend, eine Herde schwarzer Ziegen an. Dahinter geht eine einen gelben Schleier tragende Frau und treibt die Tiere vorwärts. Kaum sind wir ein paar Minuten durch eine Nebelwand gefahren, kommt uns auf der Autobahn ein Geisterfahrer entgegen, ein Lastwagen. »Schau, ein Geisterfahrer!« ruft Klaus Amann neben mir, ich blicke entsetzt von meinem Notizbuch auf, beiße auch schon in meine Füllfeder, aber unser indischer Chauffeur fährt kommentarlos und unaufgeregt, kein einziges Wort verlierend, nach links, weicht dem Lastwagen aus, während wir, die Köpfe verdrehend, einander entsetzt ins Gesicht schauen. Schwein gehabt! denke ich, nur den Geschmack der Tinte und nicht den des Blutes im Mund, und wäre ich beim Autounfall gestorben, könnte ich nicht einmal mehr mit der Füllfeder notieren, daß ich den Geschmack meines Blutes im Mund ebenso vermisse wie den der königsblauen Tinte. »Lux Venus« heißt die Unterwäschefirma, die mit überdimensionalen Leibchen und Unterhosen Werbung auf einem Autobahnplakat macht. Vollgespickt mit zentimeterlangen, scharfen und spitzen Glasscherben ist der Sims einer um eine kleine Mangoplantage gezogenen, fast zwei Meter hohen Mauer. Mit seinem ehrwürdigen, stolzen Gang, den Kopf zum Himmel gehoben, zieht ein Kamel einen mit breiten Gummirädern ausgestatteten und mit dicken Holzstämmen beladenen Wagen am Straßenrand entlang. In dörflicher Umgebung, an einem Platz, sitzen Bauern auf ihren Milchkannen, rauchen Bidis, unterhalten sich und warten auf Kunden. Klaus Amann rechts von mir hat es gut, denke ich, er schaut jetzt, seit ein stahlharter, rasender Beileidswunsch an uns spurlos vorübergezogen ist, weniger seitlich zum Fenster, öfter am Fahrer vorbei auf die Autobahn hinaus, er kann dem Tod in die tiefen Augenhöhlen und auf die dürre Nasenspitze schauen, während er mich, wenn er uns schon entgegen- und also zu uns kommt, doch überraschen würde, da ich, mit dem aufgeschlagenen Notizbuch auf dem Schoß, die Goldfeder der Füllfeder hart aufs Papier setzend, schreiben muß, damit die Schrift nicht bis zur Unleserlichkeit verzittert, als wäre sie vom Tintentod ausgelöscht für ewig und immer. Auf einem vorbeiflitzenden Plakat, auf dem überlebensgroß ein rotes, schi-

ckes Auto abgebildet ist, steht auf hindi und auf englisch –
und das empfinde ich nach dem Todesschrecken tatsächlich als Trost »Power to the poeple«.

Drahtzieher der Sonnenstrahlen

Das Wort Banane gelangte über das portugiesische *banana* ins Deutsche. Es stammt ursprünglich aus einer westafrikanischen Sprache, vermutlich aus dem Wolof. Erst Jahrhunderte später bekam die Banane ihren wissenschaftlichen Namen, als der Botaniker Carl von Linné 1753 die Flora der Welt klassifizierte. Er nannte die Banane unter Verwendung der arabisch-persischen Bezeichnung *mauz* für die Frucht der Dessertbanane »Musa Cliffortiana«.

Ich schreibe meinen letzten Atem auf die Glasscheibe, wenn ich von Erwin Wurm den lackierten Totenkopf mit meinen Augäpfeln – der Gravensteinerapfel stemmt sich, denn er fällt weit vom Stamm – betrachte, aus dessen Augen zwei Bananen herausschauen, steige die Tonleiter der Höllenstiege zurück und gönne einem fallenden Regentropfen eine Atempause. Und wenn es regnet und wenn es in Strömen gegossen hat, da sind wir hinausgegangen auf die Straße und haben die Zunge herausgestreckt, soweit wie möglich haben wir die Zunge herausgestreckt und haben dann mit der plitschnassen Zunge in Bruck an der Mur, wo Erwin Wurm auf die Welt gekommen ist, genauso in Kamering bei Paternion, wo ich die Dunkelheit der Welt erblickt und mit meinem ersten Schrei ins Schwarze getroffen habe, kniend vor dem in der Dorfmitte stehenden großen, überdachten Kruzifix, dem Herrn der genagelten Knochen frech ins Gesicht schauend, gerufen: »Siegesgewiß klappert sein Gebiß!« Oder wir sind, einen großen Trichter haltend, das kreuzförmig gebaute Dorf auf und ab gelaufen und haben gerufen: »Achtung! Achtung! Radio Wien! Tausend Tote und keiner hin!« *sage ich jetzt* und erinnere mich, die Tonleiter der Höllenstiege zurückgehend, wenn ich den lackierten Totenkopf mit den aus den Augenhöhlen herausschauenden Bananen von Erwin Wurm betrachte. Und auch dann klapperte das Gebiß siegesgewiß, wenn wir bei der Getreideernte, nahe am Ufer der Drau, einer Heuschrecke die Beine ausgerissen haben, allein schon deshalb, weil sie so große Augen hat. »Warum hast du so große Augen, Großmutter?« »Damit ich deinen Totenkopf besser sehen kann!«

2.

Aus meinen Ohren kriecht eine Handvoll Getreide, Weizen, *wenn ich das so sagen darf* mit meiner Zunge beim Anblick des Totenkopfes, aus dem links und rechts aus den Augenhöhlen eine Banane herausschaut, während ich ein Ferngespräch mit der Unterwelt der Friedhofsinsassen führe, der dudelsackpfeifende Totengräber als Scherenschnitt über die Maulwurfhügel schreitet, ich ein Heiligenbild sehe, das Pantoffeln trägt, und wieder zurückkehre zu den Fingerabdrücken eines Heiligenscheins und mich beim Anblick dieses Totenkopfes mit den aus den Augenhöhlen herausschauenden frischen Bananen frage, ob der Erwin Wurm vielleicht der Drahtzieher der Sonnenstrahlen ist. Voller Schneegestöber ist die Ziehharmonika zwischen den Lamellen des Blasebalgs, der durch Zudrücken und Aufziehen einen Luftstrom erzeugt, um die durchschlagenden Zungen zerquetschter Leguane in

Schwingung zu bringen. Schüttelfrost eines Igelfells! Die Zähne eines Kamms pfeifen aus dem letzten Loch! Und ach, vielleicht ist es auch, mit der exotischen Frucht in den Augen, der Totenkopf meines Vaters unter der Erde in meinem Heimatdorf, der fast hundert Jahre alt geworden ist und der in seinem ganzen Leben vielleicht vierzig, fünfzig Bananen gegessen hat?

3.
Erzähl keine Schauermärchen dem Saum des schwarzen Nylontuches mit dem silbernen Aufdruck von Rosen und Kreuzen auf dem offenen Sarg, das nicht seine Nasenspitze, sondern die Spitzen der beiden aus den Augenhöhlen des Totenkopfes schauenden Bananen berührt, denn die Hornochsenweide hat heute Ausgang, denn wieder und wieder *denn*. Beim Begräbnis meines Vaters haben sie »Trog mi ause übern Onga!« gesungen, fällt mir wieder ein beim Anblick des weißen Totenkopfes mit den aus den Augenhöhlen herausschauenden gelbgrünen Bananen von Erwin Wurm. Und siehst du, ich habe dir doch gesagt, daß ich aufblühe! sagt die Rose bei dieser Gelegenheit zum Sargnagel, im richtigen Moment. Und komm, mein Vater, niste dich ein in meine Augenhöhlen mit deiner Zuchtrute und versprich mir das sagenhafte Vierklee des Unglücks mit der durch den Regen fliegenden Treppe, über die du einst mit dem Leichenbestatter Stimniker deine eigene Mutter, meine Großmutter, in einer Wolldecke getragen hast, hinunter ins Aufbahrungszimmer, während hoch oben auf dem Dach beim warmen Schornstein Regenschauer auf die langen, nackten und roten Beine eines Storchenpaares fiel. »Meiner Seel wahr!« hat sie immer wieder gesagt, meine dicke Großmutter, zu Lebzei-

ten, »meiner Seel wahr!« Wenn sie erstaunt oder entsetzt über eine Unglücksgeschichte war.

4.

Schlaflos sind seine skalpierten Augenlider. Bodennebel auf dem Ameisenhaufen. Die Zugluft hat sich bei der Exhumierung getäuscht. Und die Träne im Augenwinkel seines verlorenen Knopfloches, mein Vater. Regenschauer in einer Bambusflöte, die sich der Erwin Wurm aus dem Ärmel geschüttelt hat! denke ich beim Anblick des weißen, glattpolierten Totenkopfes, aus dessen Augenhöhlen zwei Bananen herausschauen. Und mit einer Rasierklinge brauchst du nicht feilschen! Erwin Wurm!

Letzten Endes wird der zusammengedrückte Kleiderschrank, der vollgestopft ist mit Trauerschleiern, recht haben! sagt der zungenfertige Kleiderbügel. Und komm in mein Boot! ruft sprudelnd der schnelle Fluß, der bescheiden aus dem Bachbett steigt.

Und nicht zu vergessen: Die Kamillenseife, die an der Wegkreuzung liegt, schäumt noch vor Wut. Der Mauersegler mit seinen schwärzlich fleischfarbenen Füßen hat seine Nase verloren! denke ich beim Anblick des Totenkopfes … Ich geh jetzt auf Sendung! sagt das seinen Kopf hängend lassende Schneeglöckchen zur Sumpfdotterblume am Rande des Bachbettes.

Und der weiche Gaumen des Toten, der seine eigene Asche kaut.

Der Tod und die Fersen

Sind wir denn, frage ich, nicht mehr, als dieses
Knochengestell, umspannt von Fleischsträngen? Als
dieser Korb und Sack, gefüllt mit zuckenden, pumpenden
und saugenden Organen, wie ein volles Nest nackter
Seetiere ineinander geschmiegt? Wäre das alles?

Alfred Kubin

Ich glaube, Max Dauthendey, der mit Malern Umgang
hatte, entdeckte den schmächtigen, immer schwarzgekleideten Jüngling mit dem blassen Knabengesicht,
das sich zur Verdüsterung ein bißchen anstrengte und
scheu tat wie ein junger Wolf, den man aus der Grube
ans Licht gezogen hat. Er brachte ihn und eine große
Mappe, besser eine große Mappe mit dem zierlich-
kleinen Kubin, der so tat, nichts eigentlich dafür zu
können, daß er zeichne, sondern unter Zwängen zu
stehen, die ihm die Hand führten.

Franz Blei

1.

»Freilich war dieses gotisch düstere Gotteshaus mit seinem Prunk immer eine erste, furchtgebietende Größe,
doch in meinem kleinen und dabei lebhaft katholischen
Heimatdorf fand sich für uns Schuljungen auch wieder

ein ganz intim behagliches Verhältnis zu ihr«, lese ich in der autobiographischen Schrift von Alfred Kubin und erinnere mich dabei an die Kirche meines Heimatdorfes in Kamering, in Kärnten, an einen Gottesdienst an einem klirrend kalten Dezembertag, an eine Nische in der Kirchenmauer, rechts vom Hauptaltar, in der hinter einem verglasten Eisentürchen mit einem Eisenkreuz ein kleines Keramiköfchen stand, auf das wir jeden Morgen, um sechs Uhr, in der Zeit der Rorate, eine kleine Karaffe mit kaltem Messwein und eine zweite mit kaltem Wasser stellten und während der Messe, wenige Minuten vor der Wandlung, einen Stromschalter an der Mauer betätigten, warteten, bis Messwein und Wasser in den Glaskaraffen heiß wurden, aber einmal, an einem Wintermorgen, den Ofen zu spät ausschalteten, die mit Messwein und Wasser gefüllten Karaffen in der abgeschlossenen Mauernische platzten und der harzig und verbrannt riechende Messwein zischend über die Keramikoberfläche und über die rot glühenden Drähte des Öfchens und aus der verschlossenen Nische über die Kirchenmauer hinunter auf den Boden rann, der Pfarrer erschrocken die bereits in zwei Teilen zerbrochene, große Hostie – Leib Christi! Corpus Christi! –, von der Hostiensplitter an der Bruchstelle auf ein goldenes Tellerchen abgebröselt waren, in den Händen hielt, sich schließlich, streng schauend, nach seinen Ministranten umdrehte, der Mesner zu Hilfe eilte und wir die Scherben mit einem Bartwisch aus der heißen Nische räumten, in der Sakristei Messwein und Wasser in neue Karaffen füllten, der Ritus der Wandlung unterbrochen war, der Pfarrer, in Gebete versunken, mit dem zerbrochenen Leib Christi in der Hand, warten musste, bis der frischeingefüllte Messwein aufgewärmt war und er schließlich den unterbrochenen Gottesdienst fortsetzen konnte und noch einmal »Corpus Christi! Leib Christi!« rief, den Ritus der Wandlung vollzog und das von seinen Ministranten in der Kirchenmauer aufgewärmte Blut Christi trank, leise und verhalten, die große, zerbrochene Hostie kaute, ehe er mit einem goldenen Kelch voll kleiner Hostien auf die vor dem geschlossenen Kommuniongitter knienden Gläubigen zuging. »Doch durchtränkte mich in meinen Knabenjahren der allgemeine Hauch des religiösen Geheimnisses so stark, daß diese Jugendstimmungen in mir immer wieder lebendig werden, wenn ich eine schöne, weihrauchduftende Kirche betrete. – Kirche und Schule legten der kindlichen Bestie unzerreißbare Zäume an.« Intimes und behagliches Verhältnis, um die Worte von Alfred Kubin zu gebrauchen, spürten wir auch, wenn wir Ministranten uns, zu Ostern, am Karfreitag, zur Stunde der leibhaftigen Kreuzigung, um Punkt 15.00 Uhr, neben dem Pfarrer mit unseren rotweißen, spitzenverzierten Ministrantenkleidern für ein paar Andachtsminuten, das Gesicht hinter den Händen versteckend, auf den kalten Kirchenboden legen durften – er hat es uns nicht aufgetragen, ich als Erzministrant bin seinem Beispiel gefolgt und die anderen Ministranten meinem –, bevor wir wieder aufstanden und ich weiterhin die Bewegungen und Gesten des Pfarrers verfolgte und imitierte im Angesicht des frisch Gekreuzigten und hinter uns die Gläubigen, die Kinder, die Jugendlichen und die Alten in den schwarzen, abgewetzten und verunstalteten Bänken ausharrten – ich hielt auf einem Tablett die vergoldeten Kreuzigungsnägel, die der Pfarrer nacheinander in die Hand nahm. Er hielt die Nagelspitzen an die Flamme einer geweihten Kerze und steckte die heißen Nägel in eine andere große Kerze hinein –, den schwarzen, ein halbes Jahrhundert alten Bänken, an denen die Jugendlichen in ihrer sich über Jahre dahinziehenden Langeweile während Hunderter Messopfer, mit einem Feitel die dialektalen Worte für weibliche und männliche Geschlechtsteile »Fut« und »Beitl«, durchpfeilte Herzen und Hakenkreuze eingeritzt hatten, der Mesner mindestens einmal im Jahr mit einem Tischlerhobel und mit pechschwarzem Lack die Schandtaten vertilgte und der Pfarrer am darauffolgenden Sonntagsgottesdienst, wenn alle in der Kirche waren, in seiner Predigt die Worte »Das ist Gotteslästerung!« von der Kanzel donnerte und die erbleichten Jugendlichen wie vom Donner gerührt, bewegungslos, sich gegenseitig von den Augenwinkeln aus beobachteten und einander stumm die Schuld zuschoben für den Unfug, das Ende der Messe abwarteten, manche mit zitternden Beinen, und auch nicht vergaßen, zur Kommunion zu gehen, und mit dem sich mehr und mehr aufweichenden Leib Christi zwischen Zunge und Gaumen mit ihrer Sünde haderten.

2.

»Überhaupt die Kirche, unsre uralte Zeller Kirche! Wie viele unzählige Male nahm dieses dämmrige Gewölbe meine Seufzer, meine guten Vorsätze und meine Wünsche entgegen, bald schweigend abweisend, bald auch wieder in meiner Einbildungskraft wie gewährend; und oft hat es mein junges Herz in mystischer Erhebung und wahrhafter Einkehr gesehen.« Und wenn ich in Klagenfurt die nach Weihrauch duftende Stadtpfarrkirche betrete und – wie immer – schnurstracks auf einen Nebenaltar zugehe, wo in einer Gruft der Dichter Julien Green begraben liegt, mir seinen verfallenden Körper unter der schweren Marmorplatte vorstelle und ich ihm, wenn ich um Worte ringe, immer wieder auf den Fersen bin, immer auch seine erzkatholische Schwester vor mir sehe, die an einem Abend, als der halbwüchsige Julien die Hände unter der Bettdecke hatte, mit gezücktem Messer in der Hand, die Bettdecke wegriß und rief: »Julien! Wenn du das noch einmal machst!« und der auch einst in der Wiener Albertina bei einer Ausstellung vor dem Bild »Der Todessprung« von Alfred Kubin stand und in seinem Tagebuch vom 27. Oktober 1977 vermerkte: »Da ist allem, was lebt der Tod auf den Fersen. Manche Bilder sind so monströs, daß man, selbst wenn man wieder draußen ist, noch besessen ist von all diesen Greueln. Ein Mann stürzt wie ein Pfeil in einen struppigen schwarzen Abgrund, der nichts anderes ist als das weibliche Geschlecht zwischen zwei Schenkeln, dick wie Berge, die auseinandertreten, um die Beute zu verschlingen.« Man sieht auf der Federzeichnung »Der Todessprung« groß im Vordergrund den Torso eines weiblichen Unterkörpers, die auseinandergespreizten, üppigen Oberschenkel einer Frau, die offene, dunkle Scheide als Schwarzweißbild mit grauschwarzen Schamlippen, umgeben von dunklem, hochgebürstetem Haarwuchs. Vom Kopf der rücklings auf dem Boden liegenden Frau sieht man nur den unteren Teil des Doppelkinns und den Hals ohne Kehlkopf. Bauch, die an den Rändern hervorstehenden Brustkorbrippen und die höherstehenden Brüste sind als Schneefeld gezeichnet. Zwischen den auseinandergebreiteten Oberschenkeln, »als Pfeil«, um die Worte von Julien Green zu gebrauchen, ein mit ausgestreckten Händen und Füßen nach unten auf die geöffnete Scheide kopfüber zutauchender, winziger, zündholzdünner Mann, an dessen Hüften man auch das waagrecht wegstehende männliche Geschlechtsteil sieht. Und wenn ich mich zurücklehne und die Zeichnung »Der Todessprung« von einem zehn, zwanzig Zentimeter größeren Abstand sehe, glaube ich, an den Frauenoberschenkeln im Augenwinkel meiner leichten, optischen Kurzsichtigkeit die hochlaufenden Striche dieser Federzeichnung als fliehende Ratten zu sehen, Ratten, die auf den Berg der angewinkelten Oberschenkel hinauflaufen und sich auf den in der Zeichnung unsichtbaren Kniescheiben auftürmen, übereinandersteigend, sich aneinanderkrallen, bis sie wieder gemeinsam über die Schienbeine hinunterrutschen zu den Füßen, und ihre Schwänze hin- und herschlagend, an Frauenzehen knabbern, Ratten, die immer wieder in den Zeichnungen von Alfred Kubin vorkommen, die auch Julien Green am Beispiel einer anderen Zeichnung so beschrieben hat in seinem Tagebuch, als er in der Albertina in Wien durch eine Kubin-Ausstellung ging: »Was soll ich noch anführen? Das Rattenhaus. Es ist ganz einfach, ganz weiß steht es da in der Nacht, und aus der geöffneten Tür entweicht wie eine Flut dieses schnelle Ungetier, dessen teuflische Intelligenz man spürt. Sie rennen der Nase nach, in alle Richtungen, zu Tausenden, um die Welt zu erobern. Übervoll des Grauens strebe ich dem Ausgang zu.« – »Einige meiner Kameraden waren Ministranten; ich zog mit am Seil der großen Glocke, trat den Blasebalg der Orgel, wirkte eifrig als Sänger und langweilte mich auch sehr oft bei den endlosen Zeremonien.« Bei dieser Passage aus den autobiographischen Schriften von Alfred Kubin erinnerte ich mich an einen Frühlingsnachmittag, als an der Friedhofsmauer bereits die gelben Himmelsschlüssel, die violetten Krokusse und die Veilchen blühten, als die Kirchentür sperrangelweit offen stand, die Mesnerin den Frühjahrsputz machte, den Ratten- und Mäusekot zusammenkehrte, den Steinboden aufwischte, die Heiligenfiguren mit einem Staubwedel, an dem ein dickes Büschel Pfauenfedern aufgebunden war – wir hatten zwei Pfauen im Dorf –, sorgfältig entstaubte, den Heiligenschein auf den Köpfen der Heiligenfiguren, die Kniescheiben und die Achseln der Heiligengestalten, und wir uns eingeschlichen hatten mit unseren selbstgemachten Steinschleudern, Astgabeln von den Haselnußsträuchern neben dem Friedhofsabfallhaufen, den Lederfleck aus getrockneten Speckschwarten, die wir wiederum mit Schweinefett geschmeidig machten, und Jagd machten nach den Kirchenratten, die wir im Glokkenturm aufstöberten und nach unten trieben, hinter den Altar und in die Sakristei, und die Leiche im Weihwasserbecken entsorgten, der Mesner am nächsten Morgen die ertrunkene Ratte, wie er glaubte, verschwinden ließ, ohne etwas von einem Lausbubenstreich zu ahnen. »Die Zeichnungen in der Albertina sind, wenngleich sie schon seine ganze Könnerschaft bezeugen, Jugendwerke. Die Halluzination spielte eine entscheidende Rolle. Er war absolut ungläubig und ein großer Nietzsche-Verehrer. Trotz seiner Weltsicht, die schlichtweg grauenvoll war, zeigt er sich stets auffallend gutgelaunt«, schreibt Julien Green über Alfred Kubin, der Bücher von Green gelesen und, wie er dem Künstler Fronius erzählte, auch sehr geschätzt haben soll. Und: »Na, so was! Das kommt mir bekannt vor. Man befreit sich von seinen Phobien bei der Arbeit, und dann geht es einem wieder bestens. Fachleute mit Vorliebe für das Griechische nennen das Katharsis«, so Green.

3.

Erst zwei Jahre nach der Geburt von Alfred Leopold Isidor Kubin kehrte sein Vater Friedrich Franz Kubin, der als kaiserlich-königlicher Landvermesser im Staatsdienst war, von einem langen Aufenthalt in Dalmatien, dem »halbvergessenen Lande«, nach Salzburg zurück, wo ihn der Sohn das erste Mal zu Gesicht bekam: »In unserem neuen Wohnort, an dem Mama sich mit mir gerade gemütlich eingerichtet hatte, brach er eines schönen Tages als ein mißliebiger Mann herein. Durch eine rote Dalmatinermütze versöhnt besänftigte sich bald meine Eifersucht und wir schlossen – mit Vorbehalt – Frieden.« Nach eigenen Worten soll Alfred ein wildes Kind, ein Schreihals und eine Zeitlang ein kleiner Tierquäler gewesen sein, der »Folterszenen an armen kleinen Tieren veranstaltete«, der sich in keine Gemeinschaft eingliedern konnte und dem jeder Zwang verhaßt war, Kirche und Schule also legten, um seine Worte zu gebrauchen, der »kindlichen Bestie unzerreißbare Zäune an«. Zehn Jahre war er alt, als er von einer älteren, hochschwangeren Frau verführt und sexuell mißbraucht wurde, und in seinem elften Lebensjahr starb seine Mutter an Schwindsucht. Es war der erste Mensch, berichtete er, den er sterben sah, er war dabei, als seine Mutter die Letzte Ölung bekam und als sie sich von ihren Angehörigen für immer verabschiedete. Verzweifelt hob sein Vater die »lange Leiche der abgezehrten Frau« aus dem Bett und lief damit, Hilfe schreiend, wie verrückt, immer wieder in der Wohnung auf und ab. »Im elften Jahr war ich dabei, wie meine Mutter starb … wie nach ihrem Segen und den Abschiedsworten an mich plötzlich ihr vertrautes Gesicht spitz und fremd wurde … Ich stand im Verlauf meines späteren Lebens noch oft an Sterbebetten, aber was ich da sah, konnte den Eindruck jenes ersten Sterbens nicht mehr beeinflussen.« Nach dem Trauerjahr heiratete der Vater die Schwester von Alfreds Mutter, aber bereits nach zwölf Monaten starb Alfreds Stiefmutter im Wochenbett. Sein verzweifelter und unglücklicher, einsam gewordener, mit dem Schicksal hadernder Vater, verlor nach dem Tod seiner beiden Frauen den Glauben an Gott, an die Welt und an seinen Sohn, dem er nur mehr mit Ablehnung und Misstrauen begegnete, bei jeder Gelegenheit züchtigte, selbst dann, wenn Alfred nichts als kindliche Glücksgefühle zeigte oder wenn er nur lachte, aber nichts verbrochen hatte, er durfte seinem Vater nicht mehr unter die Augen kommen, durfte ihm weder beim Vogelfangen, noch beim Blumenzüchten helfen. Auch die Amme von Alfreds jüngster Schwester, eine »rohe Bauernmagd«, die den Haushalt der mutterlosen Familie führen sollte, aber nur verwahrlosen ließ, verleumdete den jungen Alfred auf die schamloseste Weise wegen Kleinigkeiten bei seinem Vater, der ihn wiederum, ohne nachzufragen, bitter bestrafte mit Ohrfeigen und Stockhieben. »Jetzt, wo ich bei keinem Menschen mehr Zuflucht fand, wo Christus und alle Heiligen taub blieben, wurde ich vollständig verstockt, ließ mich mit eingezogenem Kopf schlagen und fühlte nur Haß, Haß, Haß gegen meinen Vater und gegen alle Menschen im Herzen. – Oh, wenn ich sie nur hätte ermorden können!« Da er in dieser »Höllenperiode« auch seinem leiblichen Vater aus dem Weg gehen mußte, vereinsamte er vollkommen, zog sich von den Lebenden zurück, ging bereits in der Morgendämmerung, als die anderen noch schliefen, in die Berge, ließ sich von Naturkatastrophen, von Gewittern, Häuserbränden, reißenden und über die Ufer tretenden Wildbächen faszinieren, war bei

Raufereien und auf Viehmärkten anzutreffen, ließ sich von den durchs Dorf marschierenden uniformierten Truppen und von Kaiser Napoleon begeistern, den er, wie »einen Halbgott« verehrte, bedauerte auch, daß Napoleon kein Österreicher war. Der vereinsamte und scheu gewordene, zwangsläufig seine Familie meidende Außenseiter, befreundete sich mit einem anderen Außenseiter, dem Fischer Hölzl, seinem »Gönner, Totengräber und Allerweltsgenie«, wie er ihn nannte, der immer wieder Leichen aus dem See zog, die Alfred neugierig bestaunte, er ging zu den Fleischhauern und Schindern und schaute ihnen beim Töten, Schlachten und Ausnehmen der Tiere zu. »Die starr bohrenden Blicke meines Vaters im Zorn, das schreckliche Grinsen meines bestgehaßten Lehrers, solche Eindrücke kann ich nicht vergessen, ich kann nicht darüber hinweg und versuche, mich in Bildern von immer neuen Physiognomien von dem Rest der Angst, die unbewußt in mir haust, zu lösen.« Von seinem Vater wurde der unangepaßte Sohn, Nichtsnutz, Schulversager und Herumstreuner, der sich gerne am sandigen Seeufer aufhielt, der alleine durch die Scheunen, Ställe, Fischerhäuser und Mühlen seines Heimatdorfes Zell am See streifte, dem in seiner Einsamkeit und Verlorenheit der Wald als eine »einzige, mit Moos ausgepolsterte Wohnung« vorkam, nach Salzburg in eine Kunstgewerbeschule gebracht mit der Ermahnung in eine Besserungsanstalt geschickt zu werden, wenn er nicht parieren, keine Erfolge vorweisen könne, er sollte Stukkateur oder Holzschnitzer werden. Zwei Jahre lang besuchte er wohl »mit Fleiß« die Gewerbeschule in Salzburg, begann zu zeichnen und kritzelte die Ränder seiner Schulbücher mit Zeichnungen von »Kriegszügen, Jagden, Torturen« voll, aber auch die Staatsgewerbeschule sollte er

verlassen, denn außer einem »Lobenswert« in der Natur-
lehre hatte er nur schlechte Noten im Abschlusszeugnis.

4.

Alfreds Vater, der zum dritten Male heiratete, nämlich
»ein Fräulein aus Klagenfurt«, schickte seinen Sohn dar-
aufhin zu seinem Onkel Adolf Beer, einem Landschafts-
fotografen, nach Klagenfurt. Bei der Fotografenlehre in
Klagenfurt, in der St. Veiter Straße 24, wenige Hunderte
Meter, einen Pistolenschuß von der Stadtpfarrkiche entfernt –, wo an einem Nebenaltar unter einem traurigen
Bildnis der Schmerzensmutter, in einer Gruft, seit über
zehn Jahren Julien Green ausharrt und auf seine glorrei-
che, den Himmel bestürzende Auferstehung wartet, in Klagenfurt also, wo sein Lehrherr und Onkel, der Landschafts-
fotograf Adolf Beer, sein Atelier hatte, der meistens für
Fotoaufnahmen unterwegs, kaum anwesend war in der
Fotowerkstatt, bekam er von den älteren Angestellten vor
allem Haushaltsarbeiten zugewiesen, lernte nichts für seinen zukünftigen Beruf, war auch innerhalb dieser vier
Jahre nicht imstande eine Fotografie in der Dunkelkam-
mer herzustellen. Der mechanischen und uninspirierten
Tätigkeit des Entwickelns und Retuschierens von Bildern,
die sein Onkel von seinen langen Reisen ins Studio schickte oder in die Werkstatt brachte, wurde er bald überdrüs-
sig. »Und erst nach vielen Jahre, als ich die Leiter einiger
Reproduktionsanstalten von Weltruf freundschaftlich ken-
nenlernte, machte ich mich nebenher fast spielend mit allem Wesentlichen dieser schönen Techniken vertraut. Dafür machten in Klagenfurt allerdings meine Kenntnisse
des allgemein menschlichen Wesens rasche Fortschritte.
Aus meiner seltsamen Zwischenstellung, Neffe und zugleich

Lehrbub, erwuchs ein dauernder Zwang, in welchem bei der Stupidität meiner Handlangerarbeit jede wirkliche Lust zum Fotografenberuf zugrund ging.« In dieser Zeit der Langeweile und Ratlosigkeit überkam den inzwischen neunzehnjährigen Alfred Kubin das »Lesefieber«, vor allem nachts, bis in die frühen Morgenstunden las er den einen »spannenden« Roman nach dem anderen, ließ sich von Schopenhauer berauschen – »Die Welt ist eben die Hölle und die Menschen sind einerseits die gequälten Seelen und andererseits die Teufel darin«, so Schoppenhauer –, kaufte sich ein Fahrrad, um in der Umgebung von Klagenfurt auf Touren gehen zu können und beherbergte Ungeziefer, Schlangen, Würmer und Käfer in seinem Zimmer. Der Einzelgänger, der auch kein kameradschaftliches oder freundschaftliches Verhältnis zu seinen Mitarbeitern im Fotoatelier aufbauen konnte, durchbummelte, von Gasthaus zu Gasthaus streifend, in einem »zügellosen Jahr« die Nächte, bis er ausgelaugt war, seine Kräfte nachließen und er zu kränkeln begann, sich von Mal zu Mal sein Gesundheitszustand verschlechterte und ihn ein »böser Katzenjammer« überfüllte. Er ließ sich schließlich auch noch auf die Experimente eines Hypnotiseurs ein, die ihn zwar begeisterten, durch die aber, da er sich dabei besonders engagierte – durch die Suggestion hatte der Zauberer den Jugendlichen »nach einigen Minuten vollständig unter seinen Willen gebracht« –, schließlich seine Nerven noch mehr strapaziert wurden, er noch nervöser und verworrener wurde, sich auf rabiate Weise mit seinen Kollegen in der Fotografenwerkstatt seines Onkels stritt, bis er immer unzufriedener und verzweifelter wurde und schließlich mit zerrütteten Nerven seinem unnützen und verpfuschten Leben, wie er es nannte, ein Ende machen wollte. Er trieb einen alten Revolver auf, setzte sich in den Zug, fuhr an den Ort seiner Kindheit, nach Zell am See, einem Hochgebirgsdorf in Salzburg, um sich am Grab seiner Mutter zu erschießen. Wegen Hochwasser blieb der Zug zwischen den überfluteten Gleisen stecken und verspätete sich zwei Tage. Schließlich nachts am Grab seiner Mutter angekommen, betete er zuerst »zum lieben Gott«, bat vor dem Grabhügel stehend, seine Mutter, daß sie ihm doch die nötige Kraft geben möge, damit er einen endgültigen Schlußstrich unter sein Leben machen könne, zögerte und wartete das Läuten der Kirchenglocken in der Hoffnung ab, daß ihm vielleicht doch jemand zu Hilfe eilen und ihn am Selbstmord hindern könnte. Um nicht das Gehirn zu verfehlen, um nicht womöglich als geistiger Krüppel und körperliches Wrack vor dem Grab seiner Mutter aufgelesen zu werden, kennzeichnete er mit einer Nadel seine rechte Schläfe, bevor er den Pistolenlauf ansetzte und abdrückte, aber die eingerostete Waffe funktionierte nicht, beim zweiten Mal fehlte ihm die »seelische Kraft«. In einem erbärmlichen Zustand verließ er den Friedhof, übernachtete in einem Gasthaus, ging schließlich reumütig zu seinem Vater, der ihn ohne gröbere Vorwürfe wieder nach Klagenfurt zurückschickte. Sein Onkel, der inzwischen von einer Reise zurückgekehrt war und von Alfreds Arbeitskollegen von der Flucht seines Neffen unterrichtet wurde, kündigte ihm noch am selben Tag, stellte ihm aber ein positives Zeugnis für die Fotografenlehre aus. Nach dem gescheiterten Selbstmordversuch meldete sich Alfred freiwillig zum Militär, wo man ihn wegen seiner schwächlichen Konstitution nicht rekrutieren wollte, aber als er schließlich bei der Musterung in strammer Haltung und splitternackt vor dem vorsitzenden Stabsoffizier stand und wortreich beteuerte, daß er gerne Militärkartograph werden möchte, wurde er aufgenommen, aber bereits nach ein paar Wochen, als er die Leichenfeier und das Begräbnis eines verstorbenen Divisionskommandanten besonders würdig und perfekt gestalten wollte, aber bereits bei der Organisation durch »nervöses Gebaren« auffiel, bekam er, der nicht zum Begräbnis gehen durfte, einen schweren Nervenzusammenbruch und musste nach einem Deliriumsanfall – er bildete sich ein, ein bourbonischer Prinz auf der Insel Borneo zu sein – vier Monate lang im Garnisonsspital untergebracht werden. Nach dieser neuerlichen Krise wurde er wieder von seinem Vater aufgenommen. Als Rekonvaleszent in sein Elternhaus in Zell am See zurückgekehrt, wo er ein Jahr lang blieb, begann er zu zeichnen und Bilder aus illustrierten Zeitungen zu kopieren, so daß ihm der inzwischen verwandelte gutmütig gewordene Vater, der unter der Nervenkrankheit seines Sohnes gelitten haben dürfte und »vielleicht in ihr die Strafe des Himmels für seine Härte dem einzigen Sohn gegenüber« sah, nach Anraten eines kunstsinnigen Freundes der Familie, als letzten Ausweg die Erlaubnis gab, in München Kunst zu studieren.

5.

Zuerst besuchte Alfred Kubin, der für diese weitere Ausbildung mit einer kleinen Gelderbschaft seiner Großeltern ausgestattet wurde, in München die private Malschule von Ludwig Schmid-Reutte, danach wurde er in die Bayrische Akademie der bildenden Künste aufgenommen und »schweifte mit übervollem Herzen« in München umher, wo er sich, im »Gegensatz zur bösen Vergangenheit« das erste Mal in seinem Leben frei fühlte, ihm niemand et-

was vorschreiben konnte, eine »lange, schöne Zeit«, wo
viel gemalt und gefeiert wurde und wo er sich in einem
Künstlerfreundeskreis integrieren konnte. »Fleißig studier-
te ich die Poesie der dunklen Höfe, der verborgenen Dach-
kammern, der schattigen Hinterzimmer, staubigen Wen-
deltreppen, verwilderten Gärten, die blassen Farben der
Ziegel und Holzpflaster, die schwarzen Schlote und die
Gesellschaft der bizarren Kamine.« Da seine erotischen
Wünsche und sexuellen Begierden den Schwabinger Künst-
lerkollegen nicht verborgen blieben, wurde er einmal in
der Faschingszeitung der »Sturmfackel« von 1902 als »Per-
versus/Onanos« karikiert. Innerhalb eines Jahres brach
der Varietébesucher Alfred Kubin das Kunststudium ab,
nachdem er in München im Kupferstichkabinett von Max
Klinger den Radierzyklus »Paraphrase über den Fund eines Handschuhs« gesehen hatte, sich vollkommen verzau-
bern ließ und »förmlich genotzüchtigt von einer dunklen
Kraft« in lange anhaltenden, rauschhaften Zeichenschü-
ben, die einen »Sturz von Visionen schwarz-weißer Bilder« hervorbrachten, in den darauffolgenden Jahren sein
aus einer großen Anzahl von Blättern bestehendes, alp-
traumhaft-phantastisches Frühwerk schuf, Tausende gott-
lose Notschreie, »Wunderräusche«, wie er sie nannte, von
in dieser Zeit in der europäischen Kunst unbekannter
Schonungslosigkeit, mit seinen ikonographischen Vor-
bildern: Goya, Klinger, Hokusai, Meyrink und Kafka.
»Doch lieber wollte ich zugrunde gehen als etwas Unori-
ginelles schaffen«, lautete die malerische Devise von Alfred Kubin. Der Philosoph Otto Weininger, der das berühmte Buch »Geschlecht und Charakter« schrieb, der
sich im Jahre 1903 im Alter von 23 Jahren im Sterbehaus
Beethovens in Wien das Leben genommen hatte, galt

Alfred Kubin zu dieser Zeit als der »größte Mensch des Jahrhunderts«, wie er seinem Freund und Schriftsteller Fritz von Herzmanovsky-Orlando schrieb. »Ihm gebührt das Verdienst, in die Anarchie des Traums eine Verfassung eingeführt zu haben. Aber es geht darin zu wie in Österreich«, schrieb Karl Kraus über Sigmund Freud. In dieser Zeit, im Jahre 1903, ereilte ihn wiederum ein Schicksalsschlag. Kaum hatte der Fünfundzwanzigjährige bei den Verwandten um die Hand seiner zukünftigen »Braut« angehalten, starb seine Freundin Emmy Bayer nach einem zehntägigen Krankenhausaufenthalt in einer Münchner Klink an Typhus. »Als ich an der Leiche stand, begriff ich mit einem Schlag, daß das höchste Glück für mich auf alle Zeiten dahin war. In grenzenloser Verzweiflung wollte ich schreien, brachte aber keinen erleichternden Laut hervor. Furchtbar öd und leer erschien mir mein Dasein fortan; ich verlor allen Lebensmut und vergeudete meine Ersparnisse sinnlos, weil sie mir nun doch keinen Zweck mehr zu haben schienen. Dabei peinigten mich fortwährend die Erinnerungen an das blühende, junge Geschöpf, die wie durch bösen Zauber von mir genommen worden war. Extravaganzen und Ausschweifungen folgten in wilder Reihe, ich zog mich von allen Bekannten zurück und ließ meine Angelegenheit drunter und drüber gehen.«

Ein halbes Jahrzehnt später, im Jahre 1907, nach der ersten Stockung seines künstlerischen Schaffens und nach dem Tod seines Vaters, von dem er sich tief betroffen zeigte, mit dem er seit seinem Abgang nach München ein freundschaftliches Verhältnis pflegte und das er nach seiner Übersiedlung nach Österreich, ins oberösterreichische Dorf Zwickledt, wo er bis zu seinem Tod blieb, noch vertiefen konnte, reiste er mit Herzmanovsky-Orlando durch Oberitalien und nach Venedig. »Voll Eile und Sehnsucht kam ich zu Hause an. Als ich dann eine Zeichnung anfangen wollte, ging es absolut nicht. Ich war nicht imstande, zusammenhängende, sinnvolle Striche zu zeichnen ... Diesem neuen Phänomen stand ich erschrocken gegenüber, denn ich muß es wiederholen, ich war innerlich ganz und gar mit Arbeitsdrang gefüllt. Um nur etwas zu tun und mich zu entlasten, fing ich nun an, selbst eine abenteuerliche Geschichte auszudenken und niederzuschreiben.« Innerhalb von drei Monaten, im »Wendepunkt einer seelischen Entwicklung«, schrieb der stets von neurotischen Zusammenbrüchen bedrohte Künstler, der zeitlebens von der ödipalen Begegnung mit seinem Vater als Zweijähriger, von einem Totschlag, den er als Kind auf der Straße gesehen hatte, vom schrecklichen, frühen Tod seiner an Schwindsucht verstorbenen Mutter und dem mit dem dünnen Leichnam hysterisch schreiend durchs Haus laufenden Vater und von der ersten sexuellen Erfahrung als Elfjähriger mit einer hochschwangeren Frau belastet blieb, von einem inneren Drang, Tag und Nacht zur Arbeit gepeitscht, wie er sich ausdrückte, seinen phantastischen Roman »Die andere Seite«, den er im darauffolgenden Monat illustrierte und der bei seinem Erscheinen von Max Dauthendey, Stefan Zweig, Franz Blei, Ernst Jünger und von Franz Kafka – Kubin besuchte einmal Kafka – gelobt wurde. Wassily Kandinsky schrieb an Kubin: »Wie können Sie denn nur *eine* Seite des ›Lebens‹ *fühlen*? Wodurch bleibt die andere für Sie verdeckt? Oder besser: warum sehen sie nur *Die andere Seite*? In diesem famosen Buch haben Sie tausend Mal recht. Es ist beinahe eine Vision des Bösen. Sie müssen aber jetzt Ihrer Wachspuppe den Kopf abschlagen u.

mit Füßen zertreten zu Staub. Aber da Sie so stark den Bösen gesehen haben, so kommen Sie ganz bestimmt auch zum anderen Sehen. Das fühle ich plötzlich ganz deutlich.«

»Ich gehe noch weiter«, schreibt Julien Green in seinem Tagebuch vom 27. Oktober 1977, nachdem er in der Albertina in Wien eine Ausstellung mit Bildern von Alfred Kubin gesehen hatte, »und sehe einen Mann, der sich umbringt, geblendet von einer Frau, die die Röcke hochgerafft hat, um ihm ihr Geschlecht zu zeigen. Man gerät an die Grenze des Ekels, doch unbestreitbar ist das Talent des Künstlers, eine Kraft, die einen in Bann schlägt. Wo bleibt die Liebe bei alldem? Sind wir auf dieser Welt oder in der Hölle?« Na, so was, das kommt mir bekannt vor, Monsieur Green! Der Vater, der sein Kind mit Füßen treten will, ziehe zuvor die Schuhe aus, sonst schwärzt ihm der Teufel die Fersen, heißt es im Aberglauben. Vom Bilwis geht die Sage, daß er Sicheln an den Füßen habe. Ein Bild von Alfred Kubin, eine Tuschzeichnung mit dem Titel »Die Dame auf dem Pferd«, zeigt eine herrische, auf einem Schaukelpferd sitzende, schwarzgekleidete Frau mit schwarzem Zylinder, schwarzem, über ihrem Nacken stehendem Haarknoten, die eine Reitpeitsche an ihre Hüften drückt. Das Schaukelpferd mit seinen aufgeblähten, wild schnaufenden Nüstern, mit dem Pferdegebiß seines Ober- und Unterkiefers und seinen hervorstechenden Augäpfeln, ist mit seinen hufenbeschlagenen Füßen auf den großen Sicheln zweier Wiegemesser befestigt, das mit der schwarzgekleideten, auf dem Schaukelpferd wippenden, die Maske eines blassen männlichen Gesichts tragenden Reiterin kreuz und quer auf dem Boden liegende menschliche Körper zerschneidet und zerstückelt. Nach dem Fußwaschen,

Monsieur Green, soll man die Füße nicht mit einem Tuch abtrocknen, man soll sie von der Luft trocknen lassen, sonst beginnt die Heilige Maria Magdalena zu weinen, die einst Christus die Füße, Zehen und die Fersen mit ihren Haaren getrocknet hat. In einzelnen Teilen Norddeutschlands hat sich der Brauch erhalten, daß an Fasnacht den jungen Mädchen von den Burschen des Dorfes die Füße gewaschen und gebürstet wurden oder daß die Burschen in die Zehen der Mädchen beißen. Monsieur Green! Nimm die Zunge eines Geiers und binde sie unter die linke nackte Ferse, nimm in deine rechte Totenhand eine Eisenkranzwurzel, richte dich auf in der Kirchengruft der Stadtpfarrkirche in Klagenfurt, einen Pistolenschuß von der St. Veiter Straße 24 entfernt, wo Alfred Kubin als Fotografenlehrling gearbeitet hatte, fahre mit deinem bläulich-gelben Zeigefinger die Sätze in deinem Tagebuch vom 27. Oktober 1977 nach und buchstabiere: »Ein kleines Bild etwas weiter, mit dem schlichten Titel *Madame*, zeigt eine sehr elegante Dame in langem schwarzen Kleid, die in einem Alptraumlächeln den Kopf abwendet, weil sie an einem Kronleuchter hängt.« Und ich gehe weiter und kehre zum von Julien Green erwähnten Bild vom Mann zurück, der sich umbringt, »geblendet von einer Frau…«: Der Schuß ist gefallen, der Mann im Bild »Selbstmord« liegt rücklings auf dem Boden. In seiner linken, ausgestreckten Hand ist die rauchende Pistole an seinem Zeigefinger hängengeblieben, der Kopf liegt in einer Blutlache, Blut rinnt aus seinem offenen Mund auf seine Achsel hinunter. Im Augenblick des Todesschusses ist aus der Seele des Mannes ein übergroßer, schwarzer, nun über den Unterschenkeln des Toten schwebender Luftballon gefahren – »Ich könnt aus der Haut fahren!« –, auf dessen höchster Erhebung

ein halsloser Schädel, eine Mischung aus einem Ziegenbock und einer Teufelsfratze mit Spitzbart und Hörnern,
zu sehen ist, mit dem lüstern und zufrieden in der Ziegen-
bocksschädelgestalt auf den Toten schauenden Teufel. Dem
schwarzen Luftballon ist auch eine vor Entsetzen schreiende, über dem Toten schwebende Frau entwichen, die ihren Rock obszön in die Höhe hält und ihren in bis zu den
Knien reichender Wäsche verpackten Unterkörper dem
Selbstmörder präsentiert. »Der richtige Beschauer, wie ich
ihn mir wünsche«, schreibt Alfred Kubin, »würde sich
meine Blätter nicht nur genießend oder kritisch ansehen,
sondern, wie durch geheime Berührung angeregt, müßte
sich seine Aufmerksamkeit auch der bilderreichen Dun-
kelkammer des eigenen träumerischen Bewußtseins zu-
wenden. Denn wir alle, ob wir darum wissen oder nicht,
bergen das Erbe einer ungeheuren persönlichen Vergangenheit zutiefst in uns. Die einstigen Erlebnisse – sie gehen oft bis auf die Zeit der dämmernden Kindheit zurück – sind nicht etwa vorbei oder tot, nein, sie gebären
sich immer wieder neu, prägen sich in unsere Seele um
und gehen zahllose Verbindungen mit den Eindrücken
später dazugekommenen Erlebens ein.«

Einmal, als Denys und ich mit dem Flugzeug in der Steppe gelandet waren, kam ein sehr alter Kikuyu auf uns zu und sprach uns an. »Du warst heute hoch oben«, sagte er zu mir, »wir konnten dich nicht sehen, aber wir konnten die Maschine summen hören wie eine Biene.« Ich sagte, daß ich sehr hoch gewesen sei.

»Hast du Gott gesehen?«, fragte er.

»Nein, Ndwetti, Gott habe ich nicht gesehen.«

»Ja, dann bist du wohl nicht hoch genug gewesen«, sagte er, »aber nun sag mir mal, glaubst du, daß du mit diesem Vogel jemals so hoch steigen wirst, daß du ihn zu sehen bekommst?«

»Das weiß ich nicht, Ndwetti«, sagte ich.

(…)

»Ja«, sagte Ndwetti, »dann weiß ich auch wirklich nicht, warum ihr beide noch weiter fliegt.«

Tania Blixen, *Jenseits von Afrika*

Nachweise

I Kirschen im Vogelnest

Zitate aus Tania Blixen, Jenseits von Afrika, nach der 2010 im Manesse Verlag München erschienenen Übersetzung von Gisela Perlet

Der Katzensilberkranz in der Henselstraße
Der Katzensilberkranz in der Henselstraße. Klagenfurter Rede zur Literatur, Suhrkamp Verlag, Frankfurt am Main 2009 (Sonderdruck edition suhrkamp)

Kabale und Bestatter
Rajzel Zychlinski, di lider 1928-1991. Die Gedichte, Jiddisch und deutsch, herausgegeben und übertragen von Hubert Witt, Zweitausendeins, Frankfurt am Main 2003

Florjan Lipuš, Boštjans Flug. Aus dem Slowenischen von Johann Stutz. Mit einem Nachwort von Peter Handke, Suhrkamp Verlag, Berlin 2012 (Bibliothek Suhrkamp)

»Heiligbüblein, Jesusschmatz und Dornenkronenbussler«
»segenswunsch«, aus: Der Schlüssel des hl. Patrick. Religiöse Dichtungen der Kelten, übertragen von H. C. Artmann, Otto Müller Verlag, Salzburg 1959

Richard Billinger, Die Asche des Fegefeuers: Eine Dorfkindheit, Stiasny Verlag, Graz und Wien 1960

Ohne Haben und mit viel Soll oder Der Angriff des strafenden Engels
»segenswunsch«, aus: Der Schlüssel des hl. Patrick. Religiöse Dichtungen der Kelten, übertragen von H. C. Artmann, Otto Müller Verlag, Salzburg 1959

Peter Rosegger, Weltgift, Septime Verlag, Wien 2016

Ich trage im Blizzard deine Haare als Sicheln und andere Nachrichten unter meinem Totenhemd
Esther Dischereit, als mir mein golem öffnete, Karl Stutz Verlag, Passau 1997; Esther Dischereit, Rauhreifiger Mund oder andere Nachrichten, Vorwerk 8 Verlag, Berlin 2001

Schwarze Wörter in den Fußstapfen des Todes
Ivan Cankar, Jernej der Knecht und sein Recht, aus: I.C., Aus fremden
    Leben. Erzählungen und Novellen. Aus dem Slowenischen von Er-
    win Köstler, Drava Verlag, Klagenfurt 2017
»gebet eines pilgers um schutz in der nacht«, aus: Der Schlüssel des hl.
    Patrick. Religiöse Dichtungen der Kelten, übertragen von H.C. Art-
    mann, Otto Müller Verlag, Salzburg 1959

Der in der Jauchegrube auf- und abfahrende Paternoster oder Die Er-
ben von Ludwig Ganghofer
»Es ist eine Satire der Geschichte eines bäuerlichen Erbschaftsstreits,
    der in einer Notariatskanzlei zwischen Himmel und Hölle stattge-
    funden hat.«
»KAIN erschlägt seinen bruder ABEL«, aus: Der Schlüssel des hl. Pat-
    rick. Religiöse Dichtungen der Kelten, übertragen von H.C. Art-
    mann, Otto Müller Verlag, Salzburg 1959

Hans Henny Jahnn, Perrudja und ich in Teheran und Isfahan oder In
Persien müssen die Steine den Menschen predigen
Sadeq Hedayat, Die blinde Eule. Aus dem Persischen von Bahman Ni-
    rumand. Mit einem Nachwort von Abbas Maroufi, Suhrkamp Ver-
    lag, Frankfurt am Main 1997 (Bibliothek Suhrkamp)
Nachwort zu Hans Henny Jahnn, Perrudja, Hoffmann und Campe Ver-
    lag, Hamburg 2017

Der Tag wird kommen oder Wenn wir den Himmel sehen wollen, müs-
sen wir donnern helfen
Der Tag wird kommen! Prihaja dan! Festrede zur 500-Jahr-Feier von
    Klagenfurt/Celovec, Wieser Verlag, Klagenfurt 2018
James Joyce, Ein Porträt des Künstlers als junger Mann. Übersetzt von
    Klaus Reichert, Suhrkamp Verlag, Frankfurt am Main 1972 (Biblio-
    thek Suhrkamp)

II Die Leichenwäsche-Spitzenklöpplerin

Pavol Bunčák, »Was für eine Landschaft ist das«, aus: Heribert Becker
(Hg.), Aus den Kasematten des Schlafs. Tschechoslowakische Surrealisten, Heyne Verlag, München 1980

Wetterleuchten auf der Zungenspitze
Unter dem Titel »Mysterious travellers« veröffentlicht im Verlag der
Bibliothek der Provinz, Weitra 2012 (mit einem Bilderzyklus von Pe-
po Pichler)
André Breton / Philippe Soupault, Les Champs magnétiques / Die mag-
netischen Felder, Verlag Das Wunderhorn, Heidelberg 1990

Ich bin der Gast deines herausgestoßenen Fluches, Mirna Jukić
Unter dem Titel »Schwimmer, kasteie dein Fleisch« veröffentlicht im
Verlag der Bibliothek der Provinz, Weitra 2010 (mit Bildern von Gün-
ter Egger)
Mirna Jukić, aus Kroatien stammend, ist eine österreichische Schwim-
merin, die in internationalen Wettbewerben überaus erfolgreich war.
Paul Colinet, »Die Seitensprünge des Schnees«, aus: Heribert Becker,
Édouard Jaguer und Peter Král (Hg.), Das surrealistische Gedicht,
Zweitausendeins Verlag, Frankfurt am Main 1985

Specter of the Gardenia, der exhumierte Mädchenhandschuh und das
Vanille-Speiseeis in der Thermoskanne
Zitate aus Gedichten Gellu Naums aus: G. N., Pohesie. Sämtliche Gedichte. Aus dem Rumänischen von Oskar Pastior und Ernest Wich-
ner, Urs Engeler Verlag, Basel 2006
»Schreib ich deinen Namen«, aus Paul Eluards Gedicht »Freiheit«
(1942)

Mit einem Messer in der Hand in New York oder Das epileptische Schlaf-
zimmer im Augenwinkel von Julien Green
Federico García Lorca, »Lied des verdorrten Orangenbaums«, aus:
F. G. L., Gedichte. Ausgewählt und übertragen von Enrique Beck,
Suhrkamp Verlag, Frankfurt am Main 1977 (Bibliothek Suhrkamp)

Unsere Erdölgesellschaften nehmen das Grabeslächeln beim Wort
Zbyněk Havlíček, »Flucht aus den Katastrophen«, aus: Heribert Becker,
Édouard Jaguer und Peter Král (Hg.), Das surrealistische Gedicht,
Zweitausendeins Verlag, Frankfurt am Main 1985

III Warten bis Mitternacht

»Wie schön ist doch die Jugend«
Alice Michel, Degas und sein Modell, übersetzt von Reinhard Tiffert,

aus: Wilhelm Schmid (Hg.), Wege zu Edgar Degas, Matthes & Seitz
Verlag, München 1099
Ambroise Vollard, Erinnerung an Degas. Übersetzt von Annette Wun-
schel, Piet Meyer Verlag, Bern/Wien 2012

*Die beschlagnahmten Augenlider oder »Die Engelein schneiden die Flü-
gel sich ab«*
Jindřich Heisler, aus: Heribert Becker (Hg.), Aus den Kasematten des
Schlafs. Tschechoslowakische Surrealisten, Heyne Verlag, München
1980
Zu einem Bild des österreichischen Künstlers Alois Köchl

Notre-Dame-de-Lourdes, benedeite Schlangentreterin
Léon Bloy, Diesseits von Gut und Böse, Tagebücher, Briefe, Prosa, hg.
von Alexander Pschera, Matthes & Seitz Verlag, Berlin 2019
Zu Jessica Hausners Film »Lourdes«

Ein stahlharter rasender Beileidswunsch zog spurlos an uns vorüber
Peter Král, »Das Tintenfaß und sein Schatten«, aus: Heribert Becker
(Hg.), Aus den Kasematten des Schlafs. Tschechoslowakische Surrea-
listen, Heyne Verlag, München 1980

Drahtzieher der Sonnenstrahlen
Zu einem Bild des österreichischen Künstlers Erwin Wurm

Der Tod und die Fersen
Nachwort zu Alfred Kubin, Die andere Seite. Ein phantastischer Roman, Suhrkamp Verlag, Frankfurt am Main 2009 (Bibliothek Suhrkamp)
Alfred Kubin, Dämonen und Nachtgesichte. Eine Autobiographie mit
24 Bildern, R. Piper Verlag, München 1959

Inhalt

Gegenwartsliteratur
in der edition suhrkamp
Eine Auswahl

Bernd Cailloux. Der gelernte Berliner. Sieben neue Lektionen. es 2563. 251 Seiten

Ann Cotten. Verbannt! Versepos. es-Sonderdruck. 168 Seiten

J. D. Daniels. Die Korrespondenz. Übersetzt von Frank Jakubzik. es 2713. 121 Seiten

Andrej Gelassimow. Durst. es 2624. 115 Seiten

Mark Greif. Bluescreen. Essays. es 2629. 231 Seiten

Durs Grünbein. Die Bars von Atlantis. Eine Erkundung in vierzehn Tauchgängen. es 2598. 60 Seiten

Frank Jakubzik. In der mittleren Ebene. Erzählungen aus den kapitalistischen Jahren. es 2707. 160 Seiten

Thomas Kapielski
- Mischwald. es 2597. 347 Seiten
- Neue Sezessionistische Heizkörperverkleidungen. es 2680. 214 Seiten
- Je dickens, destojewski! Ein Volumenroman. es 2694. 458 Seiten
- Leuchten. A- und So-phorismen. es 2738. 160 Seiten

Natalja Kljutscharjowa. Dummendorf. Übersetzt von Ganna-Maria Braungardt. es 2640. 140 Seiten

NF 1094/1/10.17

Kate Tempest
- Hold Your Own. Gedichte. Übersetzt von Johanna Wange. es 2706. 200 Seiten
- Brand New Ancients / Brandneue Klassiker. Lyrik. Übersetzt von Johanna Wange. es 2733. 112 Seiten

Kevin Vennemann. Sunset Boulevard. Vom Filmen, Bauen und Sterben in Los Angeles. es 2646. 184 Seiten

Raul Zelik. Der Eindringling. Roman. es 2658. 288 Seiten

Serhij Zhadan. Big Mäc. Geschichten. es 2630. 227 Seiten

NF 1094/3/10.17

suhrkamp taschenbücher
Eine Auswahl

Isabel Allende
– Das Geisterhaus. Roman. Übersetzt von Anneliese Botond.
 st 1676. 501 Seiten
– Mayas Tagebuch. Roman. Übersetzt von Svenja Becker.
 st 4444. 444 Seiten

Maya Angelou
– Ich weiß, warum der gefangene Vogel singt. Übersetzt von
 Harry Oberländer. st 4897. 321 Seiten

Friedrich Ani
– Der namenlose Tag. Roman. st 4720. 298 Seiten

Gerbrand Bakker
– Oben ist es still. Roman. Übersetzt von Andreas Ecke.
 st 4142. 315 Seiten

Joanna Bator
– Sandberg. Roman. Übersetzt von Esther Kinsky. st 4404.
 492 Seiten

Jurek Becker
– Jakob der Lügner. Roman. st 774. 288 Seiten

Louis Begley
– Lügen in Zeiten des Krieges. Roman. Übersetzt von Christa
 Krüger. st 2546. 223 Seiten. Großdruck: st 4092. 310 Seiten

Thomas Bernhard
– Alte Meister. Komödie. st 1553. 310 Seiten
– Holzfällen. Eine Erregung. st 1523. 336 Seiten

Candice Fox
– Hades. Thriller. Übersetzt von Anke Caroline Burger.
  Herausgegeben von Thomas Wörtche. st 4838. 341 Seiten

Philippe Grimbert
– Ein Geheimnis. Roman. Übersetzt von Holger Fock und
  Sabine Müller. st 3920. 154 Seiten

Peter Handke
– Immer noch Sturm. st 4323. 165 Seiten
– Mein Jahr in der Niemandsbucht. Ein Märchen aus den
  neuen Zeiten. st 3887. 628 Seiten
– Wunschloses Unglück. Erzählung. st 3287. 96 Seiten

Hermann Hesse
– Der Steppenwolf. Roman. st 175. 288 Seiten
– Siddhartha. Eine indische Dichtung. st 182. 128 Seiten
– Narziß und Goldmund. Erzählung. st 274. 320 Seiten

Uwe Johnson
– Jahrestage. Aus dem Leben von Gesine Cresspahl. 4 Bände.
  st 4455. 2150 Seiten

James Joyce
– Ulysses. Roman. Übersetzt von Hans Wollschläger. st 3816.
  987 Seiten

Daniel Kehlmann
– Ich und Kaminski. Roman. st 3653. 174 Seiten

Sibylle Lewitscharoff
– Blumenberg. Roman. st 4399. 220 Seiten

Andreas Maier
– Das Haus. Roman. st 4416. 165 Seiten

– Onkel J. Heimatkunde. st 4261. 132 Seiten
– Wäldchestag. Roman. st 3381. 315 Seiten

Adrian McKinty
–Der katholische Bulle. Roman. Übersetzt von Peter
  Torberg. st 4523. 384 Seiten

Robert Menasse
– Die Hauptstadt. Roman. st 4920. 459 Seiten
– Die Vertreibung aus der Hölle. st 4863. 729 Seiten

Patrick Modiano
– Eine Jugend. Roman. Übersetzt von Peter Handke. st 4615.
  187 Seiten

Cees Nooteboom
– Allerseelen. Roman. Übersetzt von Helga van Beuningen.
  st 3163. 440 Seiten

Amos Oz
– Eine Geschichte von Liebe und Finsternis. Roman.
  Übersetzt von Ruth Achlama. st 3788 und st 3968.
  828 Seiten
– Judas. Roman. Übersetzt von Mirjam Pressler. st 4670. 331
  Seiten

Andreas Pflüger
– Endgültig. Thriller. st 4770. 458 Seiten

Marcel Proust
– Auf der Suche nach der verlorenen Zeit. 3 Bände in
  Kassette. Übersetzt von Eva Rechel-Mertens. st 4830.
  5200 Seiten

Ralf Rothmann
– Der Gott jenes Sommers. Roman. st 4959. 260 Seiten
– Im Frühling sterben. Roman. st 4680. 233 Seiten

Judith Schalansky
– Atlas der abgelegenen Inseln. Fünfzig Inseln, auf denen ich
  nie war und niemals sein werde. st 5002. 240 Seiten
– Der Hals der Giraffe. Bildungsroman. st 4388. 222 Seiten

Andrzej Stasiuk
– Die Welt hinter Dukla. Roman. Übersetzt von Olaf Kühl.
  st 3391. 176 Seiten

Uwe Tellkamp
– Der Turm. Geschichte aus einem versunkenen Land.
  Roman. st 4160. 976 Seiten

Hans-Ulrich Treichel
– Der Verlorene. Erzählung. st 3061. 176 Seiten

Mario Vargas Llosa
– Das böse Mädchen. Roman. Übersetzt von Elke Wehr.
  st 3932. 395 Seiten

Martin Walser
– Ein fliehendes Pferd. Novelle. st 600. 160 Seiten

Don Winslow
– Tage der Toten. Kriminalroman. Übersetzt von Chris Hirte.
  st 4340. 689 Seiten

NF 266b / 5 / 01.19